특급 길드에 어서 오세요!

~사랑받는 마스코트 엘프는 모두의 마음을 치유한다~

2

지은이 **아이 리이아**

일러스트 **니모시**

벨로니카

불고리사자 아인으로 몸집이 큰 남성.
대담하고 호쾌하지만 의외로 타인을 배려
할 줄 아는 상식인. 목소리도 커서 다른 사
람에게 겁을 주게 되곤 한다.

레키

오르투스 의료부문에 소속된 수습 간호사.
무지개늑대 아인으로 각도에 따라 색이 다
르게 보이는 아름다운 털을 지녔다.
솔직하지 않은 성격이지만 근본적으로는 착
하다.

유진

특급 길드 오르투스의 두목.
동료를 가족처럼 생각하며 길드를 자신의
집이라고 부르는 괴짜. 도량이 넓은 장년
남성.

자하리아슈

마대륙에서 실질 최강이라 불리는 마왕.
마치 조각상처럼 아름다우며 위압감도 대단
하지만, 지나치게 솔직한 성격이다 보니 얼굴
값을 못하는 일면도 있다.

크론크비스트

자칭 마왕의 오른팔인 메이드복의 여성.
얼핏 차가운 인상을 주지만 서툴러서 그런 것
뿐, 배려심이 깊다.
억지웃음이 어마어마하게 엉성하다.

메구의 계약 정령들

최초의 계약 정령인 목소리의 정령이자
인간형인 쇼.
바람의 정령이자 조류형인 후우.
불의 정령이자 원숭이형인 호무라.

메어리라

의료 담당. 주근깨가 어울리는 귀여운 여성.
얼굴을 밝히며 조금 덜렁대는 불사조 아인.

루드비크

의료 담당자들의 리더이자 투명실거미 아인.
평범한 외모에 온화한 성격을 지닌 장년 남성.

에핑크

특급길드 네모의 길드원으로 거품캥거루 아인.
갑자기 나타나 메구를 납치하려 한다.

라그랑제

라그랑 키라링 테라 숍의 주인.
몸집이 큰 티가르 아인이자 트랜스젠더.

메구

정신을 차리자 어린 엘프의 몸에 빙의해 있었
다. 원래는 20대 후반의 일본인 여성. 사축.
긍정적인 성격과 사랑스러운 외모로 주위를
치유해준다. 노력가.

기르난디오

특급길드 오르투스 내에서도 1, 2위를 다투는 실력
자이자 그림자독수리 아인. 과묵하고 무표정.
임무 도중에 메구를 발견해서 보호했다.
팔불출 부모가 되어가고 있다.

슈리엘레치노

온화하고 성실한 엘프 남성. 속이 시꺼먼 일면
도. 메구에게 자연 마법을 가르쳐주는 스승.
그 미소로 수많은 사람을 매료시킨다.

사우라디테

오르투스의 총괄을 담당하는 털털한 소인족
여성. 존재감이 대단하다.
흉악한 함정 개발이 특기.

쥬마

전투밖에 모르는 바보. 뇌가 근육으로 된
오니족. 물리적으로도 정신적으로도 맷집
이 튼튼하며 회복력도 오르투스 최강.
생각 없는 발언을 할 때가 많다.

케이

오르투스 최고의 미남이라 일컬어지는 여
성. 꽃빛뱀 아인으로, 소리 없이 조용히 접
근하는 습관이 있다.
자연스럽게 느끼한 언동을 한다.

캐릭터 소개

일러스트 : 니모시 Nimoshi   디자인 : 베이아 Veia

목차

제1장 ◆ 마스코트가 되는 길

Welcome to
the Special Guild

제1장 ◆ 마스코트가 되는 길

1 네모의 에핑크

여러분, 안녕하신가요. 저는 지금 숨을 죽이고 눈앞의 광경을 지켜보고 있습니다.

아니, 숨 막히니까 숨은 쉬자. 음. 하지만 당장에라도 전투가 시작될 것 같은 긴장된 분위기란 말이야. 정말로 어째서 이렇게 된 거지? 잠깐 상황을 정리해보려고 합니다.

케이 씨, 기르 씨와 셋이서 즐겁게 쇼핑하던 우리. 하지만 갑자기 눈앞에 거품이 가득 차나 싶더니, 다음 순간 나는 비눗방울 속에 있었습니다. 판타스틱!

그대로 적으로 추정되는 사람의 배에 달린 주머니에 들어간 상황. 으음, 몇 번을 생각해봐도 영문을 모르겠다. 한 가지 알수 있는 건, 이 사람은 쥬마가 쫓던 적인 것 같다는 정도. 누가 설명 좀 해주라.

뭐 대충 이런 식으로 당황하면서도 가만히 있었더니 그 원인이라 할 수 있는 인물이 유쾌하다는 듯 입을 열었다.

"오르투스의 중진들이 이렇게 우르르 행차하시다니. 참 호화로운데!"

그 사람은 일부러 화나게 만들려는 듯한 말투로 도발했다. 어떤 세상에도 이런 사람은 있는 법이구나. 진짜 짜증 난다.

"메구를 돌려줘, 에핑크."

기르 씨의 낮은 목소리에 공기가 찌릿찌릿 떨렸다. 기르 씨 극대노! 그래도 나는 지금 이 사람에게 잡힌 상태니까 말이야. 그림적으로 참 묘하지만.

　"무슨 소릴 하는 거야? 길을 잃은 어린이를 내가 주운 거라고. 이제 내 거거든."

　기백만으로 공기가 떨릴 만큼 급박한 상황에서 에핑크라 불린 사람은 어느 동네 골목대장 같은 소릴 했다. 주웠다는 표현에서 평소 사람을 뭐라 생각하는지 알 수 있는 법. 그런 표현을 쓰는 바람에 내가 주워달라고 적힌 골판지 상자에 들어간 모습을 상상하고 말았잖아. 유기메구냐고!

　……저만 긴장감이 없는 것 같군요. 죄송합니다. 지금은 얌전히 있겠습니다. 하지만 변명하자면 끼어들 수 있는 상황이 아니라서 좀 심심하기도 하고, 뭐라도 시시껄렁한 생각을 하지 않으면 무섭기 때문이기도 하다. 으윽, 무서워. 빼앵! 아니, 아직 참아야지! 지금 울었다간 전부 엉망이 될 것 같단 말이야.

　"쥬마. 대체 어떻게 된 일이야?"

　케이 씨가 시선을 움직이지 않고 쥬마에게 물었다. 오오, 마침 나도 그게 궁금했다.

　"의뢰하고 돌아오는 길에 이 녀석의 기척을 느꼈거든. 그랬더니 오르투스 부근에서 수상한 움직임을 보이길래 바로 쫓아왔어."

　"길거리니까 좀 더 눈에 띄지 않도록 조심할 수 없어? 너는 매번 요란하게 일을 벌인다니까."

　"그런 거에 신경 쓸 때냐."

쥬마도 시선을 돌리지 않고 짜증을 내며 대답했다. 그러자 에핑크는 기가 막힌다는 목소리로 들으란 듯이 크게 말했다.

"우와아. 기척 감지 능력이 장난 아닌데? 오니는 진짜 귀찮다니까. 누가 날 발견하다니, 정말 오랜만이야! 어라? 이거 끝내주게 귀한 체험인 건가?"

뭐가 즐거운 건지, 에핑크는 낄낄 웃었다. 이 사람 머리 괜찮은 걸까. 아무리 인질을 잡았다고 해도 이렇게 실력파로 이뤄진 사람들을 앞에 두고 웃어대다니. 신경이 뻔뻔한 건지 뭔지, 가능하다면 엮이고 싶지 않은 인종이다.

갑자기 에핑크가 배 주머니에서 비눗방울에 든 나를 꺼내 위로 던졌다 받았다 하면서 놀기 시작했다. 둥실둥실 허공을 나는 비눗방울과 그 속의 나. 그렇게 격렬한 움직임은 아니었지만 계속 이어지니까 멀미할 것 같아.

"메구!!"

"이 엘프, 머리색도 눈동자 색도 특이한데. 나 완전 대박 잡은 거 아니야? 이거 용돈이 아주 풍족해지겠는데?"

"……이 자식."

긴장감이 고조되었다. 기르 씨, 케이 씨, 쥬마는 당장에라도 공격할 것 같았다. 그렇구나. 이 사람 인신매매하는 사람인 건지도? 스리슬쩍 빠져나갈 수 있을 만큼 말을 돌려서 하는 기술이 교묘하다. 헉, 나 팔리는 거야?

그런데도 나는 전혀 긴장되지 않았다. 왜냐하면 저 세 사람이, 오르투스의 중심인물이 쉽게 적에게 당할 것 같지 않은걸.

음, 나는 세 사람을 믿어.

"스톱, 움직이지 마. 세상의 보물이라 할 수 있는 엘프 어린이가 나 때문에 찌부러지면 안 되잖아? 실수로 안에 있는 공기가 빠져나갈지도 모르고. 그렇게 잔인하게 죽이는 건 싫어! 미아를 보호해준 친절한 나로서는 가능하다면 죽이고 싶지 않거든? 하지만 나도 내 목숨이 더 귀하단 말이야."

우와, 발언이 진짜 비겁하다! 그리고 말이 많은 사람이네. 여전히 즐거운 듯 비눗방울을 던지고 놀고 있었기 때문에 그 틈에 힐끔힐끔 에핑크라는 사람을 관찰해봤다.

새카만 눈동자. 기르 씨도 까맣지만, 이 사람의 눈에는 빛이 없는 느낌이 든다. 게다가 입꼬리가 히죽 올라가서 소름이 돋았다. 덥수룩한 밤색 머리카락은 엉덩이를 가릴 정도로 길어서 야생아라는 이미지다. 후드가 달린 트레이닝복 같은 옷에 반바지를 받쳐 입었는데, 트레이닝복에 커다란 주머니가 달려있다. 이 주머니 속에 들어가 있었던 거구나. 정말 캥거루 주머니 같다. 설마 캥거루 아인이라거나.

"그냥 넘어가진 않을 거다. 그 아이에게 무슨 짓을 했다간 네모가 오르투스에 싸움을 걸었다고 간주하지."

기르 씨가 주위에 얼어붙을 것만 같은 목소리로 그렇게 선언했다. 네모? 으음, 어디서 들어봤는데……. 아! 특급 길드 중 하나다! 게다가 평판 안 좋은 것 같은 길드! 레키가 그랬다. 이 이름을 들었다면 엮이지 않는 게 좋다고. 엮여버렸잖아!

이 사람, 특급 길드의 길드원이었구나. 헉. 그럼 강할 텐데.

그래서 이렇게 여유로운 건가. 하지만 여기는 오르투스의 본거지. 머릿수로도 차이가 나고, 불리한 건 이 사람 쪽이다. 아니, 특급 길드 사이에 싸움이라니 반쯤 전쟁 급인 거 아니야?

"우와, 무서워라. 나는 싸움 건 적 없거든? 트집 잡지 말아줄래? 하지만 그래. 오르투스 녀석들은 무서우니까 후딱 도망갈까?"

"놓칠 줄 알고!!"

쥬마가 대검을 한 번 휘두르자 그 자리에 회오리바람이 일어나 주위에 있던 온갖 것들이 거기에 휘말렸다. 에핑크는 어렵지 않게 그 회오리바람을 피한 뒤 믿어지지 않을 만큼 높이 뛰어올라 조금 떨어진 가정집의 지붕으로 이동했다. 역시 캥거루인 거 아니야?

참고로 이건 다 순식간에 벌어진 일이다. 0.몇 초의 세계라고 할까. 그래서 내가 알아본 건 이 정도고, 사실은 그 외에도 공방이 오갔던 건지도 모른다.

"쥬마! 메구가 휘말리면 어떡할 거야!"

"그런 실수를 저지를 리 없잖아! 지나치게 과보호하는 거 아니야? 기르!"

"둘 다! 지금은 메구를 되찾는 것만 생각해!"

나라는 인질이 잡혔기 때문에 다들 뜻대로 움직이지 못하는 모양이다. 나는 적에게 잡히면 도움이 안 되는 것만이 아니라 발목을 잡아버리는구나.

"오오오, 필사적이잖아? 너희도 그렇게 이 상품을 갖고 싶어? 좋은 걸 주웠네. 나도 운이 참 좋아."

""""상품이라고 하지 마!!"""""

살기가 단숨에 팽창했다. 나를 향한 게 아니라는 건 알아도 무섭다. 몸이 덜덜 떨렸다.

"와우, 이건 아무리 나라도 위험한데. 진짜로 뛰어야겠다."

에핑크는 비눗방울에 든 나를 배 주머니에 넣은 다음 주먹을 휘둘렀다. 눈에 보이지 않을 속도로 날아가는 라이트 스트레이트. 그러자 또 아까처럼 거품이 잔뜩 나타났다. 아하, 이렇게 거품을 만드는 거구나.

내가 눈으로 확인한 건 여기까지다. 다음 순간에는 새카만 암흑 속에 있었기 때문이다. 다들 나를 부르는 목소리가 들린 것 같았다. 그리고 에핑크는 순식간에 그 자리에서 모습을 감춘 모양이었다. 이 포위망을 빠져나가다니, 썩어도 준치라고 해야 하나. 하지만 이 마을은 오르투스가 자체이기도 하다. 깔끔하게 따돌렸다고 생각하면 큰 착각이거든! 나는 암흑 속에서 무사히 발견되기를 기도하며 길드원들을 믿을 수밖에 없었다.

아무것도 하지 못한다. 그 자리의 흐름을 타고 흘러갈 뿐. 이런 땅꼬마가 할 수 있는 일은 없고, 어린아이지만 대단한 힘을 지녔다는 이세계 보정 같은 것도 없다. 평범한 전직 사축에 불과한 나는 지혜라는 측면도 먹히지 않는다. 아니, 애초에 이 세계에 관련된 지식은 거의 없다시피 하다. 게다가 몸은 전보다 더 무력한 어린아이. 하아, 어떻게 해볼 수가 없네. 무력함을 통감하고 눈물 한줄기가 뺨을 타고 흘렀다.

"쥬마, 계속해서 추격해. 나중에 합류하지."

"알았어!"

"케이, 일단 길드로 돌아간다."

"오케이."

이렇게 **우리**는 일단 길드로 돌아왔습니다. 납치? 무슨 말씀이신지. 보시다시피 저는 무사합니다. 이것도 다 기르 씨 덕분이다.

『메구!! 거기 있어?!』

『! 기르 씨! 이써요…… 흐어어억?!』

누군가가 나를 끌어안은 그때, 안기기 마이스터인 나는 바로 그 팔이 기르 씨라는 걸 알아차렸다.

『잠시만 조용히 하자.』

작은 목소리로 그렇게 속삭이는 걸 들은 나는 여러 번 고개를 끄덕인 뒤 기르 씨의 팔에 매달렸다.

그 후엔 다들 호흡이 아주 찰떡같았다. 기르 씨가 그림자 마법으로 나와 똑같이 생긴 환영을 만든 뒤 진짜 나에겐 은폐 마법을 걸었다. 에핑크라는 사람은 그 환영을 포획한 것이다. 그게 아니었다면 지금쯤 비눗방울 놀이에 눈이 핑핑 돌았을 거야. 위험해라.

그걸 시선만으로 깨달은 케이 씨와 쥬마. 이어지는 박진감 넘치는 연기. 대단했습니다. 하지만 그 살기는 진짜였겠지. 아마도. 마지막으로 나는 기르 씨의 망토 속에 쏙 들어가서 캄캄한 암흑에 휩싸인 거였다. 공포와 안도, 그리고 억울함에 나도 모르게 기르 씨에게 매달려 울어버렸지만, 엉엉 소리 내면서 울지 않았던 것만으로도 나는 대단해!

이후 전력 질주한 기르 씨와 케이 씨 덕분에 순식간에 길드에 도착했다. 대단했다. 땅 위를 달린 게 아니라 지붕 위를 폴짝폴짝 뛰어서 이동했다. 게다가 깃털처럼 가볍게 움직였으므로 건물에 사는 사람을 방해하지도 않았다고 한다. 그러고 보면 길드에 돌아가기 직전에 얼핏 본 쥬마는 아예 하늘을 달려갔던 것 같다. 그것도 마법이겠지.

참고로 조금 전에 기절시키고 말았던 일반인들에겐 나중에 보상해준다고 한다. 이 마을에 사는 사람들은 이런 걸 숙지하고 있으며, 평소엔 거리의 치안을 지켜주기 때문에 문제가 커진 적은 없었다나. 서로 도우면서 사는구나!

"알았어. 둘 다 수고했어. 기르, 용케 메구를 잘 지켰네!"

"눈앞에서 호위 대상을 빼앗기는 얼간이 같은 짓은 안 해."

"당연하지. 그래도."

그리고 현재. 길드 안에 있는 응접실에서 사우라 씨에게 보고하는 중이다. 응접실은 이렇게 다들 듣는 곳에선 말할 수 없는 이야기를 동료끼리 공유하기에도 적합한 방이기 때문에 길드원끼리도 자주 이용한다나. 확실히 외부인이 들어오지 못하니까 좋은 장소지.

그나저나 기르 씨와 사우라 씨의 말로는 호위 대상을 납치당하는 건 얼간이라는 건가……. 말 그대로 프로 정신이구나.

"그건 그렇고. 에핑크라고 했지? 소문 정도는 알아. 그 캥가로 자식, 네모 안에서도 문제아래. 참나, 길드원 관리 정도는 똑바로 하란 말이야!"

"동감이야. 우리 길드에 싸움을 걸려고 하는 녀석은 그 녀석 정도지? 진짜 바보라니까. 캥가로가 아무리 다혈질인 종족이라지만 그 녀석은 상대를 가리지 않고 싸움을 걸어대는 수준이니까."

"……캥가로?"

사우라 씨가 씩씩거리며 욕하는 건 별 위화감이 없지만, 케이 씨도 웬일로 신랄하다. 그만큼 사람을 물건으로 대하는 걸 용서하지 못하는 건지도 모른다.

그나저나 두 사람이 입에 담은 '캥가로'는 대체……. 설마 정말로 캥거루? 그렇게 생각해서 캥가로가 뭐냐고 물어보자, 사우라 씨는 캥가로에 대해 설명하면서 겸사겸사 에핑크에 대해서도 간단히 가르쳐주었다.

"캥가로는 배에 달린 주머니에 새끼를 넣어서 키우는 동물이야. 유명한 동물은 아니니까 메구는 몰랐나 봐. 그리고 에핑크는 거품캥가로라고 하는 마물 아인이야. 좀 특이하지만 희귀하지는 않은 종족이지."

"으음, 거품을 사용하는 마법과 주먹으로 공격하는 게 특기인 종족이었지? 기르난디오처럼 이공간 마법을 조금 사용할 줄 알았던 것 같은데."

우와, 역시 진짜 캥거루였다. 거품을 쓰는 캥거루구나. 주먹이 특기라는 점에서도 캥거루 느낌이 풀풀 나서 나도 모르게 웃어버릴 뻔했지 뭐야. 참았지만. 사우라 씨에 이어 케이 씨도 자기가 아는 정보를 알려주었다. 몇 없는 이공간 마법이라. 편해 보여서 부럽다.

"그런 녀석과 비교하지 마. 그 녀석의 마법은 시간도 흘러가고 수납할 수 있는 양도 제한이 있다."

"아하하, 기르의 자존심을 자극해버렸네! 괜찮아, 똑같이 보는 건 아니니까. 기르, 너보다 이공간 마법을 잘 쓰는 사람은 없으니까 안심해. 아니, 은폐 마법도 마법의 흔적을 더듬는 것도 너보다 더 잘난 사람은 없잖아."

"……딱히 별생각 없어. 쓸데없는 배려다."

얼레? 조금 쑥스러운 듯한 기르 씨라니 별일이네. 칭찬받으면 부끄러울 만도 하지. 기르 씨는 표정을 알아보기 어렵지만, 그래도 조금 쑥스러워하는 게 보인다!

"기르 씨, 대다내요."

우쭐해진 나도 기르 씨를 칭찬해봤다. 그래봤자 어휘력이 부족하니까 이 정도지만요. 기르 씨가 쑥스러워하는 걸 보고 싶다는 꿍꿍이에서 한 행동이었는데, 오히려 기르 씨의 부드러운 눈매에 내가 완패당했다. 미남은 비겁해.

"그럼 기르, 저쪽 상황 알 수 있지?"

"……그래. 가짜라는 것도 들키지 않은 것 같다."

"으음, 그렇게 쉽게 **납치하게 해줬는데** 아직 눈치채지 못하다니, 삼류구나."

케이 씨의 독설이 물 만난 고기다. 이 길드에 있는 사람들은 누구든 화나게 하면 안 되겠다!

"흐음. 쥬마는?"

"녀석을 쫓고 있어."

"역시나."

오오, 쥬마는 역시 대단한 사람이구나. 주위 사람들에게 혼나는 것만 보다 보니 말썽꾸러기라는 이미지밖에 없었는데. 하지만 살기는 대단했었지. 이번이 두 번째인데도 눈물을 참지 못할 정도였다. 그래도 전에 한 번 경험해서 펑펑 울어본 덕분에 이번에는 소리 내어 우는 걸 참을 수 있었던 것 같다. 뜻밖의 요행이랄까.

"음성 틀어?"

"그래. 부탁해."

기르 씨는 손바닥을 가볍게 흔들어 한 마리의 작은 그림자새를 만들어냈다. 그 새는 근처에 있는 탁자로 내려앉은 뒤 부리를 벌려서 목소리를 전해주기 시작했다. 이런 것도 가능하다니, 기르 씨 만능인데. 1가정 1기르 씨 보급 원합니다.

『뭐야, 오니. 그렇게 너희도 이 엘프를 갖고 싶어?』

『무슨 소리야. 우리 길드에서 보호하는 아이라고. 그런 아이를 멋대로 데려가다니 유괴범이잖아.』

『그쪽이야말로 무슨 소린지? 정식 보호자가 없다면 내가 보호해도 되는 거지!』

에핑크라는 사람은 제법 말재주가 좋은 모양이었다.

『윽! 그, 그 아이에 대해서는 이미 우리 길드원들이 조사하고 있어! 의뢰를 새치기할 생각이냐!』

『뭐어? 그럼 누가 의뢰한 건데? 의뢰인 어딨어? 오르투스에 정식으로 지명이 들어온 의뢰야? 아니지? 그럼 같은 특급 길드인 네모가 받아도 아무런 문제 없거든?』

『큭…….』

아마도 정론일 것이다. 나를 찾는다는 보호자도 없고, 조사해 달라는 의뢰인도 없다. 분명 오르투스 사람들이 착하니까 따로 일손을 돌려서 조사해주는 거다. 그리고 네모는 단순한 친절로 조사하진 않는다. 아마도.

"참나, 말싸움은 쥬마에겐 불리하다니까. ……내가 갈게. 기르, 그림자새를 몇 마리 빌려줄래? 현장까지 데려다줘."

"사우라가? 아니, 하지만……."

"어머나, 걱정하는 거야? 하지만 괜찮아. ……총괄의 명령이야. 지금 당장 나를 쥬마에게 데려가."

"……알았다."

아무래도 사우라 씨가 이 현장으로 향하는 모양이다. 괘, 괜찮을까……? 나도 모르게 걱정하는 게 얼굴에 드러난 모양이다. 사우라 씨는 나를 보더니 생긋 웃으며 껴안아 주었다.

"메구. 너는 우리 오르투스의 아이야. 가족이야. 그걸 기억하렴."

"사우라 씨……."

"후후, 잠깐 다녀올게. 금방 돌아올 테니까!"

그 말을 끝으로 사우라 씨는 나에게서 떨어져 기르 씨에게 신호를 보냈다. 기르 씨는 명령한 대로 그림자새를 몇 마리 꺼냈다.

"위험해지면 불러들일 거다."

"괜찮아. 사우라 씨를 믿어!"

이렇게 우리의 걱정을 뒤로 사우라 씨는 자신만만한 미소를 지으며 응접실에서 모습을 감췄다. 그림자새에게 잡혀서 하늘을 날아가는 거겠지. ……무사히 돌아오기를!

사우라 씨가 떠나고 거의 바로, 기르 씨의 작은 그림자새에서 조금 전까지 들었던 목소리가 밝게 울려 퍼졌다. 그림자새의 속도가 너무 빠르다. 이렇게 빠른 그림자새를 타고 이동한 사우라 씨는 괜찮았던 걸까. 역시 사우라 씨는 대단해.

『안녕! 여러분의 아이돌, 사우라디테 등장입니다!』

그리고 아마도 그 자리의 분위기에 안 맞는 발랄함이다. 하지만 어쩌면 사우라 씨도 무서운 건지도 모른다. 그걸 덮기 위해서, 알아채지 못하도록 일부러 밝게 행동하는 거라면. 그 생각에 사우라 씨가 걱정되었다. ……그냥 밝은 성격인 건지도 모르지만!

『으억, 사우라! 너 어떻게 온 거야?!』

『넌 오르투스의 소인족? 와, 처음 봤어! 진짜 있구나. 작아! 아니, 근데 진짜 어떻게 온 거지?』

쥬마의 반응은 이해한다. 하지만 에핑크 씨도 참 정신 사납네요.

『나불나불 잘도 떠드는 캥가로 맞지? 너 인기 없다.』

『시끄러워! 나는 인기 없어도 되거든?』

정곡을 찔렸나? 목소리가 좀 흥분했다.

『뭐 그런 건 아무래도 상관없고. 이야기는 들었어. 의뢰인을 찾던데, 엄연히 있거든?』

'그런 거라니 뭐야!' 하며 분개하는 에핑크를 무시한 사우라 씨가 단호하게 선언했다. 어라? 의뢰인 있었어? 나도 궁금한데.

『거, 거짓말하지 마!』

『진짜야. 그 엘프 아이는 우리의 소중한 친구거든. 그리고 오르투스의 임시 길드원이지.』

친구……. 그런 식으로 생각해주는구나! 사우라 씨, 사랑해요!!

『의뢰인은 그 아이의 친구인 나. 그 아이가 지닌 과거를 밝히고 안심하며 우리와 함께 지낼 수 있도록 조사 및 해결을 부탁했지!』

『뭐, 뭐야 그건?!』

『어머. 무슨 문제라도? 길드원이 자기가 소속된 길드에 의뢰를 맡기면 안 된다는 법은 없잖아. 그렇지?』

사우라 씨의 설명에 에핑크는 '끄으응' 하고 신음했다. '하지만', '그래도' 하고 중얼거렸지만, 그 뒤로 이어지는 말이 없다.

『그리고 이건 오르투스를 지명한 의뢰야. 정식으로 서류도 작성해놨어. 알겠어? 에핑크, 네가 하려는 짓은 세계 길드 연맹의 규약을 위반하는 행동이야. 이해했다면 얌전히 말 들어.』

세계 길드 연맹……. 그런 것도 있구나. 아니, 새삼스럽지만. 뭐, 이만큼 길드도 많고 등급도 나뉘어 있으니 당연히 있겠지. 그보다 사우라 씨가 멋있다.

『……쳇. 알았어. 하지만 나 좀 불완전연소라고 해야 하나? 스트레스를 해소하고 싶은 기분이거든?』

짜증을 숨길 생각이 없는 에핑크는 불쾌하다는 듯 그런 말을 했다. 이런 일로 스트레스 해소라니. 어린애냐!

『조금 정도는 놀아도 괜찮지? 길드 사이의 항쟁이 아니라 그냥 교류 같은 거잖아.』

『……의미 없는 싸움은 싫어해.』

목소리만 들리는데도 에핑크가 히죽히죽 웃는 게 보이는 것 같았다. 이거 싸움 거는 거구나……. 사우라 씨, 괜찮을까?

『그리고 우리하고는 전혀 상관없는데 말이야. 나쁜 생각을 하는 녀석은 어디에나 있는 법이잖아? ……이런 매력적인 상품을 노리는 놈들은 무슨 짓이든 다 할걸? 조심하는 게 좋을 거야.』

『……충고 감사.』

에핑크의 말에는 무언가를 꾸미는 듯한 뻔뻔함이 느껴졌다.

"……뭔가 계획이 있군."

"기르난디오도 그렇게 생각해? 이건 명백한 도발이야."

원래 네모 길드원은 규칙의 빈틈을 파고들어 무슨 짓이든 하는 구린 면이 있다나. 레키에게도 그런 설명을 들은 적이 있었다. 으윽, 나도 너무 꾸물거리고 있을 때가 아닌 거 아니야? 앞으로는 더 조심해야지. 조심해봤자 거기서 거기지만, 마음가짐은 필요하니까!

『너 이 자식, 아까부터 뚫린 입이라고 말을 아주 막 한다?』

『뭐야, 오니. 그렇게 살기등등하게. 나와 한 판 붙을래? 길드

간의 항쟁은 금지잖아? 오르투스가 나에게 싸움을 걸어도 괜찮아?』

앗, 쥬마 화났다. 그 마음도 이해해! 아니, 본인이 시비를 걸어놓고 말이 뭐 저런대? 나도 화난다!

『흥! 싸움? 아니지. 그냥 친목을 다지는 거잖아. 그렇지? 나랑 놀자고. 주머니쥐.』

『……이 오니 자식이! 그렇게 부르지 마!!』

쥬마도 어지간히 다혈질인 모양이다. 뭐, 오니라고 할 정도니까 호전적인 종족인 건지도 모른다. 그나저나 슬슬 확인해볼까.

"있자나요, 쥬마 오빠는 오니예요?"

"응? 메구는 몰랐어? 맞아. 쥬마는 천상귀 아인으로 하늘을 날 수 있는 오니야. 희소종이지."

천상귀. 왠지 이름이 멋지다. 하늘을 날 수 있다니 더 대단한데. 그리고 예상했던 대로 오니라는 이름이 붙는 종족은 호전적이라고 한다. 하지만 쥬마는 비교적 낙천적이라서 오니치고는 얌전한 편이라나. '오니치고는'이라는 부분을 강조했으니 일반적으로는 호전적이라는 의미인 거겠지. 오니는 대체 얼마나 혈기 왕성한 종족인 거야.

『하아. 결국 싸우는구나.』

『뭐야. 너도 싸울 생각이야? 소인 주제에?』

한숨을 쉰 사우라 씨를 향해 무시하는 말을 던지는 에핑크. 마치 소인이 뭘 할 수 있냐는 듯한 말투다. 열 받아! 사우라 씨를 무시하지 마! 하고 씩씩거렸더니 기르 씨와 케이 씨가 머리를 쓰다듬어주었다. 왜죠.

『뭐 문제 있어? 나 꽤 화났거든? 소중한 친구를 멋대로 노렸으니까.』

『으하하하하하하! 발목이나 잡아대는 소인족이 전선에서 뭘 할 수 있다는 거야? 화났다구? 오오, 너무너무 무서워용?』

우와, 완전히 무시하잖아. 진짜 열 받네, 이 사람! 혼자서 끙끙 앓고 있었더니 또다시 옆에서 머리를 쓰다듬어주었다. 그러니까 왜죠.

"……바보 같은 녀석."

"그러게. 사우라디테를 화나게 하다니. 얼마나 심한 트라우마가 생길지."

고개를 절레절레 내저으며 오히려 에핑크를 약간 동정하는 듯한 두 사람의 말투에 나도 모르게 오한이 들었다. ……들으면 안 되는 이야기를 들은 기분이 든다. 사우라 씨, 대체 뭘 하신 건가요.

『확실히 소인족은 약하지. 수명이 길고 마법을 쓸 수 있을 뿐, 조금만 타격을 받아도 죽을지도 모를 만큼 인간보다 몸이 약한 종족이니까. 하지만 나에게는 동료가 있어. 동료가 나를 반드시 지켜주리라고 믿고, 동료가 지켜주는 걸 자랑스럽게 생각해!』

꺅! 사우라 언니 멋있어요!! 역시 자신감 있는 사람이 아니면 이런 말은 못 하지! 그래서 콘서트에라도 온 것처럼 나도 모르게 흥분하고 말았다. 그리고 역시나 훈훈하다는 얼굴로 내 머리를 쓰다듬어주는 두 사람. 그러니까 왜?!

『그런 고로, 쥬마!』

『어.』

『목숨을 걸고 나를 지켜! 내 몸에 손가락 하나 건드리지 못 하게 해!』

『으하하! 라저. 분부하시는 대로!』

사우라 씨의 말 한마디 한마디가 짜릿해! 동경하게 돼! 모든 미니멈 여성의 아군이야! 그리고 사우라 씨의 전투 방식에 좀 호기심이 생겼다. 대체 어떻게 싸우는 걸까? 대화 내용으로 봤을 땐 육탄전은 안 되는 것 같은데. 역시 원거리에서 마법 공격? 그런 생각을 하는 사이에 드디어 전투가 시작되려는 분위기가 풍겼다.

『흥! 소인 따위는 놀이 상대도 안 되거든! 하지만 심심하기도 했고 스트레스 해소에는 딱 좋지! 상대해줄게, 약골 소인!』

『약골이거나 말거나! 나에게는 나의 전투법이 있다고! 소인족과의 전투를 뼈저리게 맛보시라!』

이리하여 표면적으로는 길드 간 교류, 실제로는 각각 자존심에 상처가 난 게 계기인 평범한 교류가 시작되었다. 교류라는 이름의 싸움이겠지만……, 그 정도에서 끝나겠지?

전투가 시작되었다. 하지만 솔직히 소리만 들리니 무슨 일이 일어나는 건지는 잘 모르겠다. 바람을 가르는 소리나 폭발 소리, 무언가를 때리는 소리, 부딪치는 소리 등. 누가 공격해서 누가 당한 소리인지, 어떤 공격인지 전혀 알 수 없었다.

그래서 기르 씨에게 해설을 부탁했습니다! 기르 씨는 소리만이 아니라 그 자리의 상황을 상세하게 알 수 있다고 하니까.

하지만 생각해 보면 그 정도가 딱 좋은 건지도 모른다. 내가 직접 봤다간 어린아이인 나는 엉엉 울어버릴지도 모르니까! 홀쩍.

"쥬마가 계속 응전하고 있어. 에핑크가 주먹을 휘두르거나 마법으로 공격 중. ……사우라를 향해서."

뭐, 뭣이라? 약한 쪽을 노리다니 비겁해! 하지만 2대 1이라면 먼저 약한 쪽을 처치하는 것도 작전상 어쩔 수 없는 거려나……. 으윽, 하지만 사우라 씨가 걱정되는데! 쥬마? 쥬마는 별로 걱정 안 된다. 왠지 쥬마가 당하는 모습은 상상이 가지 않는단 말이지. 사우라 씨나 슈리에 씨 상대일 때 말고.

"사우라 씨는요? 무사하세요?"

그림자새의 부리에서 노성이나 폭음이 들릴 때마다 역시 불안해졌기 때문에 그렇게 물어보자, 기르 씨는 살짝 입꼬리를 올리고 '물론이지'라고 대답했다.

"사우라는 완전히 쥬마를 믿고 있다. 그 자리에서 눈을 감고 설치에 집중하고 있지."

"설치?"

그러고 보면 전에 사우라 씨가 쥬마에게 '벌'을 줄 때 신작이 어쩌고 하는 이야기를 했던가. 사우라 씨는 전투에 도구 같은 걸 쓰는 건가?

"사우라디테는 트랩 마스터야. 소인족은 손재주가 좋고 마법 운용도 특기인 종족이라고 하거든. 두목의 지혜를 빌린 사우라

디테의 함정은 뭐라고 해야 하나……, 흉악하기로 유명하지."

휴, 흉악하다고……? 그건 사우라 씨가 흉악하다는 건지 두목이 흉악하다는 건지 불분명하지만, 실제 함정을 작동시키는 건 사우라 씨니까 사우라 씨 본인의 성격이 반영되지 않았다고는 단언할 수 없겠지. 역시 가차 없는 사람이구나, 사우라 씨!

"그 함정을 설치하기 위해서는 마법을 정밀하게 운용할 필요가 있어. 사우라라고 해도 시간이 좀 걸리지. 그동안 사우라는 무방비해진다. 사전에 준비할 수 있는 건물 안에서 싸우는 거나 전쟁과는 달리 이번에는 리스크가 커."

"하지만 이번엔 적이 한 명이고, 무엇보다 쥬마가 있으니까. 쥬마는 누군가를 지키면서 싸우는 요령은 좀 부족하다 보니 약간 걱정되긴 하지만, 에핑크를 상대로 당하진 않겠지."

"무엇보다 사우라가 쥬마를 믿고 의지했으며, 쥬마는 그걸 받아들였다. 실수하진 않을 거야."

그렇구나. 확실히 함정을 치려면 사전준비가 필요하다. 그게 사우라 씨의 무기인 거구나. 작은 소인족이기 때문에 발달한 전투 방법일지도 모르겠다. 비슷한 실력의 체술을 익힌다고 해도 몸의 크기가 작으면 핸디캡이 되니까. 마법 위력이라기보다는 운용으로 보완하는 것도 낮은 연비로 고효율을 뽑을 수 있을 것 같다.

나도 몸이 작고 마력도 별로 없으니까 사우라 씨의 마법은 참고가 될지도 모른다. 기회가 된다면 좀 배우고 싶다. ……흉악한 건, 그, 내용에 따라서 취사선택해야겠지만!

"흠. 쥬마는 제법 잘하고 있다. 화력이 큰 일격필살 타입이지만 사우라의 집중을 방해하지 않도록 고려도 하는 모양이야. 그 쥬마가."

"흐응, 그 쥬마가!"

쥬마, 분명 절찬 활약 중일 텐데 주위의 반응이 참. 평소 전투 방식을 본 적이 없으니 뭐라 말할 수는 없지만, 기르 씨와 케이 씨가 이렇게 말하는 걸 보면 평소엔 요란하게 싸우는 모양이다. 그런 쥬마가 명령을 기대했던 것보다 더 잘 수행하고 있다고 하니, 오히려 칭찬해줘야 하는 거 아닐까?

『아아악! 저 자식 짜증 나! 좀 더 이렇게 화려하게 때려 붓고 싶은데! 내가 해치우면 안 돼?!』

앗. 스트레스는 쌓였구나!

"안 돼, 쥬마. 네가 했다간 녀석이 죽어."

『아아악, 젠장!!』

기르 씨가 즉시 그렇게 대답했다. 그렇구나. 기르 씨는 목소리를 저쪽에 전달할 수도 있는 거구나. 하지만 덕분에 에핑크가 드디어 알아차린 모양이다.

『그 목소리는…… 그림자 녀석이잖아? 절묘한 타이밍에 소인이 와서 이상하다 싶더니! 대체 어디서 감시하는……?! 서, 설마!』

기르 씨의 능력을 다소 아는 모양인 에핑크는 감시당하고 있다는 걸 깨닫고, 바로 자신이 잡은 엘프 아이가 가짜일지도 모른다고 생각하기 시작한 모양이었다. 케이 씨는 처음부터 눈치 채지 못했으니 삼류라고 했지만, 작은 계기에 바로 깨달은 에핑크도 내가 봤을 때는 충분히 대단하다. 나였다면 끝까지 눈치채지 못했을 자신이 있으니까. 나는 전직 사축인 일반인이라고!

『가, 가짜잖아! 뭐야 이거……, 어느새?!』

『어느 새고 뭐고, 그야…… 처음부터였는데?』

에핑크가 놀라자 희희낙락 대답하는 쥬마. 직후 굉음이 울려 퍼졌다. 아마도 쥬마가 공격한 모양이다.

『좋아! 준비 끝났어, 쥬마! 기다렸지? 잘했어!』

『오, 빨리했네.』

그러는 사이에 사우라 씨의 준비도 끝난 모양이다. 결과가 궁금하기도 하고, 아는 게 무섭기도 하고.

『젠장! 나 완전히 피에로잖아! 뭐야, 정말!』

목소리만으로도 에핑크가 발을 동동 구르며 분노하는 게 느껴졌다. 애초에 유괴하려고 한 사람이 잘못한 거거든?

『이대로는 절대 못 끝내!』

『무르긴. 이 건에서 손을 떼고 싶게 만들어 주는 게 사우라 님이란다.』

『뭐? 무슨 소리 하는 거야.』

손을 떼고 싶게 만든다……? 헉, 벌써 무서운데요. 눈치채! 적이지만 아무튼 빨리 도망쳐, 에핑크!

『자, 올 테면 와라!』

『그런다고 달려드는 바보는 없거든? 뭔가 준비해놓은 게 있다는 걸 아는데 걸리는 녀석은 얼간이거든?』

아무래도 경계하는 모양이다. 실컷 소인이라고 무시했지만,

오르투스의 길드원이라는 건 아니까 제대로 경계한다는 느낌인가. 뭐, 확실히 이 상황에서 무식하게 뛰어들었다간 그의 소속 길드가 정말로 특급인지 의심했겠지만.

『에이, 그런 말 하지 말고.』

『어.』

쥬마의 목소리와 그 뒤에 이어지는 에핑크의 목소리. 그 후에 쿠르르릉하는 소리가 거세게 울려 퍼졌다. 무, 무슨 일이 일어난 거야?!

"쥬마가 에핑크의 등을 찼다. 함정을 향해."

"우와……."

나도 모르게 그런 목소리가 흘러나왔다. 왠지 벌써 불쌍해졌다. 내가 무른 건지도 모르지만.

『위험해라! 뇌격이라니 우습게 보는 거야? 하하, 고작 이런 게 소인의 비장의 카드였어? 그렇다면 너무 시시해서 웃긴다!』

아무래도 쿠르르릉은 뇌격 소리였던 모양이다. 그걸 딱히 큰 데미지 없이 회피한 에핑크는 역시 실력자인지도 모른다. 바보인 건지 대단한 건지 이제 모르겠다!

『어라, 피했네. 대단하다! 쥬마 말고도 피하는 녀석이 있다니. 제법인데!』

하지만 정작 사우라 씨의 목소리는 밝다. 상대에게 먹히지 않은 것 같은데 괜찮을까……?

『하하핫! 여유 부릴 수 있는 것도 지금……, 윽?!』

여유롭게 웃던 에핑크가 갑자기 괴로워하기 시작했다. 어? 뭐야? 뭔데?!

『아……, 역시 그거구나. 나도 그거 낫기까지 꼬박 하루는 걸렸으니까. 죽는 줄 알았어!』

『보통은 하루 만에 안 낫거든?』

쥬마, 이미 체험해본 거야?! 버, 벌을 받았을 때의 그건가……? 아니 그보다, 누가 해설 좀 부탁드립니다!

『전격은 덤이야. 몸속에, 정확하게는 요도관에 작은 돌 같은 걸 만들어냈지! 꽤 예전에 두목이 걸려서 고생했던 병이 있거든. 죽지는 않지만 죽도록 아프다고 하니까, 써먹을 수 있지 않을까? 마법으로 만들어낼 순 없을까? 그렇게 연구했단 말씀!』

사, 사우라 씨……. 나 그거 알아. 요로결석 아닌가……? 그, 그걸 마법을 써서 인위적으로 만들어냈다고?! ……무섭다. 사우라 씨를 화나게 하면 안 되겠어. 절대로!

Welcome
to the
Special
Guild

2 첫 번째 계약 정령

사방이 조용해지고 그림자새를 통해 들리는 에핑크의 비명이 묘하게 애수를 자아냈다.

『똑바로 들어, 에핑크. 그 증상은 내버려 둬도 나아. 조절도 해놨고. 많이 아프니까 참지 못할 것 같다면 진통제라도 처방받도록 해.』

『이해해, 이해하고말고. 일단 그 뭐냐, 음……. 열심히 자력으로 돌을 내보내.』

『끄아아아악, 뭐야 이 공격! 이 소인, 아야야야야야! 흉악해!!』

정말로 흉악해요, 사우라 씨. 어째서 이걸 공격에 살릴 생각을 한 걸까. 게다가 두목이 요도결석을 앓았다니, 어떻게 반응해야 좋을지 모르겠는데요!

『이 아픔을 절대로 잊지 마. 나는 이걸 한 번에 몇 명이든 걸리게 할 수 있거든? 길드원의 힘을 빌리면 원거리로도 가능해.』

『진짜로?!』

에핑크는 고통스러워하면서도 '너무해', '반칙이야' 하고 항의했다. 심정을 이해하지 못하는 건 아니다.

『……이번 일은 네 단독행동 아니지?』

『! ……무슨 소린지 모르겠는데?』

사우라 씨의 조용한 목소리가 그렇게 물었다. 어라? 네모에서도 문제라는 이 사람이 멋대로 벌인 일인 거 아니었어?

"흠. 실패를 전제로 계획한 떠보기였나."

"으음, 그래서 에핑크를 쓴 거구나. 에핑크라면 멋대로 행동했을 거라 해석될 법하고, 우리도 그렇게 생각했으니까."

어? 어? 어떻게 된 거야? 잠깐, 좀 못 따라가겠는데…… . 혹시 네모가 길드 차원에서 날 유괴하라고 지시했다는 뜻?

『어디서 주워들은 건지는 모르겠지만 아마 정말 엘프 어린이가 있는지 확인하고, 우리가 그 아이를 대하는 태도를 조사한 거겠지.』

『큭…… . 나, 나는 모르는 일이야.』

우와, 거짓말 못 하는 타입이다! 아파서 제대로 속이지 못하는 것뿐인지도 모르지만, 이 태도는 정곡을 찔렸다고 말하는 거나 마찬가지다.

『그래? 뭐 좋아. 그래도 잘 들어. 그 아이에게 손을 댄다면 우리는 용서하지 않을 거야. 두목과 마왕의 손을 빌리는 것도 생각 중이지. 이 정보는 네게 지시를 내린 **누군가**에게 보고하는 걸 추천할게.』

『큭…… . 쓸데없는 참견이거든?』

에핑크는 그 말이 끝나자 다시 앓기 시작했다. 많이 아픈 것 같다. 그야 그렇겠지. 인위적으로 생긴 요도결석이니까. 걸린 적이 없어서 얼마나 괴로운지는 모르지만.

『아무튼 지금은 냉큼 돌아가. 몸이 그래서야 마저 '교류'하려고 해도 즐겁지 않을 테니까.』

그 후 에핑크는 말없이, 정확하게는 아파서 아무 말도 못 했던 건지도 모르지만, 아무튼 그 자리를 떠난 모양이었다. 평범한 교류는 무사히……, 무사히? 사우라 씨의 완전 승리로 끝났습니다. 쥬마는 재미없었다면서 불평을 늘어놓았지만! 당연히 사우라 씨의 한마디에 닥쳤다.

에핑크가 떠난 뒤에는 사우라 씨가 쥬마에게 만약을 위해 에핑크를 미행하라고 지시를 내렸다.

『어째 요즘은 계속 이런 임무만 주지 않아? 난 미행 서툴러서 금방 들킬걸?』

『어머, 좋은 연습이 되지 않겠어? 이런 기회라도 아니면 못하는 걸 극복하지 못하잖아?』

『으아 진짜! 나 슬슬 화려하게 날뛰고 싶은데! 이거 끝나면 돌아오는 길에 드래곤 토벌하고 올 거야! 찾지 마!』

『그래, 그래. 보고만 똑바로 하면 마음대로 해도 돼. 자, 어서 가!』

『빌어먹을!』

이러니저러니 해도 지시사항은 제대로 수행하는 쥬마는 역시 유능하다. 기르 씨의 말로는 오니라는 종족 특성상 한 번 전투로 기울었던 마음이 어중간하게 끝나버려서 신경이 곤두선 상태라고 한다. 그래도 자신의 감정을 컨트롤해서 따르는 건 대단한 일이라고. 오니 중에서는 믿어지지 않을 만큼 온화하다는 쥬마. 은근슬쩍 손해 보는 역할이지만 나는 응원할게!

"쥬마 오빠, 파이팅!"

나도 모르게 그렇게 외치자 기르 씨가 쥬마에게 전달해주었다.

『……그래. 다녀오마!』

앗, 친절해라. 내가 응원한다고 전해 듣자 바로 얼굴을 펴고 그렇게 인사해주는 쥬마는 참 좋은 오빠였다.

"네모도 멍텅구리 소굴은 아니니까 우리가 이래저래 알아차릴 건 예상했겠지. 에핑크가 거짓말을 못 하는 성격이라는 걸 모를 리가 없고. 다만, 목적이 불확실하단 말이야."

쥬마가 에핑크를 쫓아간 뒤, 사우라 씨는 그림자새를 타고 무사히 길드에 돌아왔다. 그나저나 소인족이라고 해도 사람을 잡고 날 수 있다니, 그림자새는 힘이 세구나. 마법 덕분인 건가? 크기만 보면 비슷하니까 나도 잡고 날 수 있을까. 내가 무서워서 무리지만.

사우라 씨가 응접실에 돌아온 다음 휴식 겸 케이 씨가 타준 차를 마시면서 대화가 시작되었다. 나 여기 남아서 이야기를 들어도 괜찮은가?

"으음, 엘프 어린이는 귀중하다는 이유가 전부가 아니라는 거야?"

"그래. 아무리 그래도 고작 그 이유만으로 우리를 적으로 돌릴지도 모르는 위험은 저지르지 않을 거야. 더 뭔가……, 또 이유가 있을 것 같아."

신음을 흘리며 팔짱을 끼고 생각에 잠기는 사우라 씨. 팔 위로 커다란 볼륨이 올라가 대단히 눈보신이 되었습니다. 언젠가는 나도……!

"감인가."

"감이야."

"으음, 사우라디테의 감은 잘 맞으니까."

그런 얼간이 같은 생각을 하는 사람은 나밖에 없었던 모양이다. 아니, 개인적으로는 중요한 문제거든! 가슴 문제는 전쟁도 일어날 정도라고!

"휴. 일단 보류하자. 결국 상대방이 어떻게 나올지에 달렸으니까. 선공을 당할 마음은 없지만 메구의 안전이 가장 중요해."

"그건 그래."

사우라 씨가 내 머리를 토닥토닥 쓰다듬었다. 그 후 여느 때의 발랄한 느낌이 아닌, 자애로 가득한 미소를 지으며 말했다.

"정말 무사해서 다행이야. 안심해. 앞으로도 우리가 온 힘을 다해 메구를 지킬 테니까."

눈두덩이가 서서히 뜨거워지는 걸 느꼈다. 따뜻하다. 사우라 씨나 다른 사람들의 배려가 무척 따뜻하고, 그렇기 때문에 무력한 내가 속상했다.

──힘을 원해. 아주 조금이라도 좋으니까, 뭔가 사람들의 힘이 될 수 있을 법한 나만의 힘이.

그렇게 강하게 기도한 순간, 연한 분홍색의 빛이 눈앞을 지나갔다. 그 아이다. 그 순간 생각하기도 전에 몸이 먼저 움직였다.

"메구?!"

"사우라 씨! 문 여러주세요! 그 애랑 말할 거예요!"

그 아이는 문 틈새를 통해 밖으로 나가버렸다. 하지만 이 방의 문은 특수한 구조인데다, 문고리가 내 손이 닿지 않는 위치에 달렸기 때문에 나 혼자서는 문을 열 수가 없다!

"왜 그래? 메구."

"정령님이요! 저는 그 애랑! 계약하고 시퍼요!"

"으음……. 하지만 메구, 그렇게 서둘러서 쫓아갈 필요는…… 분명 또 금방 만날 수 있을 거야."

그렇다. 그 말이 맞다. 분명 그 아이와 다시 만날 수 있다. 대화도 할 수 있다. 그렇게 확신한다. 하지만, 그래도 지금이 아니면 안 된다. 그런 느낌이 든다!

"마음, 마음이 소리쳐요! 마음에 따르래써요!"

가슴이 자꾸 술렁거리면서 부산하다. 하지만 그건 불안한 게 아니라, 눈앞에 있는 보물 상자를 열기 직전 같은 고양감에서 오는 느낌이다.

내가 필사적으로 호소하자 다들 이해해준 건지 기르 씨가 문을 열고 나와 함께 와 주었다.

"기르! 슈리에에게 바로 연락해! 아마 의식을 치르지 않을까? 그러려면 슈리에가 있어야 해!"

"! 알았어."

아, 그랬다. 의식을 치를 때는 슈리에 씨에게 연락하겠다고 약속했다. 하지만 왠지 지금은 그런 생각을 할 여유가 없어! 속으로 나 대신 손을 써준 사우라 씨와 기르 씨에게 고맙다고 인사했다.

이리하여 나는 둥실둥실 유혹하듯 날아가는 연분홍색 빛, 목소리의 정령을 쫓아 길드 안을 마구 달렸다. 기, 기다려! 헉, 헉. 숨이……!

우연인지, 필연인지, 목소리의 정령이 인도한 건지. 내가 처음 정령이 존재하는 세계를 볼 수 있게 된 장소에 도착했다.

"훈련장인가……."

그렇게 중얼거리며 그림자새를 날리는 기르 씨. 분명 슈리에 씨에게 연락한 거겠지. 안심한 나는 바로 목소리의 정령에게 몇 걸음 다가갔다. 목소리의 정령은 도망가지 않고 나를 기다리는 모양이었다.

"안녕, 목소리의 정령님."

『……안녕.』

정령은 누군가의 목소리가 아니라 본인의 목소리로 대답해주었다. 저절로 얼굴이 풀어졌다. 정령도 쿡쿡 웃는 듯한 분위기가 왠지 모르게 전해졌다.

"어째서 여기까지 데려와 준 거야?"

내가 그렇게 묻자 정령은 잠시 당황한 것 같았다. 하지만 도망치지 않고 제대로 대답해주었다.

『이상한 느낌이 들었어. 너랑 제대로 대화해야 한다는 느낌이 들었어.』

이 아이도 나와 같은 생각이었다는 걸 알게 되어서 기쁘다. 오늘은 침착하게 대화할 수 있을 것 같다.

"이짜나, 나는 역시 너랑 계약하고 시퍼."

『……하지만 나는…….』

우물쭈물 주저하는 정령. 자신감이 없구나.

"나 들을게. 그러니까 무슨 생각하는지 말해주지 아늘래?"

내가 그렇게 말을 걸자, 연분홍색 빛이 부르르 떨었다. 그리고는 알았다면서 드디어 이야기해주기 시작했다.

『나는 그냥 목소리의 정령이야. 소리의 정령이라면 목소리도 소리로 다룰 수 있고, 나보다 훨씬 힘이 강해. 게다가 나는 노래의 정령처럼 사람들을 기쁘게 해줄 수도 없어. 나는 목소리를 듣고 흉내 내는 것밖에 못 하니까……, 그러니까 널 지킬 수 없어. 힘이 될 수 없어!』

처음으로 이 아이의 진심을 들었다. 그렇구나. 소리의 정령이나 노래의 정령 같은 다른 정령에게 열등감을 느꼈던 거야. 그 마음 이해하고말고!

『하지만 나는 네가 좋아! 옆에 있으면 기분이 좋아. 친해지고 싶어! 좋아하니까 힘이 되어주지 못하는데 옆에 있는 건 싫어!』

"정령님……!"

그런 식으로 생각해주었던 거구나! 영락없이 미움받았나 했는데! 그렇구나, 열등감과 자존심, 그리고 옆에 있고 싶은 마음 사이에서 갈등했던 거야. 크흡, 너무 귀여워!

"그럼 힘이 대어줘. 정령님."

『어?』

"해보기도 전에 못 한다는 건 어떠케 알아? 갠차나. 너라면 내 힘이 대어줄 거야! 나는 그렇게 믿어."

당황한 느낌이 전해졌다. 그 후 서서히 피어나는 기쁨도.

『저, 정말?』

"응."

『나여도 괜찮아……?』

"응! 목소리의 정령님이 조아! 계약해 줄래?"

『……! 응! 나 열심히 할게!』

만세! 드디어 허락받았다! 프러포즈가 성공하면 이런 느낌인 걸까? 아무튼 너무 기뻐! 신이 나서 두 팔을 만세 하며 폴짝폴짝 뛰고 있었더니 슈리에 씨가 훈련장으로 달려왔다. 오, 나이스 타이밍.

"메구! 계약할 정령을 정했다니 정말인가요?"

"네! 지금 막 허락해줘써요!"

아마 슈리에 씨는 매우 서둘러서 왔을 텐데, 가볍게 한숨 돌리자마자 바로 평온해졌다. 대단해라. 나였다면 한동안 말도 제대로 못 했을 텐데.

슈리에 씨는 진지한 눈빛으로 목소리의 정령을 쳐다보았다. 정령이 당황하는 게 전해졌다. 화, 화이팅!

"당신이 목소리의 정령이죠?"

슈리에 씨가 정령의 정체를 입에 담자 정령은 부드럽게 빛났다. 아, 그렇지. 이로써 슈리에 씨도 이 아이와 대화할 수 있게 된 거야.

『마, 맞아요!』

정령은 머뭇거리면서도 단호하게 대답했다. 좋아, 좋아. 바로 그거야!

"……각오는 되어있겠죠?"

『……응. 내가 할 수 있는 최선을 다할 거야!』

잠시 둘 사이에 침묵이 흘렀다. 두근두근…….

"……좋습니다. 계약 의식을 거행하도록 하죠."

"! 자, 잘 부탁드림미다!"

허락받았나 봐! 나와 목소리의 정령은 나란히 안도의 한숨을 쉬었다.

그리하여 바로 의식을 치르게 되었다. 훈련장에는 다른 사람들도 있었지만 기르 씨와 슈리에 씨 말고는 전부 잠시 자리를 비워달라고 했다. 좀 미안해라. 하지만 슈리에 씨가 웃으면서 '부탁'하는 걸 거절하는 사람은 없었다. 시, 신기하네!

"말에 마력을 실어서 이름을 부여하는 겁니다. 마력을 담은 말이라면 메구와 정령 말고 다른 사람에게는 들리지 않으니까 진명이 들킬 걱정은 없어요. 설령 들린다고 해도 저나 기르라면 문제없으니까요. 괜찮습니다, 마음이 시키는 대로 하세요."

이름?! 헉, 생각 안 했는데! 설마 계약할 때 이름이 필요한 줄은 몰랐기 때문에 내심 크게 당황했다. 으음, 으음…….

『계약! 계약이다!』

그러자 목소리의 정령은 신이 나서 하늘을 날기 시작했다. 주위에 아마도 마력으로 추정되는 신기한 힘이 충만해지기 시작한 걸 느꼈다. 자, 잠깐만! 에, 에라이. 전직 사축을 우습게 보지 말라고! 무뜬금 요구에는 익숙하지 말입니다! 큥.

참고로 '근데 말에 마력은 어떻게 신는 건가요?!' 라고 당황할 법한 상황이었지만 이상하게도 방식을 알 수 있었다. 이것이 엘프의 피……!

『목소리의 정령님. 너에게 이름을 선물할게! 너의 이름은…….』

으음, 으음……! 조, 좋아. 이거다!

『'하세가와 쇼(聲)'야!』

『하세가와 쇼……, 내 이름……!』

그 순간 훈련장이 눈 부신 빛으로 뒤덮였다. 몸의 중심에서 무언가 뜨거운 힘이 점점 빠져나가는 걸 느꼈다. 아마 이게 마력이겠지만……, 너무 많이 빠지는 거 아니야?! 괜찮은 건지 걱정되었다.

하지만 이름을 받고 굉장히 기뻐하는 정령의 감정이 흘러들어와 기분은 아주 좋았다. 작명 센스에 대해서는 안이하다고 태클 걸지 말아주시라. 이게 내 한계였다고! 하지만 기뻐해 줘서 다행이다. 설마 나와 같은 성을 선물하게 될 줄은 몰랐지만, 결과적으로 잘 됐으면 그만이다. 가족의 일원 같고 좋지 뭐!

"앞으로 잘 부탁해. ……쇼."

『잘 부탁해! 후후후, 나는 쇼야!』

연한 분홍색 빛이었던 쇼는 점점 모습이 변하더니 인간형이 되었다. 눈썹보다 조금 위에서 가지런하게 자른 일자 앞머리에 바깥쪽으로 살짝 뻗친 단발머리. 성별이 모호한 몸매로, 머리부

터 발끝까지 연한 분홍색이다.

"인간형 정령인가요…… 특이하군요."

슈리에 씨가 그렇게 중얼거리는 게 들렸지만 질문하진 못했다. 한계였기 때문이다. 손가락 하나 까딱할 수 없다. 게다가 어마어마하게 졸리다.

"괜찮습니다. 안심하고 주무세요."

슈리에 씨의 따뜻한 목소리와 자장가를 들으며 나는 수마에 몸을 맡겼다.

【사우라디테】

메구가 정령 계약을 마치고 마력이 소진되어 잠든 지 하루하고도 반나절이 지났다. 슈리에의 이야기에 따르면 2, 3일 동안 잠든다고 했으니 눈을 뜨려면 아직 멀었다. 그걸 알면서도 기르는 내버려 두면 계속 메구 옆에 있을 것 같았기 때문에 적당히 일을 던져주었다. 의료담당자라면 모를까, 딱히 할 일도 없는 장신의 남자가 계속 의무실에 있으면 걸리적거리잖아. 유능한 인재가 그러고 있는 걸 내가 용서할 리 없지. ……기르의 뜻밖의 일면을 봤으니 그건 그거대로 어느 의미 수확이었지만.

그런 생각을 하면서 내 방으로 돌아와 애완동물로 기르는 캐틀에 몸을 기대고 쓰다듬어주고 있었더니 기다리던 연락이 왔다. 반사적으로 벌떡 일어나자 캐틀이 야옹 울고서 쏜살같이 도망쳤다. 미안하지만 지금은 좀 바쁘단다. 정말로 손꼽아 기다리던 연락이었거든!

그 연락에 따르면……, 어?! 오늘 밤?! 너무 빠르잖아! 진짜 그 사람은 좀 더 미리 연락할 수 없는 거야? 이러고 있을 때가 아니지. 길드원들에게 연락하자!

"루드! 기르도 있지? 긴급소집이야."

"사우라? 무슨 일이야. 뭐 사건이라도 터졌어?"

눈이 휘둥그레져서 말을 거는 루드에게 살짝 머리를 숙여 인사한 다음 기르의 모습을 확인했다. 어차피 여기 있을 거라고 생각해서 의무실부터 오길 잘했지. 아니나 다를까, 기르는 메구 옆에 있었다. 참나, 언제 일을 끝내고 돌아온 거야. 신속하기도 하지. 그리고 풀어진 얼굴로 메구가 자는 모습을 구경했던 거, 나는 다 봤거든? 내 목소리를 듣자마자 바로 표정을 굳혔지만. 그야 잠자는 메구는 천사처럼 귀엽지만.

이름을 부르는 목소리에 의무실 안쪽에서 나온 루드가 메구를 간호하던 레키를 안쪽으로 보내려 하는 걸 제지했다. 레키는 있어도 괜찮다. 이 아이는 그 사람을 존경하니까 만나고 싶겠지.

"오늘 밤에 두목이 돌아와!"

""!""

"기르, 다른 사람들에게 전달해줘. 메구가 있으니까 장소는 여기로. 메구는 어지간한 일로는 일어나지 않을 테고, 두목에게도 보여주고 싶어."

"알았어."

그렇게 말한 기르는 바로 자신의 그림자를 향해 그림자새를 날렸다. 으음, 언제 봐도 편리한 힘이라니까! 이것만으로도 연락하고 싶은 상대가 어디에 있든 마력을 더듬어가서 바로 전달해줄 수 있으니까! 거리나 그 외에도 제약은 있지만. 자, 이젠 그 사람이 여기에 오기만 하면 된다. 나는 머릿속으로 해야 하는 이야기를 정리하면서 그가 도착하는 걸 기다렸다.

"오. 다들 모여있구나! 잘 지낸 것 같아서 다행이야."
곧 새벽이 밝아오려던 때였다. 다들 모여서 대기 중인 의무실에 두목이 훌쩍 나타났다. 마치 줄곧 여기에 있었던 것처럼 자연스럽게. 여전하네.
로맨스그레이의 머리카락을 올백으로 넘기고, 움직이기 불편하다며 투덜거리면서도 늘 입는 진한 회색 정장에 여느 때와 같이 파랗고 시원해 보이는 낡은 넥타이를 느슨하게 매고서.
우리에게 변함없는 안심감을 주는 두목이 몇 년 만에 귀환했다.
"두목도 여전해 보여서 다행이야."
"그래, 너무 그대로라서 눈물이 날 정도라니까? 조사는 난항. 단서 하나 잡지 못한 채 몇 년이 지났으니 말이지."
그런데도 비관하는 모습도, 포기하는 기색도 없는 게 이 사람이다. 그 의뢰는 기한이 없다고 했으니 이 사람은 아마 해결되거나 죽을 때까지 포기하지 않을 것이다.
대충 20년쯤 전이었다. 두목이 중요한 의뢰를 받았으니 한동안 길드를 비울 날이 많아진다고 했다. 의뢰 내용은 절대 알려주지 않았지만, 그건 의뢰인의 요청이었을 테니까 우리는 아무도 추궁하지 않았다. 그래도 설마 이렇게 세월이 지날 줄은 몰랐으니 억지로라도 캐물을 걸 그랬다고 몇 번을 후회했는지. 우리가 도와줄 수 있는 게 있는지는 모르겠지만. 그래도.

『그동안 길드는 네게 맡길게. 부탁한다, 사우라.』

정말 비겁하다니까.

뭐, 몇 년에 한 번은 돌아왔고 연락도 그럭저럭 오갔으니까 걱정은 안 했지만! 그 왜, 심정적으로. 의지해주길 바라잖아?

"……보고서에 적은 내용은 이 정도? 그 외엔 어제 기르와 케이의 보고에 의하면 반마형의 모습을 본 적이 없다는 듯했으니까……, 거의 틀림없는 것 같아."

이제 막 돌아온 거지만, 시간이 아까웠기 때문에 나는 지금까지 있었던 일을 두목에게 보고했다. 물론 이미 서류로 자세한 내용을 보내놓았지만.

기억상실에 걸렸을 가능성이 큰 메구지만, 루드 말로는 기본적인 생활 습관이나 인사, 글자를 읽을 수 있는 걸 봐도 일반상식은 날아가지 않은 것 같다고 한다. 평범하게 생활하면서 반마형을 모를 수는 없다. 슈리에도 엘프 마을에도 행상인이 왕래하거나 관광객이 오는 등 반마형 아인을 볼 기회가 있다고 했고. 만약 메구가 엘프 마을에서 자랐다고 해도 반마형을 모른다는 건……

"하이 엘프 마을이라는 폐쇄적인 공간에서 자랐다는 건가?"

두목이 내 보고를 듣고 정확하게 요점을 잡았다.

"그래. 거의 확정이긴 하지만……, 확고한 증거가 없으니까 단언하지는 못해."

"네 감은 뭐라고 말하는데?"

"……틀림없어. 안타깝게도."

"흠. 그럼 그런 거겠지."

내 감을 너무 의지하는 것도 좀. 기분은 나쁘지 않지만!

"그건 그렇고, 등잔 밑이 어둡다고 해야 하나……. 설마 홈에 단서가 있을 줄이야."

"단서?"

"그래. 내가 받은 의뢰의 단서. 죽도록 까다롭고 무모한 의뢰였는데 말이야. 10년 넘게 없었던 단서가 드디어 나타났다는 거지."

두목은 머리를 긁적이면서 팔자 눈썹을 그리고 메구를 내려다보았다.

"……설마."

"맞아. 이 아이가 바로 그 단서라고 봐도 틀림없어."

설마 했던 두목의 말에 의무실 안에 긴장이 감돌았다. 기르는 살짝 살기까지 날리고 있고. 다들 메구가 위험해지는 게 아닌지 걱정하는 거다. 이해해. 나도 걱정이니까.

하지만 두목은 우리가 그러거나 말거나 씩 웃었다. 시니컬한 미소지만 그 눈동자에는 자애가 가득했다.

"훗, 괜찮아. 나에게도 의뢰인에게도 이 아이는 지켜야 할 존재니까. 귀찮은 일에 휘말릴 가능성은 있지만 안심해. 온 힘을 다해 지키겠다고 약속할게. 그러니까 그렇게 무서운 눈으로 보지 말라고, 이 아버지 슬프다!"

누가 아버지냐고 딴죽을 걸고 싶었지만, 그는 우리에겐 아버지 비슷한 존재가 맞긴 하다. 다른 길드원도, 그리고 나도 두목의 말을 듣고 간신히 안심했다.

"슈리에."

"네."

"너도 어렴풋하게 생각하고 있었겠지만……."

"……귀향 말인가요?"

"그래. 이번에는 나도 가자."

"! 두목과 함께 원정이라니, 오랜만이군요. 알겠습니다. 가죠."

두목과 슈리에 둘 사이에서 대화가 오간 뒤 바로 결정해버렸지만, 그건 나도 생각했던 바이기 때문에 문제없다.

한 번 슈리에를 엘프 마을에 돌려보내서 하이 엘프에 대해 적힌 서적을 꼼꼼히 조사할 필요가 있기 때문이다.

"이 아이가 눈을 뜬 뒤에 출발해도 돼."

"네? 괜찮은 겁니까?"

"너, 이 아이의 스승이잖아? 눈을 떴을 때 네가 없으면 이 아이가 울 거다."

"그건 어떻게든 피해야겠네요."

즉답하는 슈리에를 보고 두목이 피식 웃었다. 다행이다…….

메구를 배려해준 거구나. 역시 다정한 사람이야.

"나는 한 번 의뢰인과 대화하러 가야겠어. 그러니까 슈리에, 이 아이와 대화를 마치면 센트레이에 있는 항구로 와. 거기서 기다리마."

"알겠습니다."

"두목, 잠깐만. 확인해두고 싶은 게 있는데……."

거기서 대화가 끝나는 분위기였기 때문에 급히 끼어들었다. 이 사람은 좀 서두르는 경향이 있다니까.

"이 아이, 그러니까 메구를 우리 길드의 일원으로 인정해주실 수 있습니까?"

긴장했다. 지금까지 이렇게 내가 직접 확인한 적이 없었기 때문이다. 길드에 들어오고 싶어 하는 사람들은 다들 이런 심경이었을까. 기억해두자.

"메구……, 라."

"네?"

"……아니, 좋은 이름이야. '메구'라는 이름의 꽃이 있는데 꽃말로 '애정'이라는 뜻이 있거든."

"……잘 아네."

그나저나 애정이라. 왠지 멋지다. 이 사람이 꽃말을 안다는 것도 의외지만. 앞으로도 메구는 애정을 듬뿍 받으면서 씩씩하게 자랐으면 좋겠다.

"그래서, 그게……."

결과는? 중요한 부분을 듣지 못했으니 나는 재촉하듯 두목에게 물었다.

"길드원으로 받아달라고? 이 아이가 원한다면 기꺼이 받을게."

"! 감사합니다!"

휴, 이걸로 어깨의 짐이 내려갔다. 이젠 당당하게 메구를 우리 길드 소속이라고 말할 수 있어! 내가 안도하자 두목이 이번에는 구석에 있는 레키에게 시선을 주었다.

"음? 소년, 네가 이 아이를 봐주고 있는 거야?"

아이고, 쟤도 참. 더 앞으로 나와 있어도 되는데. 사양하는 건가? 아무렇지도 않다는 듯한 얼굴이지만 저 아이가 두목을 존경한다는 건 이미 알고 있다. 더 가까이서 보고 싶을 텐데. 묘한 구석에서 배려했구나.

"네. ……이 길드의 **일원**으로서 제가 할 수 있는 일은 최대한 할 생각이야……, 입니다."

어? 눈빛이 바뀌었네? 곧은 눈으로 두목의 눈을 쳐다보며 말하는 레키는 조금 성장한 것처럼 보였다. 메구의 존재는 레키에게도 좋은 영향을 준 모양이다. 후후, 왠지 기쁘다.

"……그래. 드디어 정한 거냐."

두목은 부드럽게 눈을 휘었다. 계속 보류해두었던 레키의 소속. 그걸 지금, 바로 이 타이밍에 결정하고 알렸다는 건 왠지 특별한 인상으로 남는다. 오르투스의 동료가 단숨에 두 명 늘어난 것 같아서 감개무량하다.

"그럼 다시금 말할게. 특급 길드 '오르투스'에 잘 왔다. 더 열심히 해, **레키**."

"! 네!"

처음 이름으로 불린 레키는 벼락이라도 맞은 것처럼 등을 똑바로 폈다. 후후, 아직 제어가 서툰 건지 무지개색의 푹신푹신한 꼬리가 튀어나왔잖아! 흐음, 앞으로는 우리도 그에 맞는 대응을 해야겠다. 오르투스 견습이 아닌 정식 길드원으로서. 앞으로의 성장을 기대할게!

그 후 두목은 바로 의무실을 나섰다. 우리가 아쉬워할 새도 없었다. 매번 참으로 담백한 작별이란 말이지. 오랜만에 보는 건데.

하지만 대충, 다음엔 더 빨리 만날 수 있을 것 같다. 어떻게 아냐고? 감이야!

Welcome
to the
Special
Guild

3 오르투스의 일원

【메구】

"으응……?"

달콤한 사과 비슷한 향기를 맡고 눈을 떴다. 마치 먹보 같네.

"! 일어났어? 지금 사람들 부를게."

"레키……?"

아무래도 의무실에서 자고 있었던 모양이다. 으음, 그러니까…… 그래. 목소리의 정령과 계약했었지! 계약 잘 된 거 맞지? 으음, 실감이 안 나니까 불안한데.

"일어날 수 있겠어?"

"? 네! 아, 아야야."

일어나려고 했지만 묘하게 몸이 무겁고 약하게 현기증이 났다. 아직 마력이 다 회복되지 않은 건가? 레키의 부축을 받으며 천천히 일어난 다음 앉았다. 으윽, 힘들지만 이렇게 몸 상태가 안 좋은 걸 보면 계약은 성공했다고 믿어도 되는 거지?

"……마셔."

"감사함미다!"

불안하지만 눈앞에 있는 애플티의 향기에는 이기지 못했습니다. 레키가 마시기 좋은 온도로 타준 차는 무척 맛있었다. 따뜻한 차가 온몸에 퍼지는 것 같다. 어쩐지 피로도 풀린 것 같아!

눈을 뜨자마자 홍차라니, 왠지 셀럽 느낌이 나는데!

"메구!!"

"! 기르 씨."

평온하게 티타임을 즐기고 있었더니 의무실 문이 거칠게 열리는 바람에 쾅! 하고 큰 소리가 났다. 문 안 부서졌을까. 레키가 의무실에서는 조용히 하라고 화를 냈지만, 큰 소리를 낸 당사자인 기르 씨는 미안하다고 한마디 한 다음 바람처럼 빠르게 내 앞으로 달려왔다. 엄청 호들갑스러운데요!

"어디 아픈 곳은 없어? 불편한 곳은? 열은?"

"네? 좀 나른한 정도인데요…….."

초조해하는 기르 씨는 내 이마와 뺨을 만져서 확인하며 잇따라 질문을 던졌다. 뭐, 뭐지? 의문을 느끼면서도 얌전히 있었더니 가까스로 내가 무사하다는 걸 이해한 건지 기르 씨는 긴 한숨을 내쉰 뒤 '다행이다.' 하고 중얼거렸다.

"우리 의료 담당을 신뢰하지 못하는 거야?"

"아니, 신뢰는 한다. 하지만…….."

레키가 팔짱을 끼고 언짢아하면서 말하자 기르 씨는 난처해하는 표정을 지었다.

"걱정되는 건 걱정되는 거야. 머리로는 알면서도. 그렇지? 기르."

"어, 어어…….."

"참나, 냉정 침착한 기르가 이렇게 당황하다니. 어지간히 메구가 소중한가 보군. 심정은 이해하지만."

머뭇거리는 기르 씨의 말을 이어 의무실 안쪽 커튼 뒤에서 나온 루드 선생님이 기르 씨를 두둔해주었다. 헉? 그 정도로?! 걱정한다고 해도, 정령과 계약할 때 마력을 많이 써서 쓰러진다는 사실은 기르 씨도 알고 있었을 텐데. 고개를 갸웃거리던 나는 루드 선생님의 말을 듣고 그게 얄팍한 생각이었다는 걸 깨달았다.

"메구는 잘 모르는 것 같은데. 그럴 수밖에 없나. 너는 정령과 계약한 뒤로 3일하고도 반나절을 계속 잤거든. 지금은 계약한 날에서 나흘째 되는 아침이야."

뭐, 뭐, 뭐라고?! 그야 걱정될 만도 하고 일어날 때도 힘들 만하네! 그리고 지금 알아차린 거지만 링거 맞고 있었잖아!

"그동안 레키가 계속 잠도 안 자고 간호해줬어."

"레키가……?"

세, 세상에. 약 나흘 동안 이렇게 옆에 있어 줬던 거야? 밤을 꼴딱 새우면서? 아인은 정말 하이 스펙이구나. 반사적으로 레키를 응시했지만, 레키는 고개를 홱 돌려버렸다.

"흥, 일이니까. 루드 선생님, 서류 정리 끝났으면 이제 쉬어도 되지?"

"그래. 오랜만에 푹 쉬도록 해. 내일은 오후부터 나오면 돼. 서류도 그때 제출해도 괜찮아."

"먼저 끝내두고 싶으니까 해놓을게."

크게 하품하면서 의무실 안쪽으로 걸어가려는 레키. 자, 잠깐만! 아직 인사 못 했단 말이야!

"레키! 감사함미다!"

레키는 뒤도 안 돌아보고 커튼 너머로 사라졌지만, 대신 한쪽 손을 살짝 들어 올려서 대답은 해주었다. 수줍어하기는!

레키와 교대하듯 의무실에 슈리에 씨가 들어왔다. 슈리에 씨는 내가 한동안 일어나지 못한다는 걸 알아서 그런지 그렇게까지 초조해하는 기색은 보이지 않았지만, 조금 안도하는 표정이었기 때문에 걱정했다는 건 알 수 있었다.

"슈리에 씨."

"메구, 안녕히 주무셨어요. 몸 상태는 좀 어떤가요?"

"으음, 좀 뻐근해요."

"후후, 그건 어쩔 수 없죠. 어린아이니까 금방 회복될 겁니다."

생글거리며 그렇게 말한 슈리에 씨는 내 머리를 부드럽게 쓰다듬어주었다. 하아, 이 쓰다듬은 최고예요! 그렇지. 지금 나는 어린아이니까. 회복력은 끝내줄 거야! 어째 요즘 들어 몸의 성능에 너무 기대는 것 같은 느낌이 든다.

아, 맞아. 슈리에 씨가 왔으니까 궁금했던 걸 확인해야지!

"저기, 저 제대로 계약 해써요……?"

이게 문제다. 딱히 바뀐 느낌이 없으니까 너무 불안하다. 하지만 슈리에 씨는 웃으면서 긍정해주었다. 덕분에 안심했지만…….

"하지만 전하고 달라진 게 업는 것 같아요……."

"후후, 느끼지 못할지도 모르지만 달라졌답니다. 마력의 질이 자연 마법에 맞게 변했으니까요."

마력의 질. 그런 게 있구나. 하지만 나는 차이를 잘 모르겠다. 시무룩.

"으음, 실감하기 위해서라도 정령을 불러보는 건 어떤가요? 어디에 있어도 바로 찾아와준답니다. 물론 애칭으로 부르셔야 해요."

그렇게 말한 슈리에 씨는 본보기를 보여주듯 네프리를 불러냈다. 조, 좋아. 나도 불러봐야지! 두근두근.

"쇼……?"

그러자 가슴이 부드럽게 따뜻해지더니, 어느새 눈앞에 온몸이 연분홍색인 단발머리가 나타났다.

『나 왔어! 주인님!』

"주, 주인님……!"

감동했다. 우와, 우와. 귀여워! 기뻐! 드디어 실감했다. 다행이다, 안심했어. 제대로 정령과 계약했구나! 좀 자신이 붙는데?

『후후후, 귀엽다니 쑥스럽게! 주인님, 나도 계약해서 기뻐!』

내 마음을 읽은 건지 쇼가 기뻐하며 빙빙 돌았다. 나도 왠지 기뻐져서 '또 마음을 읽었지?' 하고 농담을 던지며 쇼를 손가락으로 콕콕 찔렀다.

"마음을 읽었다고요……?"

그런데 슈리에 씨가 갑자기 심각한 표정으로 그렇게 중얼거렸다. 응? 어라?

"정령님은 대충 마음을 느낄 쑤 있는 거 아니에요?"

다들 그런 줄 알았는데. 어? 어어? 슈리에 씨의 반응을 보면 그게 아닌 것 같기도 하고? 쇼라서 가능한 건가?

"'목소리'의 정령이니까 '마음의 목소리'도 알 수 있는 건 가……?"

슈리에 씨가 생각에 잠겼다.

『들리는데? 사람만이 아니라 생명이라면 전부! 나무도 꽃도 마물도! 다들 목소리가 있잖아!』

여보세요, 쇼? 너 열등감을 느꼈던 것 같은데……, 대단한 힘을 지니고 있잖아?!

"……메구. 이 일은 다른 사람에겐 말하면 안 돼요. 절대로."

양쪽 어깨에 손을 올린 슈리에 씨가 코앞에서 웃는 얼굴로 그렇게 말했다. 나는 장난감처럼 고개를 마구 위아래로 끄덕일 수밖에 없었다. 어쩔 수 없다고 이해해줘. 아, 압력이 장난 아니야……!!

"크흠. 목소리의 정령 문제는 잠시 보류해두죠. 하지만 메구는 숙제로 정령의 성질에 대해 아는 작업을 해주세요."

"숙제?"

나에게서 손을 떼고 자세를 가다듬은 슈리에 씨가 말했다. 쇼에 대해선 나도 아직 잘 모르니까 당연히 앞으로 조금씩 알아갈 생각이었는데……, 어째서 숙제?

"이틀 전 밤에 두목이 돌아왔습니다. 메구, 당신을 보고 가셨어요."

"으어?!"

뭐, 뭐라고?! 어쩐지 눈을 뜬 뒤로 계속 놀라기만 하고 있잖

아. 하지만 이 소식에는 특히 더 놀랐다고! 엮일 일이 없을 줄 알았던 길드의 수장과 나도 모르는 사이에 만났다니. 의식이 없을 때라서 다행인가? 긴장해서 헛소리가 튀어 나갔을지도 모르니까.

"그때 일을 좀 맡았답니다. 저는 1주일에서 2주일 정도 길드를 떠나 있을 거예요."

"어……."

이, 이럴 수가! 모처럼 쇼와 계약했으니 물어보고 싶은 게 많았는데! 내가 노골적으로 충격 받은 얼굴을 했기 때문인지 슈리에 씨는 쓴웃음을 지었다.

"그런 표정을 보면 결심이 흔들리네요……. 하지만 두목과 같이하는 일이니까요. 그러니 숙제를 드릴게요."

그렇구나. 수장이 준 일이라면 거절할 수 없고, 무엇보다 중요한 일일 것이다. 내가 억지를 부릴 수는 없는 노릇이다.

"알겠슴다! 저 열심히 할게요! 슈리에 씨가 돌아왔을 때 깜짝 놀라게!"

"후후, 그 마음가짐입니다. 그래야 오르투스의 길드원이죠."

어? 지금 뭐라고? 오르투스의 길드원이라는 말을 들은 것 같은데.

"……두목이 네가 원한다면 기꺼이 받아들인다고 했다. 메구, 너는 오르투스의 일원이 되고 싶어?"

의아해하고 있었더니 기르 씨가 뜻밖의 정보를 주었다. 아니, 진짜로. 오늘은 아침부터 서프라이즈 데이란 말이지. 그보다 진짜 괜찮은 거야?! 나 두목과 대화조차 한 적 없는데?

그런 내 심정을 알아차린 건지 슈리에 씨가 쿡쿡 웃었다. 역시 스승님. 다 간파하셨군요.

"마음은 이해하지만요. 메구, 당신은 종족에서 이미 자격이 있습니다. 이건 선천적으로 타고나는 것이니 운이지만요. 그렇기 때문에 앞으로 노력 여하에 따라 오르투스에 없어선 안 되는 존재가 될 수 있답니다. 즉 전부 메구에게 달려있다는 건데……, 어떠신가요?"

슈리에 씨는 첫 정령 계약도 무사히 마쳤지 않냐며 아름답게 윙크했다. 무심코 넋을 놓을 뻔했지만, 지금은 그럴 때가 아니지! 내 대답은 이미 나와 있다!

"네! 저 오루투스의 동료가 대고 싶어요!"

나는 주저 없이 선언했다. 적어도 여기 있는 동안엔 나는 오르투스의 메구이고 싶기 때문이다. 만약 내가 원래의 세계로 돌아간다고 해도, 존재가 사라진다고 해도 이 몸의 소속은 안전해진다. 안심하고 갈 수 있겠지.

내 대답을 들은 기르 씨와 슈리에 씨는 서로 눈을 한 번 마주친 다음, 나를 향해 웃었다. 그리고 입을 모아 말했다.

""특급 길드 '오르투스'에 잘 오셨습니다.""

왠지 몸에 긴장이 빡 들어가는 느낌이었다.

"그럼 저는 슬슬 출발합니다. 괜찮아요, 연락할 방법은 있으니까요. 네프리."

잠시 소소한 대화를 한 다음 슈리에 씨가 그렇게 말했다. 한동안 만나지 못하는 게 쓸쓸하다고 얼굴에 드러났던 모양이다. 쿡쿡 작게 웃으면서 바람의 정령 네프리를 불러낸 슈리에 씨. 연락 방법이 네프리인 건가?

　"메구는 예전에 네프리의 이름을 부른 적이 있죠? 그러니 이 아이의 진짜 모습이 보일 겁니다."

　"네. 예쁜 황녹색 새가 보여요."

　"맞습니다. 그때는 아직 메구에게 계약 정령이 없었으니까요. 네프리와의 연결이 어중간하답니다. 마력을 조금 담아서 '바람의 정령 네프리'라고 불러보시겠어요?"

　"? 알겠슴미다! 바람의 정령 네프리?"

　시키는 대로 불러보자 네프리의 부드러운 빛이 순간 강해졌다. 동시에 무언가 연결고리 같은 게 나와 네프리 사이에 이어진 것 같은 감각이 느껴졌다. 오오?!

　『우후후, 메구 님과 대화할 수 있게 되어서 기뻐요!』

　"아! 대화할 수 있게 댄 거군요! 와, 저도 기뻐요!"

　그렇구나. 내가 어중간했기 때문에 모습은 보여도 대화는 못했던 거다. 이젠 대화할 수 있게 된 거고.

　슈리에 씨의 말로는 누군가의 계약 정령이라고 정체를 맞혔을 때 목소리만이 아니라 모습도 동시에 보이게 된다고 한다. 야생 정령과의 차이를 알기 쉽구나. 야생 정령이라고 했더니 슈리에 씨가 웃었지만. 자연 마법 시스템, 제법인데.

　"네프리. 당신의 동료를 불러주시겠어요?"

『어렵지 않죠!』

황록색 새가 우아하게 말하는 게 은근히 웃기다. 하지만 뭐라고 해야 하나, 슈리에 씨의 첫 정령이라는 느낌. 그렇게 따지면 발랄하게 말하는 쇼는 딱 나 같은 느낌인 건지도 모른다. 그 뭐냐, 끼리끼리 논다? 쓸데없는 생각을 하고 있었더니 눈앞에 네프리와 같은 황녹색 빛이 둥실 나타났다. 네프리의 친구인가?

『이 아이는 저와 같은 바람의 정령입니다. 이 아이라면 메구 님께서 계약하셔도 문제없어요. 제가 보증합니다!』

"네프리가 그렇게 말한다면 확실하겠군요. 메구, 이 아이를 또 불러보세요."

잘 모르겠지만 나는 시키는 대로 바람의 정령에게 말을 걸었다. 그러자 눈앞의 정령이 살짝 강한 빛을 뿌렸다.

『꺄, 안녕하세요!』

바람의 정령은 아주 귀여운 목소리로 그렇게 인사했다. 작은 새가 지저귀는 듯한 목소리다. 역시 진짜 모습도 네프리처럼 새인 걸까?

"그럼 이 아이에게 이름을 붙여주세요. 진명은 필요 없으니까, 그냥 부르는 이름이면 됩니다. 표식 같은 것이거든요. 게다가 첫 계약 정령과는 달리 적은 마력으로도 충분합니다."

이렇게 이름을 붙여주면 계약이 성립되고, 앞으로는 마력을 주면 정령이 마법을 사용한다고 한다. 정령 한 명으로는 어려운 큰 마법을 사용할 때는 정령이 알아서 같은 계통의 동료를 불러서 함께 마법을 발동시키기 때문에 같은 속성의 정령과 또 계약

할 필요는 없다나. 협력한 동료들에게도 마력을 줘야 하기 때문에 평소보다 더 많은 마력이 필요하지만. 그렇구나.

『이름 주세요!』

재촉하는 게 귀여워! 으음, 하지만 내 작명 센스는 영 그렇단 말이지. 으윽, 슈리에 씨. 그렇게 기대하는 눈으로 쳐다보지 마세요!

"그, 그럼…… 후우(風). 너는 오늘부터 후우야. 괜찮아?"

『후우! 귀여워! 기뻐, 고마워!』

아무래도 마음에 들어 하는 듯한 후우를 보자 가슴이 은은하게 따뜻해지는 걸 느꼈다. 그 후 부드러운 빛이 후우를 감싸더니 점점 모습이 바뀌었다. 예상했던 대로 황록색의 작은 새였다. 마치 미니 네프리 같다. 꼬리가 조금 길고 폭신폭신한 작은 새. 귀, 귀여워!

"귀여운 이름이네요. 부르기 편하다는 점에서도 참 좋은 이름이에요."

"그, 그래요? 에헤헤."

기르 씨도 옆에서 좋은 이름이라며 고개를 끄덕였다. 부모의 콩깍지인 건지, 진심으로 그렇게 생각하는 건지는 모르겠지만 피식거리는 느낌은 없었으니까 진심인 거겠지. 하지만! 일본인이라면 안이한 발상이라고 지적이 들어올 게 뻔해! 어쩔 수 없잖아. 매번 갑자기 이름을 붙이게 된다고. 이게 내 한계다. 하지만 일본인이 아닌 한 눈치채지 못할 테니 문제는 없겠지.

이리하여 새롭게 후우라는 든든한 동료가 생긴 건 좋은데 그래서 연락 방법이 뭐지? 고민하고 있었더니 슈리에 씨가 마침 설명을 시작했다. 이 사람, 쇼처럼 마음을 읽을 수 있는 건가?! 경악하는 나에게 쇼가 '주인님은 얼굴에 다 티 나요.'라고 말했다. 그건 그거대로 중대한 사태다.

"제 첫 정령인 네프리는 상당히 강한 힘을 지닌 개체입니다. 그리고 저와 영혼으로 맺어진 소중한 파트너죠. 따라서 만약 무슨 일이 생기면 지금 이름을 준 바람의 정령에게 전언을 부탁하세요. 그 아이가 네프리에게, 네프리가 저에게 전달할 테니까요."

『맡겨줘, 주인님!』

『언제든지 말씀하세요.』

든든한 정령들의 말에 안도했다. 네프리도 후우도 나란히 있으니까 부모 · 자식 같네. 힐링된다……, 쓰다듬고 싶어.

슈리에 씨의 추가 설명에 의하면 엘프끼리는 이렇게 정령을 통해 연락을 주고받는 게 주류라고 한다. 거리가 너무 떨어져 있을 때는 한쪽이 강력한 개체거나 첫 정령이어야 한다는 모양이지만. 물론 바람 말고 다른 정령도 가능하다. 다만 같은 계통의 정령이 아니면 연락하지 못한다고.

"저는 이 방법으로 고향에 있는 동료와 이따금 연락을 주고받는답니다. 이번에는 확인해야 하는 게 있어서 직접 찾아가지만요."

"슈리에 씨, 엘프 마을에 가시는 거예요?"

일하러 가는 곳이 엘프 마을이라니! 그렇구나, 그래서 한동안 떠나는 건가. 1, 2주라고 하니 제법 먼 곳인가? 아니면 의외로 금방 갈 수 있다거나. 뭔가 이세계라는 느낌이 나는데! 어떤 곳일까. 끝내주는 미형 집단이 사는 비경…… 뭐야 그거 무서워. 미인을 하도 많이 봐서 눈이 높아지는 바람에 시집 못 가면 어떡해!

"……엘프 마을에 관심이 있나요?"

"네! 어떤 곳인지 궁그매요. 아! 하지만 따라가고 시픈 건 아니에요. 일하시는 데 방해대니까요."

"그렇, 군요……"

어라? 뭐지. 묘하게 안타까워하는 표정이다. 나 이상한 소리 했나? 하지만 그런 표정도 잠깐이고, 바로 웃는 얼굴로 돌아왔다.

"이번에는 무리지만 언젠가 같이 가요. 이 근방과 달리 자연이 풍부해서 경관이 멋지답니다. 별이 쏟아지는 언덕이나 신비한 샘, 그 외에도 다양한 장소에 안내해드릴게요."

"우와, 감사함미다!"

슈리에 씨가 언급하지 않았으니 나도 눈치 못 챈 척하는 게 맞겠지. 그건 그렇고 엘프 마을이라. 슈리에 씨의 안내가 지금부터 기대된다.

"가는 길은 위험할지도 모르지만, 엘프 마을 자체는 관광지다. 그렇다고 해도 사람으로 북적거리지 않도록 인원수에 제한은 있다만."

관광지라고?! 기르 씨의 입에서 충격적인 사실이 나왔다. 헉, 엘프 마을이잖아? 더 이렇게……, 신성한 분위기고 공기가 맑고 신비로운 비경이란 느낌인 거 아니었어? 거기다 배타적이라서 다른 종족을 가까이하지 않는다는 이미지도 있었는데요!

"썩 넓지 않은 곳이니까요. 그곳의 청정한 토지는 마력 회복에 딱 알맞은 장소라서, 엘프가 독점하는 건 아깝다고 입구를 열기 시작했다 들었습니다. 물론 엘프가 아닌 다른 종족은 들어오지 못하는 구역도 있지만요."

아하. 엘프들은 다른 종족에게 친절하구나! 게다가 대화가 통하는 종족 같다. 쓸데없는 이미지를 가지고 있으면 안 되겠네. 내 안에 있는 이미지라고 해봤자 일본에 있을 때 소설을 보면서 각인된 인식이니까, 현실은 전혀 다를 수도 있는 법이다. 선입관은 버려야지!

"그럼 슬슬 저는 출발해야겠네요. 메구, 잠시 작별이지만 다음에 만날 날을 기대하고 있을게요."

헉, 압박감! 으으, 하지만 열심히 할 거야!

"네! 슈리에 씨도 조시매서 다녀오세요!"

"네, 감사합니다."

슈리에 씨는 기쁜 듯 웃으면서 내 머리를 다정하게 쓰다듬어주었다. 한동안 못 만나니까 포옹도! 어린아이의 특권을 이용해 두 팔을 벌려서 재촉하자 슈리에 씨는 살살 녹을 것 같은 미소를 지으며 내 어리광을 받아주었다. 만세! 아아, 이 좋은 향기도 당분간 작별인가. ……킁킁.

"그럼 이만 갈게요. 기르, 메구를 잘 부탁합니다."

"그래."

아쉽지만 어쩔 수 없다. 기르 씨에게도 가볍게 인사한 슈리에 씨는 의무실에서 나갔다. 조금 쓸쓸해 하고 있었더니 쇼가 다가 왔다.

『우리가 있어! 주인님, 기운 내.』

『용건이 없어도 불러줘! 대화 상대가 될게!』

그런 말을 해주는 쇼와 후우. 우, 우리 애들이 너무 귀여운데 요. 나도 모르게 배시시 웃었다. 착한 아이들이야.

"……아침 먹겠어?"

거기다 기르 씨까지. 크고 따뜻한 손이 머리를 토닥여주자 마 음이 편안해진다. 다들 내가 쓸쓸해 하지 않도록 기운을 북돋아 준다. 이 다정한 마음에 보답하기 위해서도 씩씩하게 지내야지!

"네! 배고파요! 아, 아야야."

힘차게 만세하면서 그렇게 말한 것까진 좋았지만, 뻐근한 몸 이 비명을 질렀다. 큭, 상당히 심한 근육통 같아……! 이렇게 어 린 나이에 할머니도 아니고! 그런 나를 본 기르 씨가 쿡쿡 웃었 다.

"아침은 여기서 먹을까. 가져올게."

"그래도 대요?"

"그래. 하지만 식후엔 재활 운동이다. 이럴 때는 조금이라도 몸을 움직이는 게 회복이 빠르니까."

"윽, 힘내겠슴다……!"

기르 씨는 잠시 기다리라는 말을 남기고 의무실을 떠났다. 멍 하니 그 뒷모습을 쳐다보고 있었더니 의무실 안쪽에서 레키의 작은 중얼거림이 들렸다.

"……팔불출 부모로군."

그쪽을 돌아보자 팔짱을 끼고 이쪽을 내려다보는 레키가 서 있었다. 아니, 맞는 말이긴 한데! 뭐 어때. 이럴 때 정도는 응석 부려도 되잖아!

"너도 너대로 아직 어리광쟁이인 거냐. 흥, 나이에 딱 맞고 좋네."

뭐시라! 무, 문제 있냐 젠장! 알맹이는 아웃이어도 외모로는 아직 오케이잖아!

끄으응 앓는 소리를 내자 의기양양한 표정으로 이쪽을 힐끔 쳐다보는 레키. 뭐야, 코웃음 치지 말아줄래?! 부루퉁해져서 뺨을 부풀리고 노려봤지만, 레키는 아무 일도 없었다는 양 의무실에서 나갔다. 어, 어째 누나가 모르는 사이에 어른이 되지 않았니? 반론하고 싶었지만 레키는 나를 계속 간호하느라 피곤한 몸이다. 하품하며 밖으로 나가는 뒷모습을 바라보면서, 속으로 고맙다는 인사를 해두었다.

잠시 후 기르 씨가 간단한 죽을 들고 돌아왔다. 며칠 동안 잠만 잤으니까 우선 이런 식사부터 해야겠지. 왠지 기르 씨를 처음 만났을 때가 생각나네……. 별로 오래 지난 것도 아닌데 상당히 옛날 일처럼 느껴지는 게 신기하다.

하지만 그때보다는 채소가 들어갔다. 노란색인 걸 보면 아마도 호박이다. 단맛 덕분에 맛있어요!

"요리장인 레오폴트가 널 위해 특별히 만든 메뉴다."

"지짜요?"

요리장까지 친절하다니. 바쁜 와중에 죄송하지만, 무척 기쁘다! 참고로 아침 식사 시간은 조금 지났기 때문에 기르 씨는 이미 먹었다고 한다. 체감적으로는 현재 시각 오전 9시 정도?

"나중에 감사 인사하러 가겠어?"

"방해가 아니라면 꼭 가고 시퍼요!"

"그래. 식기도 반납하러 가야 하니까 문제없겠지."

식기라는 말에서 떠올랐다. 이 식기나 내가 앉는 의자도 날 위해 특별히 만들어 준 사람이 있다고 하지 않았나?

"저기, 혹씨 가능하다면요……. 식기랑 의자랑 만들어쥬신 사람들에게도 인사하고 시퍼요…….."

"흐음. 커터와 마이유 말이지? 괜찮을 거다. 식당에 갔다가 가자."

"감사함미다!"

늦어졌지만 제대로 인사하고 싶다. 오늘 일정은 인사 순회다! 그러기 위해서도 든든히 먹어두자. 나는 기합을 넣어 마지막 한 방울까지 그릇을 싹싹 긁어먹었다. 잘 먹었습니다!

죽을 먹은 다음엔 레키가 슬쩍 준비해두었던 모양인 허브티를 기르 씨와 함께 마셨다. 레키의 배려 레벨이 높다. 그렇게 틱틱거렸으면서. 한숨 돌리고 난 뒤에는 옷 갈아입기! 머리맡에 누군가가 올려둔 옷이 깔끔하게 개켜 있었기 때문에 그걸로 갈아입으려 했다.

……그런데 말이지. 지금 입은 옷을 벗어야 다른 입을 수 있

잖아? 그런데 두 손을 들어서 옷을 벗던 도중에 정지해버렸다. 여, 여기저기가 너무 쑤셨어. 이 이상 어떻게 움직이지도 못하고 벗지도 못하고! 만세 포즈로 옷에서 머리를 빼지 못한 채 배를 볼록 드러내고 있는 나의 현재 모습을 상상했다. 개, 개그다……!

"끄응! 끄응!"

"……벗기면 되나?"

"부, 부탁드림미다……!"

이 무슨 수치 플레이인지. 말만 들으면 그렇고 그런 전개다. 쿨가이 미남에게 이런 말을 하게 하다니. 하지만 현실은 상당히 웃기는 시추에이션이다. 슬퍼!

대단히 창피했지만 기르 씨의 도움을 받아 무사히 옷을 벗었다. 색기는 엿 바꿔먹은 어린이용 속옷과 볼록 튀어나온 배……. 어, 응. 부끄러워할 만한 그런 건 아니구나.

"입는 것도 힘들겠지. 도와주마."

"부탁, 드림미다……."

그래, 그냥 포기하자……. 하다못해 신나게 웃어주는 방청객이라도 옆에 있었다면. 쿵.

기르 씨 덕분에 빠르게 옷을 갈아입을 수 있었다. 중간중간 내가 아파할 때마다 '미, 미안해'라거나 '최대한 아프지 않도록 할 테니까……' 등 오해를 부를 법한 말도 튀어나왔지만 말이야. 듣기는 좋았으니까 감사합니다!

그런 해프닝 후 드디어 식당에 갈 수 있게 되었다. 오늘의 옷은 몸을 배려한 건지 아주 편한 원피스다. 연한 황록색 시폰으로 만들어서 우아한 실루엣…… 일 테지만, 내가 입으니 우아함이나 섹시함은 제로가 된다.

가슴 쪽은 고무줄로 조였고, 어깨끈은 가늘다. 따라서 위에 같은 소재로 만든 카디건을 걸쳤다. 소매는 팔꿈치까지 내려가고, 동체의 길이가 짧아서 움직임을 방해하지 않는 게 아주 좋다! 발에는 신고 벗기 편한 귀여운 샌들이 침대 아래에 놓여 있었다. 완벽한 코디다. 대체 누가 준비한 거지? 왠지 네프리나 후우를 닮았으니까 어쩌면 슈리에 씨일지도 모른다.

이렇게 의무실에서 나갈 준비는 완벽하다. 사실은 내가 직접 식기를 들고 가고 싶지만……, 유감스럽게도 매서운 근육통 때문에 자칫 떨어뜨릴지도 모른다. 그런 사정을 배려한 기르 씨가 식기를 대신 들어주었다.

"재활 운동이니까. 직접 걸어봐."

"네!"

그건 당연히! 안겨서 이동할 생각은 처음부터 없었지 말입니다.

"……하지만 힘들다면 말해."

여기서 기르 씨의 과보호 발동! 아니, 다른 사람들도 대체로 과보호라고 해야 하나, 너무 친절하단 말이지. 온갖 걸 다 해주면 아무것도 못 하는 어린이가 되어버린다고.

어라? 그렇다면 여기서 어린아이는 굉장히 어리광부리면서 자라겠네? 그래도 다들 이기적이거나 오만하지 않다는 게 신기하다. 떠받들어지면서 자란 아이는 좀, 글러 먹은 어른으로 성장하고 그러잖아? 사실 이 대륙에선 성인이 되었을 때 '언제까지고 응석 부리지 마!'라면서 얻어맞는다거나, 그런 세례를 받는 풍습이 있을지도 모른다. 그런 걸 상상했더니 몸이 부르르 떨렸다. 으, 응. 어디까지나 상상이니까! 하지만 너무 이런 환경에 안주하지 않도록 조심해야겠다.

"⋯⋯괜찮아?"

"갠, 차나, 요!"

그렇지 않아도 느린데 더욱 느릿느릿 걷는 나. 벽에 손을 짚고 걷는 모습은 마치 중증 환자 같습니다. 지나가는 사람들이 걱정하는 얼굴로 쳐다보거나 손을 빌려주려고 하는 게 참으로 죄송했다. 하지만 어떻게든 혼자서 힘내야지!

"헉, 헉⋯⋯ 도착!"

식당에 도착했을 때는 몸도 풀려서 움직임이 꽤 편해졌다. 역시 어린이. 회복력이 끝내줘요.

하지만 아픈 건 아픈 거고, 그럭저럭 가까운 거리였는데도 등산이라도 한 것처럼 피곤해서 잠깐 근처에 있는 의자에 앉아서 휴식했다. 요리장님에게 인사하려면 먼저 숨부터 골라야지!

"메구."

헐떡임이 진정되자 마침 기르 씨가 나를 불렀다. 기르 씨 옆에는 하얀 수염을 기른 할아버지가 있었다. 머리에 주방 모자를 쓰고 있으니까 요리장님인가? 욱신거리는 몸을 끌고 최대한 빨리 두 사람에게 향했다. 죄, 죄송합니다. 이것보다 빨리 움직이진 못하지만 이래 봬도 서두르는 거니까요!

"애써 움직이지 않아도 괜찮아, 아가씨. 이야기는 들었으니까."

내가 마음만큼은 서두르고 있다는 걸 이해한 모양이었다. 할아버지가 주름이 자글자글한 얼굴로 온화하게 웃으면서 그렇게 말해주었다. 아, 친절해라.

"요리장님?"

"그래. 나는 레오폴트야. 레오 할아버지라고 부르렴."

"레오 할아버지! 메구임미다! 잘 부탁드림미다!"

기운차게 인사하자 레오 할아버지가 머리를 쓰다듬어주었다. 우후후. 그래도 요리장이라고 하니까 사실은 엄청 엄한 사람이겠지. 이 자상한 모습에서는 상상할 수 없지만.

"메구. 지금은 레오가 요리장이지만 사실은 곧 은퇴할 예정이다."

헉……, 뭐라고? 모처럼 이렇게 인사했는데 금방 헤어지는 거야? 어째서지. 정년퇴직 같은 건가? 오래 사는 종족이 모이는 이 나라에서 이 사람은 대체 얼마나 오랫동안 살았을지 생각하자 참으로 아득해졌다.

그런 생각을 하면서 시무룩해 했더니 레오 할아버지가 나와 시선을 맞추듯 몸을 숙여주었다. 어쩐지 손녀라도 보는 듯한 그 눈에서 어딘가 그리움을 느끼고 묘하게 빨려 들어갔다.

Welcome
to the
Special
Guild

4 요리장과 단철 장인

"메구라고 불러도 괜찮을까?"

"네!"

조금 쉰 목소리로 이름을 불러주자 왠지 쑥스러워졌다. 왜 그리움이 느껴지는 걸까.

"사실 나는 인간이란다. 수명이 짧은, 최약체라 불리는 종족인 평범한 인간이지."

"인간……?"

뜻밖의 고백에 놀라서 눈이 휘둥그레졌다. 그리고 전에 케이 씨에게 들었던 이야기를 떠올렸다. 마에 속한 자가 사는 대륙과 인간이 사는 대륙은 바다를 사이에 두고 떨어져 있다는 이야기. 거리가 너무 멀기 때문에 서로 왕래하는 일은 거의 없고, 그러므로 이 대륙에선 인간이 드물어서 인신매매도 당한다는 이야기.

"나는 어릴 때 납치되어 이 대륙에 오게 되었거든. 아, 하지만 심한 일은 별로 겪지 않았어. 바로 두목이 구해줬으니까."

레오 할아버지는 시종 온화하게 이야기했다. 그 후에 요리 실력을 인정받아 수행한 다음 이 길드에서 일하게 되었다고 한다.

"나는 인간이니까, 주위에선 꽃이나 벌레처럼 단명한다고 생각하지. 그런 사람이 일을 맡았다간 바로 후임자를 찾아야 하기 때문에 보통은 꺼려해. 하지만."

레오 할아버지의 얼굴이 한층 더 부드러워졌다.

『레오의 요리는 다른 누구보다 더 맛있어. 게다가 덧없는 것이기에 고귀하지. 인간은 수명이 짧기 때문에 성장 속도는 모든 종족 중에서도 최강이야. 자신감을 가져.』

"두목은 그렇게 말했단다. 나는 그 말만으로도 살아있길 잘했다고 생각했어."

진심으로 기뻐하면서 말하는 레오 할아버지를 보고 깨달았다. 레오 할아버지는 우리 할아버지를 닮았다.

생김새는 전혀 안 닮았지만, 인간 할아버지이기 때문에 그리움을 느낀 건지도 모른다. 짧은 인생을 열심히, 후회하지 않도록 노력하며 살아가는 모습이 우리 할아버지의 삶과 겹쳐 보였다.

"하지만 나도 이제 나이가 나이라서 말이야. 주방에서 일하는게 쉽지 않아졌어. 다른 사람들에게 폐도 될 테니 다음 달에는 은퇴하려고 해."

그렇구나. 그건 어쩔 수 없다. 레오 할아버지도 오랫동안 이렇게 아인이기 때문에 상식도 다른 사람들 사이에서 일했으니 슬슬 쉬어도 될 만한 나이다.

"레오 할아버지, 오랫동안 수고하셨슴미다."

자연스럽게 그런 말이 나왔다. 레오 할아버지도 기르 씨도 눈이 동그래졌지만. 이런 꼬맹이에게 듣기엔 웃긴 말이었을지도!

하지만 기뻐하는 얼굴로 고맙다고 인사해준 레오 할아버지는 역시 자상한 사람이다.

그래도 역시 모처럼 만났는데 바로 헤어지는 건 섭섭하니까 조금만 떼를 써야지!

"으음, 주방 그만두면 머 하실 거예요?"

"나는 독신이니까, 길드 근처에 있는 자택에서 느긋하게 여생을 보낼 생각이란다."

오호, 그렇다면 괜찮을 것 같은데. 좋아. 굳게 각오하고 조르기 개시!

"이짜나요, 가끔 레오 할아버지네 놀러 가도 댈까요? 같이 요리하고 시퍼요!"

"뭐……? 이런 늙은이와 놀아주려는 거니? 참 착한 아이구나. 기르 씨가 아주 잘 데려왔어. 물론 언제든지 놀러 오렴, 메구."

"감사함미다! 기뻐요!"

자상한 레오 할아버지에게 착하단 말 들었다! 딱히 착한 건 아니다. 나에게는 타산이 있거든. 그래서 레오 할아버지 귓가에 손을 대고 속닥속닥.

"평소에 신세 지는 사람들에게 간단한 식사나 과자를 만들어주고 시퍼요."

내가 소곤소곤 계획을 털어놓자 레오 할아버지는 기쁜 얼굴로 '그래, 그래' 하고 머리를 쓰다듬어주었다.

"그거 멋진 꿍꿍이구나. 내가 꼭 협력하게 해주렴."

"……무슨 이야기지?"

"기르 씨에게는 삐밀이에요! 그쵸? 레오 할아버지!"

"그래, 비밀이지."

"음……."

기르 씨가 미간을 살짝 찡그렸지만, 나와 레오 할아버지가 즐거워하는 걸 봤기 때문인지 그 이상은 아무것도 물어보지 않았다. 이것이 바로 매너남!

그리고 중요한 걸 아직 말하지 않았기 때문에 레오 할아버지의 눈을 똑바로 바라보면서 입을 열었다.

"레오 할아버지, 늘 마싯는 거 만들어 주셔서 감사함미다! 오늘 죽도 아주 마싯섰어요!"

"그래, 맛있었구나. 요리사에겐 그보다 더 좋은 칭찬이 없지."

휴, 본래의 목적을 잊어버릴 뻔했네! 위험해라. 이제 하나 더. 무지막지하게 신경 쓰였던 의문을 여기에서 던져보려 합니다.

"그리구 그, 카츠나 밥이나……, 그런 메뉴는 레오 할아버지가 만드신 거예요?"

바로 이것. 이 세계, 아니, 이 마을에서 당연하다는 듯 먹는 일식 말이다. 레오 할아버지가 고안한 메뉴는 아닐 테지만, 요리사인 레오 할아버지라면 무언가 아는 게 있을지도 모르니 꼭 물어보고 싶었다.

"흐음, 메구는 일식이 마음에 들어?"

"! 네! 카츠도 생선도 조아해요!"

우와아, 일식이라는 단어가 나왔어! 인토네이션은 내가 아는 일식과는 조금 달랐지만. 그래도 앞으로는 안심하고 일식이라

부를 수 있을 것 같다.

"일식은 두목이 어디선가 레시피를 가져온 거야. 전국을 돌아다니는 사람이니까 어디 먼 나라에서 입수한 게 아닐까? 필요한 재료도 그 사람이 입수 루트를 관리하는 모양이고."

다만 레시피 입수처와 계약이라도 한 건지 그게 어느 나라인지는 알려주지 않는다고 한다. 재료 출처는 알려주지만.

으음, 판단하기 영 어렵다. 입수처나 레시피 개발자가 일본에서 온 사람일 수도 있고, 이 세계 어딘가에 일식 문화가 있을 수도 있고. 비밀유지 계약을 한 거라면 내가 직접 두목에게 물어봐도 알려줄 리 없을 테니까. 애초에 두목과 대화할 기회도 없을 테지만.

뭐, 일식에 대해선 지금은 여기까지. 이 이상은 지금의 내가 조사할 방법이 없다. 무엇보다 맛있으면 올 오케이! 이래도 괜찮은 거야, 나.

"그건 그렇고 생선 요리를 좋아한다니, 나와 같구나. 오늘 저녁은 마침 생선구이 정식이야. 메구에게 주는 건 가시를 발라놓으마."

"! 벙거로우실 텐데……."

"허허허, 어린애가 신경 쓰지 않아도 돼. 맛있게 먹어준다면 번거로운 것쯤은 전혀 힘들지 않으니까."

크흑, 요리사의 귀감! 하지만 확실히 맛있다고 칭찬하면서 먹어주면 그것만으로도 요리한 보람은 있다. 나도 아빠에게 맛있다는 말을 들어서 기뻤으니까. 그렇게 생각하면 아빠는 좋은 남편, 좋은 아버지였던 게 아닐까. 그나저나 생선구이 정식이 라……. 벌써 저녁이 기대된다!

그 후 한동안 잡담을 나눈 다음 레오 할아버지는 다시 일하러 돌아갔다. 점심 전이라 바쁜 시간에 대단히 감사했습니다! 하지 만 레오 할아버지와의 만남은 참으로 유익했다. 지금 만나서 다 행이야.

"그럼 다음은 공방에 가자. 가본 적은 있어?"

"업써요."

드디어 공방으로! 레키에게 안내받았을 때는 지하는 위험하다 는 설명만 들었다. 실제로는 '너 같은 꼬맹이는 방해되니까!'라 는 뉘앙스의 말이었던 걸로 기억하지만, 알아서 뇌내 보정을 거 쳤다. 장인들이 진지하게 작업하는 공간이니 방해가 되지 않도 록 조용히 있어야지.

"지금부터 갈 건데, 나에게서 떨어지지 마. 다양한 공구가 있 어서 위험하니까."

"알겠슴다!"

그렇게 대답하면서 기르 씨의 윗옷을 꼭 붙잡자 그 손을 떼어 놓더니 그대로 손을 잡아주었다. 꺅, 행동도 멋있어.

이리하여 처음으로 내려가는 계단을 기르 씨와 함께 걷는 나. 지하로 내려가는 거라서 점점 어두워졌다. 하지만 군데군데 오 렌지색 광원이 설치되어 있어서 따뜻함이 느껴졌다. 아마도 빛의 정령인 것 같은 노란색 빛도 나에게는 보였다. 기회가 생기면 다른 정령과도 계약하고 싶다.

『동료 소개해줄까?』

내 마음의 소리를 감지한 건지 쇼가 그런 제안을 했다. '그거 좋은데! 꼭 부탁하고 싶어'라고 생각하자 '맡겨줘!'라는 대답이. 오오, 말을 하지 않아도 의사소통할 수 있다는 건 편리하구나. 하지만 쇼는 어느 정도 수준까지 읽을 수 있는 걸까? 다른 사람의 생각도 정확하게 알 수 있나?

『으음, 주인님의 목소리는 노력하지 않아도 많이 알 수 있어. 하지만 다른 사람의 목소리는 어렴풋하게 들리는 정도야! 자세히 알고 싶을 때는……, 마력을 줘!』

그렇구나, 이해 완료. 아무튼 무언 대화 진짜 편하다! 손을 잡고 있는 기르 씨는 내가 쇼와 대화하고 있다는 걸 눈치채지 못한 모양이고. 어느 의미 반칙인가. '그럼 그때는 마력을 줄 테니까 잘 부탁해' 하고 쇼에게 인사해서 대화를 끝낸 타이밍에 계단도 끝났다. ……시간이 오래 걸린 거 아니냐고? 그야 근육통 때문에 어기적어기적 걸었으니까! 크흑.

뭐 그래서. 지하는 제법 떠들썩한 장소였습니다. 깡깡 울리는 금속 소리며 기계가 움직이는 소리로 가득했거든. 말 그대로 대장간이라는 느낌이라 왠지 두근거렸다. '우와…….' 하고 제자리에 서서 구경하자 기르 씨가 설명해주었다.

"왼쪽이 단철, 오른쪽이 공예 공방이다 더 안쪽으로 가면 연구소가 있지. 다양한 물건을 연구하지만 주로 마도구 등에 사용할 수 있을 법한 마법을 연구해."

연구소까지 있구나. 당연하게도 이 지하 공간에도 마법을 사용한 건지 길드 건물보다 훨씬 넓은 공간이 펼쳐져 있었다. 어쩌면 길드 내부에서 방에 걸어놓는 마법도 여기서 연구하고 개발된 건가? 기르 씨에게 확인하자 맞다는 대답이 돌아왔다.

"고정이공간 마법 말이지? 길드 설립 때 내 그림자 마법을 기반으로 미콜라슈가 개발했어. 아, 미콜라슈는 연구소의 리더다."

앗, 역시 기르 씨의 마법이 베이스구나. 기르 씨도 대단하지만, 그걸 도구로 만들어낸 연구원도 대단하다. 지금의 길드가 있는 건 이 사람들이 있었기 때문인 거야!

"그럼 단철 공방부터 가자. 시끄러우니까 조심해."

"네!"

기르 씨의 말대로 공방 안에 들어가자마자 내 목소리조차 들리지 않을 만큼 엄청난 소음이 귀를 찔렀다. 여태까지 조용했던 건 방음 설비의 산물이었다는 걸 절절히 이해했다. 금속음이나 고온으로 금속을 녹이는 용광로 소리가 대다수였지만, 주위를 둘러보자 나무로 무언가를 만드는 사람도 듬성듬성 보였다. 다들 묵묵히 작업 중이구나. 이 소음에 익숙한 건지 아무도 개의치 않는 듯했다. 나는 반사적으로 귀를 틀어막았는데!

"메구, 저기 있는 사람이 단철 공방의 리더인 커터다. 드워프지."

소리가 너무 시끄러웠기 때문에 기르 씨가 내 키에 맞춰서 몸을 숙인 다음 귓가에서 소리치며 손가락으로 가리켰다.

기르 씨의 손가락 끝에는 열심히 뭔가 목재를 가공 중인 작은 남자가 있었다. 작다고 해도 아마 아담한 성인 여성과 키는 비슷해 보였고, 대신 체격이 아주 탄탄했다. 드워프의 특징이라거나? '드워프' 했을 때 떠오르는 이미지는 수염이나 머리카락이 덥수룩한 모습이지만 작업 중인 커터 씨는 적갈색 머리카락을 스포츠컷으로 자른 우락부락한 아저씨란 인상이었다. 그리고 수염이 없다.

"커터! 메구 데려왔어! 고맙다고 인사하고 싶다는데!"

기르 씨가 크게 외치면서 다가가자 커터 씨는 작업하던 손을 멈추고 천천히 얼굴을 들었다. 이 소음 속에서 용케 들었다며 이상한 면에서 감탄했다.

진하고 굵은 눈썹에 둥근 눈동자. 나와 눈이 마주치자 커터 씨는 그 둥근 눈동자를 부릅떴다. 어? 뭐야?

덜컹덜컹 와르르. 참으로 클리셰적인 소리가 울려 퍼졌다. 그 소리의 원인은 눈앞에서 엉덩방아를 찧었다가 그대로 뒤로 물러나려 하는 커터 씨였다. ……그, 그렇게까지 놀랄 필요는 없잖아!

"미……! 어, 인…… 됐……!"

"으응?"

바닥에 주저앉은 커터 씨가 뭐라 말한 것 같았지만, 무슨 말을 한 건지 알 수 없어서 고개를 갸웃거렸다.

"……미안하다, 메구. 커터는 그……, 낯을 심하게 가리거든. 본성은 착한 녀석이니까 걱정할 필요 없지만, 의사소통은 익숙한 사람이라고 해도 어려워."

낯을 가린다고? 너무 심각한 거 아니야?! 아니, 그게 나쁘다는 건 아니지만 왠지 내가 다 면목이 없어지는데. 괜찮아요……! 이런 꼬꼬마니까 긴장하지 마세요……!

『환영해주는 것 같은데?』

그때 내 어깨에 사뿐사뿐 내려앉은 쇼가 그렇게 알려주었다. 어? 그런 거야?

『응! '미안해, 어서 와, 인사는 됐어'라고 했어!』

오오오, 역시 목소리의 정령 쇼! 유능해라! 마음속으로 마구 칭찬하자 쇼가 쑥스러워했다. 귀여워.

"어……, 그, 정……!"

별안간 커터 씨가 떨리는 손으로 내 쪽을 손가락질하며 뭐라고 말했다. 응? 뭐지? 의아해하고 있었더니 기르 씨가 끼어들었다.

"아, 그렇군. 커터는 드워프니까 정령이 보이는 거다."

아하. 그러고 보면 슈리에 씨에게 그런 설명을 들었던 것 같다! 커터 씨를 보자 커터 씨의 등 뒤에서 붉은빛이 쑥 떠오르는 게 보였다. 어? 설마.

"커터 씨의 정령님?"

내가 그렇게 중얼거리자 붉은빛이 긍정하듯 빙글빙글 선회하기 시작했다. 오오, 예뻐라. 마치 불꽃이 춤추는 것 같아! 앗, 그렇다면 이 아이는.

"커터 씨의 정령은 불의 정령님인가요?"

나는 어디까지나 커터 씨에게 확인하기 위해서 물어본 말이었다. 하지만.

""어⋯⋯.""

나와 커터 씨의 목소리가 겹쳐졌다. 눈앞의 붉은 빛이 순식간에 모습을 바꿨기 때문이다.

『정답이다! 꼬마 아가씨이이이이이이이!!』

붉은빛은 나보다 조금 작은 크기의 붉은 원숭이로 모습을 바꾸더니, 멋진 포즈를 잡고 흥겹게 외쳤다. ⋯⋯헉, 실수했다! 나도 모르게 정령의 정체를 맞추고 말았다. 계약 정령이기 때문에 목소리와 동시에 모습도 확인할 수 있게 된 것이다. 그나저나 이 원숭이, 목소리가 커!

"으, 으아아아아, 제송해요! 설마 정령님을 맞출 줄은 몰라써요!!"

놀라고 있을 때가 아니다. 고의가 아니라고 해도 멋대로 남의 정령을 맞추다니 실례되는 짓을 했으니까 사과해야지! ⋯⋯실례가 맞, 겠지? 대충 그런 느낌이 들어서 사과한 건데.

"아니, 괜⋯⋯! 신⋯⋯."

"⋯⋯신경 쓰지 않아도 된다는 것 같다."

기르 씨가 통역해주었다. 하지만 커터 씨가 두 손을 붕붕 옆으로 내젓기도 했고, 지금 한 말 정도라면 나도 느낌상 뜻은 이해할 수 있었다. 그나저나 앞으로는 조심해야겠는데. 자연 마법을 사용하는 종족과 만나는 일이 앞으로 또 있을지는 모르겠지만. 반성하자.

『그래, 아가씨!! 어차피 주인은 가르쳐줄 생각이었으니까!! 하지만 말주변이 없어서 언제가 될지 몰라 걱정했었지!! 오히려 잘 됐어!!』

어, 엄청 파워풀하게 말하는구나. 아니, 씩씩하고 좋긴 한데, 커터 씨랑 차이가 너무 나! 네프리도 쇼도 각각 주인을 닮은 구석이 있었기 때문에 이 아이도 과묵한 정령일 거라고 예상했었단 말이야. 선입견은 안 좋구나!

"저, 저기! 이 아이는 쇼라고 하는데요, 목소리의 정령이에요! 커터 씨도 불의 정령님도 친하게 지내쥬세요!"

우선 나만 아는 것도 미안하니 쇼를 소개해봤다. 그러자 커터 씨는 여러 번 고개를 끄덕인 뒤 작게 중얼거렸다. 주위의 소음도 더해지는 바람에 커터 씨의 목소리는 들리지 않았으나 분명 목소리의 정령이라고 부른 거겠지. 쇼가 순간 은은하게 빛난 뒤 커터 씨에게 인사했으니까.

『나는 지그루라고 불러도 돼! 아가씨에겐 우리 비장의 아이를 소개해줄게!!』

"어, 그래도 대요?"

『당연하지!! 아가씨는 정령들 사이에선 유명한 데다, 나는 이래 뵈도 힘이 세다고! 아가씨에게 좋은 동포를 붙여주고 싶어서 그래!! 휘익!!』

우와, 뜻밖의 전개로 불의 정령과도 계약하게 될 것 같은데?

고마워라. 그럼 커터 씨와도 정령을 통해서 연락을 주고받게 될지도 모른다. 앞으로도 도구나 이래저래 신세 지게 될 테니까, 바로 만나러 가지 못해도 감사하다고 인사할 수 있게 되면 좋지! 물론 불의 자연 마법을 쓸 수 있게 된다는 것도 크지만.

『자, 이 녀석이 내 동포야!! 이름을 붙여줘!』

마, 맞다아아아아악!! 이, 이름, 이름……. 으아아, 진짜. 왜 매번 이렇게 갑자기 이름을 붙이게 되는 거지?! 미리 생각해봤자 작명 센스가 크게 달라지진 않는다는 점은 일단 제쳐놓고!

내가 당황하는 사이에도 지그루는 빨리하라고 재촉했다. 성격 급하네!

"으, 으음, 불의 정령님. 저와 계약해주데요. 너의 이름은…… 호무라(焔). 호무라 어때?"

재촉이 하도 심해서 정체 맞추기 의식과 이름 붙이기를 연속으로 이어 하게 되었다. 이런 식이어도 괜찮은 건지 걱정했지만 바로 받아들여 주는 걸 보면 이 아이도 지그루처럼 성격이 상당히 급한 것 같다.

『내 이름은 호무라! 멋진 이름 고마워!』

붉게 빛났다가 작은 원숭이로 모습을 바꾼 호무라는 기뻐하면서 그렇게 말했다. 생각난 단어를 그대로 붙인 이름이지만, 본인 마음에 드는 게 가장 중요하지! 결코 안이한 작명이 아니다.

그건 그렇고 새빨간 새끼원숭이라니 귀여워. 우리 애들 다 귀여워! 그렇게 생각하고 있었더니 호무라가 내 머리 위로 영차영차 기어 올라왔다. 역시 원숭이.

"……불의 정령과 계약한 건가?"

"네! 음, 어쩌다 보니……."

뺨을 긁적이고 눈을 이리저리 굴리며 대답했다. 아니, 그럴 의도는 없었는데 말이지. 나쁜 짓을 한 건 아니지만 왠지 민망하다.

"미……! 우……!"

『우리 정령이 미안하다고 하는데? 뭐야, 나 좋은 일 한 건데!』

오랫동안 함께 해온 건지, 지그루는 커터 씨가 하고 싶은 말을 아는 모양이다. 아뇨, 어영부영 분위기에 넘어가 버린 제 책임도 있으니까요. 죄송합니다.

"잘 된 거 아닌가? 메구는 앞으로 힘을 키워야 하니까."

"마, 마자요! 커터 씨, 지그루, 감사함미다!"

웃는 얼굴로 커터 씨와 지그루에게 인사하자 지그루는 '괜찮다잖아!'라고 대답했고 커터 씨는 잠시 정지했다. 어? 정지?

"……! ……!!"

그리고는 조금 전처럼 우당탕탕 큰 소리를 내면서 엉덩방아를 찧고 재빠르게 퇴장. 어째서. 아니 그보다, 앉은 채로 뒷걸음질 하는 실력이 대단하시네요.

『아하하하!! 아가씨가 귀여워서 홀딱 넘어갔는데!! 정신 차려, 커터!』

앗, 귀엽다니 어우! 그야 이 모습은 귀엽지만 내가 그런 식으로 칭찬받으니까 쑥스럽다. 아니지. 착각하지 말자. 하세가와 메구를 칭찬한 게 아니니까! ……그래도 기쁘다. 후후.

"그, 그던데 커터 씨는 지굼 머 만드시는 거예여?"

동요했더니 나도 혀가 마구 꼬였다. 하지만 그렇게 알아듣기 힘든 질문에도 커터 씨는 횡설수설 대답해주었습니다.

"메……, 침, 프……!"

『와아, 멋져라!』

가장 먼저 쇼가 반응을 보였다. 어? 잠깐, 쇼. 통역 플리즈!

『주인님 방에 둘 침대의 프레임을 만들고 있대!』

"어? 내 침대?"

계속 의무실에서 잤기 때문에 이미 의무실이 내 방 같은 감각이었는데……. 하지만 그러고 보면 전에 사우라 씨가 쫓아낸다는 둥, 리폼한다는 둥 흉흉한 이야기를 했었지. 서, 설마?

"아, 사우라가 서둘러 메구의 방을 준비하더군."

진짜 하고 있었어?! 비유라거나 농담인 줄 알았는데!

"원래 방을 쓰던 사람을 쪼, 쪼차내거나, 그런 건 아니죠……?"

"쫓아낸다고? 아니, 빈방이 있어. 굳이 그런 짓은 안 하겠지."

휴, 다행이다. 쫓아낸다 운운은 농담이었구나. 나 때문에 누군가가 방에서 쫓겨나면 안 되지! 절대로.

"……아니, 넓이와 채광 측면에서 딱 좋다며 이사하게 된 녀석은 있었지."

쫓아낸 것도 사실이었어?! ……나는 아무것도 못 들은 거야. 응, 못 들었어!

"신경 쓰지 않아도 돼. 방이 바뀐 녀석도 전혀 개의치 않으니까."

기르 씨의 보충 설명에 힘없이 고개를 끄덕였다. 뭐, 내가 신경 쓴다고 해서 어떻게 되는 일도 아니지만. 만약 쫓겨난 사람을 만나게 된다면 한 마디 사과 정도는 하고 싶다. 사우라 씨, 한 번 마음 먹으면 바로 실천하는 데다 가차 없는 타입이구나. 요도결석 건을 생생히 기억하는 나로서는 정말 전혀, 눈곱만큼도 불만이 없지만요!!

"그럼 다음 공방으로 가자. 커터, 실례했어."

"커터 씨, 마니마니 만들어 주셔서 감사함다. 지그루도 감사함다! 또 대화해주세요!"

"알……, 기……."

『그래, 그래! 언제든지 와!!』

일하는 데 방해될 테니 이쯤에서 우리는 단철 공방을 떠나기로 했다. 다음에 만날 때는 좀 더 커터 씨의 말을 이해할 수 있게 되고 싶다!

5 공예 담당과 연구자

단철 공방에서 나와 가슴을 쓸어내렸다. 소리가 엄청났으니까 어쩔 수 없다고! 아까 계약한 호무라는 볼일이 생기면 부르라면서 어디론가 사라져버렸다. 애초에 쇼도 후우도 평소엔 어딘가에 간 건지 옆에 없다. 이름을 부르면 바로 옆에 나타나는 게 신기하단 말이야.

참고로 공방 구경이 즐거운 건지 쇼는 지금도 옆에서 룰루랄라 중입니다. 귀, 귀여워!

"여기가 공예 공방이다. 단철 공방에 비하면 시끄럽진 않지만 큰 소리가 날 때도 있지. 조심해."

"네. 저기, 여기 리더는요?"

"······곧 올 거다."

곧? 약속이라도 한 걸까. 하지만 여기 오기로 한 건 조금 전에 결정한 건데. 의아해하고 있었더니 공방 문이 쾅 열리고는 안에서 화려하게 생긴 장신의 남자가 멋진 포즈로 등장했다.

"나의 공예 공방에 잘 오셨습니다. 레이디, 제가 바로 마이유입니다. 앞으로 잘 부탁해요."

뒤에서 땋았는데도 허리까지 내려가는 긴 머리카락은 반짝반짝한 플라티나 블론드. 하얀 피부에 전체적으로 선이 가늘다. 하지만 비실비실한 느낌은 없으니 벗겨놓으면 근육질일지도 모른다. 아몬드형의 눈은 아이스블루에 이목구비가 동양적인 미형이었다. 색상은 전혀 동양적이라고 할 수 없지만.

입고 있는 옷이 동양적이라고 생각한 이유 중 하나이기도 했다. 완전히 기모노같이 생겼단 말이야! 하지만 옷자락과 소매가 넓고, 레이스도 달렸고, 벨트는 천으로 되어있는 등 어레인지를 가미한 기모노라는 느낌이라서 무척 멋있었다. 일식도 그렇고 기모노도 그렇고, 혹시 이 세계에도 일본과 비슷한 문화를 지닌 나라가 있는 건지도 모른다. 그 가설이 유력해졌는데?

생각에 잠겨서 물끄러미 쳐다봤기 때문인지 마이유 씨가 몸을 숙여 나에게 말을 걸었다. 앗, 인사! 인사!

"왜 그러니? 레이디, 날 보고 감탄했어?"

내가 입을 열기 전에 그런 말을 듣는 바람에 말문이 막혔다. 서, 설마 이 사람은⋯⋯!

"후후, 그건 어쩔 수 없는 일이야, 레이디. 나는⋯⋯ 아름다우니까! 마음껏 바라보렴!"

빙고! 공예 담당자 마이유 씨는 나르시시스트였습니다.

"어, 음, 메구임미다. 안녕하세요. 저기, 이것저것 만드러주셔서 감사함미다!"

하지만 정신을 차리고 똑바로 인사했다. 날 위해 이런저런 물건을 만들어준 건 감사해야 하니까, 인사도 잘 해야 한다. 나르시시스트인 게 뭐 어때서. 실제로 마이유 씨는 아름답고.

"일부러 찾아와서 인사해주다니, 고마워. 레이디 메구. 하지만 고마워할 필요 없어. 너처럼 아름다운 레이디가 쾌적하게 지낼 수 있도록 환경을 만들어 주는 건 당연한 일이니까."

어, 어쩐지 케이 씨랑 닮았다. 하지만 케이 씨가 무자각인 반면 이 사람은.

"아아, 신사적인 나. 정말로 아름다워!"

계산된 신사란 말이지. 저 말만 안 했으면 완벽한 신사였는데. 참으로 안타깝다.

"음……, 마이유의 **저건** 불치병이라고 생각해라."

기르 씨가 몹시 말하기 거북하다는 듯 내 귓가에서 그렇게 알려주었다. 오케이, 나는 말귀를 잘 알아듣는 어린이다.

"아, 그래. 레이디 메구에게 줄 게 있어."

자아도취 중이던 마이유 씨가 정신을 차리고는 그렇게 말했다. 마이유 씨가 오른손 약지에 끼고 있는 반지의 돌이 약하게 빛났나 싶더니, 마이유 씨의 손에 귀여운 디자인의…… 아마도 팔찌가 들려 있었다.

"이거야. 이어 커프가 꽃을 모티브로 한 은제 장신구라고 들었거든. 세트가 되도록 디자인했지. 실물을 보지 못했기 때문에 걱정했는데, 내가 보기에도 완성도가 대단하다니까. 처음부터 두 개의 장신구가 한 세트였던 것 같아."

"이, 이걸 저에게 쥬시는 거예요?!"

마이유 씨가 팔찌를 든 내밀면서 그렇게 설명했는데……. 괜찮은 건가? 그야 이어커프와 비슷한 디자인이었지만. 이어 커프도 거울을 통해 몇 번 본 게 전부라서 정말 똑같은 건지는 모르지만 아무튼!

"물론이야, 레이디. 널 위해, 널 생각하며 만들었으니까. 성능은 보장할게."

아니, 그래도 솔직히 대단하다. 본 적도 없는데 설명만 듣고 나머지는 상상으로 보완해서 이렇게까지 비슷하게 만들다니. 그리고 리더가 직접 만들어 주다니, 호화로워라! 어? 근데 성능?

"흠. 아공간수납 마법인가. 시간 정지에 방 하나 크기의 용량이라면 나쁘지 않지. 도난방지도 당연히 되어있고……, 간이 결계?"

"오, 역시 기르 씨. 맞아, 간이 결계를 더하는 바람에 용량이 줄어들었지만. 그래도 아직 어린 레이디니까 그 정도 용량이면 충분할 것 같았지! 안전이 더 중요하잖아?"

"그래, 좋은 판단이다. 역시 대단하군."

"아니 대단하다고 할 정도는…… 맞지!"

또다시 자아도취 모드에 들어간 마이유 씨를 무시한 기르 씨가 팔찌의 성능을 가르쳐주었다. 간단하게 말하자면 이건 슈리에 씨나 이 마이유 씨가 소지한 마도구와 같은 타입이다. 다양한 물건을 수납할 수 있는 참으로 편리한 도구. 심지어 여기에는 넣은 물건의 시간이 경과하지 않아서 음식을 넣어도 부패하지 않는다는 뛰어난 기능이 부여되어 있다.

게다가 소지자의 마력을 기억시키면 주인 말고 다른 사람은 쓸 수 없도록 하는 도난방지 기능에, 보통 이런 도구에는 없다는 간이 결계가 부여되어있다고 한다. 소소한 폭발 정도라면 주인의 위기를 감지해서 결계를 쳐준다나. 아니, 소소한 폭발이라니 그게 뭔데. 엄청나잖아! 그런 것보다 중요한 건!

"어, 어, 얼마인 거죠⋯⋯?"

이렇게 다채로운 고성능을 탑재한 마도구. 심지어 저렴한 주머니 타입이 아니라 팔찌라니⋯⋯ 땅값 수준인 거 아니야?! 산을 몇 개 살 수 있는 거지?! 울상이 되어 바들바들 떨면서도 용기를 내 물어봤다. ⋯⋯듣는 게 무서워!!

나는 용기를 쥐어짜서 한 말이었는데, 기르 씨도 마이유 씨도 순간 눈이 커졌을 뿐 그 후엔 온화하게 웃었다. 역시 어린아이가 무슨 돈 이야기를 하는 거냐고 생각하는 걸까? 아니, 그렇다고 해도 정도라는 게 있잖아! 아무리 그래도 이런 고급품을 어린아이라는 이유로 선뜻 받을 순 없단 말이야. 부잣집 아가씨도 아닌데!

"그래, 소문으로 듣던 대로 총명하구나. 레이디 메구. 네가 무슨 말을 하고 싶은 건지는 알아. 하지만⋯⋯."

"⋯⋯뒷말은 내가 하지."

무슨 소문이 도는 건지 조금 마음에 걸렸지만, 기르 씨가 나를 번쩍 안아 든 다음 시선을 맞추며 그렇게 말했기 때문에 이쪽에 집중했다.

"메구. 어린아이가 어른이 될 때까지 얼마나 많은 돈이 필요한지 알고 있나?"

어린아이가 어른이 될 때까지⋯⋯. 일본이면 식비와 생활잡화에 들어가는 돈은 물론이요, 학비와 학원비 등등 상당히 많은 금액이 필요하다. 전에 어디선가 읽은 적이 있다. 이 세계에 학교나 학원이라는 개념이 있는지는 모르겠지만, 인간보다 장수하는 종족이라 성인이 될 때까지 걸리는 햇수도 훨씬 길다 보니 교육비를 빼도 많이 들어갈 것이다.

"어어……, 아, 아주 마니요."

끙끙 고민한 결과이긴 하지만 참으로 머리가 나빠 보이는 대답이었다. 그래도 기르 씨는 그걸 이해한 모양이었다.

"그래. 개인차는 있어도 어쨌거나 많은 돈이 필요하지."

그렇지. 개인차는 존재한다. 평범한 가정도 있고 가난한 가정도 있고 유복한 가정도 있는 셈이니까.

"그럼 하나 더 물어보마. 그렇게 어린아이에게 들어가는 돈은 누가 내지?"

"……부모님이요."

다만 나는 현재 부모님이 없다. 따라서 최대한 내 힘으로 어떻게든 해야 한다. 하지만 그럴 수 없기 때문에 길드에서 호의로 맡아주고 있는 것뿐이다. 길드는 결코 고아원이 아니지만 고아원에 있는 거나 마찬가지인 셈이니 사치하면 안 된다. 그런 식으로 생각했는데.

"맞아. 아이는 그걸 자연스럽게 받아들이는 법이지. 그리고 메구. 네 보호자는…… 나야."

"네……?"

대충 내 보호자는 기르 씨라는 도식이 성립된 상태이긴 했지만, 기르 씨의 말에는 그게 진실이라는 듯한 뉘앙스가 있었다.

"네게 허락도 받지 않았으니 미안하지만……, 계속 신원불명인 채로 두면 여러모로 위험이 많아. 그래서 내가 보호자로서

서류도 작성했다. 현재 메구는 내 딸이라는 것으로 되어있어."

뭐, 뭐, 뭐라고요?! 충격적인 사실에 그저 놀랐다.

"물론 진짜 보호자가 나타나서 네 안전을 확신할 수 있게 된다면 변경할 수 있도록 해놓았지. 그러니까, 임시이긴 해도 나와 메구는 부녀지간인 거야. 싫은가?"

……나는 정말 바보다. 알맹이는 어엿한 성인이라고 생각했지만, 어리광부리는 어린아이였다. 내 주변에서는 이렇게나 진지하게 나를 위하며 보호해주려고 움직였는데, 전혀 눈치채지 못했다니.

미지근한 물방울이 뺨을 타고 손등 위에 툭 떨어졌다.

"안, 시러요……. 감사, 함미다. 감사함미다……."

혈연관계도 없고 만난 지 그리 많은 시간이 지난 것도 아니지만, 깊고 확실한 애정을 쏟아주는 기르 씨와 길드원들에게 내 가슴속에서도 분명한 애정이 뿌리내린 순간이었다.

내 눈물이 멈추는 걸 기다린 기르 씨가 말을 이었다.

"네 진짜 보호자가 나타나거나 네가 어른이 될 때까지 내가 부모로서 필요한 걸 줄 생각이다. 이 마도구도 내가 필요하다고 판단했기 때문에 너에게 주는 거야."

그렇게 설명하며 기르 씨는 한 손으로 내 오른팔에 팔찌를 채워줬다. 재주도 좋지.

"고가의 물건인 건 맞아. 하지만 부녀가 된 기념으로 메구에게 선물할게. 딸로서 받아주지 않겠어?"

으윽, 기르 씨가 너무 멋진 아빠라서 괴롭다. 또 눈물이 그렁 그렁해지잖아! 왼팔로 급히 눈물을 북북 훔친 다음 최대한 밝게 웃으면서, 힘차게 대답했다.

"네! 감사함미다! 기르 파파!"

"푸흡!!"

어라? 큰맘 먹고 불러본 건데……, 어째서인지 마이유 씨가 사레 들렀다. 기르 씨는 놀란 듯 눈을 크게 뜨고 있고. 으음?

"파파라고 하면 안 대요……?"

"아, 아니. 안 되는 건 아니지만…… 기분이 이상해서."

뭐, 갑자기 파파라고 불리면 깜짝 놀랄 만도 하지! 나도 이렇게 젊은 남자에겐 파파라는 느낌이 별로 없고. 200년 넘게 살았다는 걸 알아도 그렇다.

"콜록, 실례. 너무 뜻밖의 발언이라 그만. 으음, 레이디 메구? 기르를 파파라고 부르면 주위에서 소란이 일어날지도 몰라. 그러니까 단둘이 있을 때만 가끔 부르는 건 어때?"

"흠, 그거라면 나쁘지 않군."

오오오, 마이유 씨 나이스 아이디어! 확실히 이대로 계속 기르 씨를 파파라고 불렀다간 다양한 사람의 귀에 들어가 소문이 엄청나게 부풀려질지도 모른다. 그 제안, 기꺼이 받아들이겠습니다.

"그럼 이야기를 되돌릴까. 레이디 메구, 그 팔찌에 아주 소량의 마력을 주입해보렴."

"네?"

"물을 만들어내는 것과 마찬가지다. 그 팔찌도 몸의 일부라고 생각하면서 마력을 흘려보내."

두 사람이 시키는 대로 팔찌에 마력을 흘려보내는 이미지를 떠올렸다. 그러자 헐렁헐렁하던 팔지가 내 팔에 딱 맞는 크기로 줄어들었다! 어떻게 된 구조지. 마법이겠지만.

"오케이. 이제 그 팔찌는 레이디 메구, 네 전용 마도구로 인식된 거야. 앞으로 널 지켜주겠지. 소중히 아껴줘."

"우와⋯⋯! 네! 감사함미다!"

이어서 기르 씨에게도 고맙다고 인사하며 꼭 껴안았다. 기르 씨는 가볍게 마주 안아준 다음 토닥토닥도 해줬습니다! 이것이야말로 딸의 특권!

"슬슬 다음으로 가자. 마이유, 실례했다."

"실례했슴미다!"

"실례라니, 전혀. 또 언제든 놀러 와! 너희라면 대환영이야. 영감이 솟아나거든. 역시 나처럼 아름다운 사람이 아름다운 사람을 만나는 건 서로를 빛나게 해주지⋯⋯. 아니, 오히려 더 환하게 빛나게⋯⋯."

어, 어라. 마이유 씨, 말하는 사이에 또 자아도취 모드 돌입?

"⋯⋯가자."

"개, 갠차는 거예요?"

"끝이 없거든."

이리하여 기르 씨의 품에 안긴 채 우리는 다음 장소로 이동했다. 마이유 씨는 여전히 자아도취 중이었지만. 어쩐지 기르 씨가 걷는 속도도 여느 때보다 빠른 느낌이다.

공예 공방을 떠나 다음으로 가는 곳은 연구소! 단철 공방이든 공예 공방이든 마도구를 만들기 위해서는 마석이라 불리는 마력을 띤 광물을 사용해야 한다. 그것 자체는 쉽게 입수할 수 있으나, 거기에 복잡한 마법을 부여하려면 특별한 지식과 기술이 필요하다나.

그런 걸 담당하는 게 연구소라고 했다. 그리고 이 연구소가 대단한 게, 여태까지 존재하지 않았던 마법을 마석에 부여하는 것에 몇 번이나 성공했다고! 정말 뇌가 어떤 구조로 이루어진 걸까. 사축 시절에도 그렇게 어마어마하게 유능한 사람이 있었다. 그런 연구소의 리더라면 아주 유능하겠지. 대체 어떤 사람일까?

"여기가 연구소다. 실험실에는 접근하지 마. 언제 폭발할지 몰라."

"우와……."

아, 폭발하는구나. 기대를 배신하지 않는 연구소. ……무서워! 나도 모르게 기르 씨의 옷을 잡는 손에 힘이 들어갔다. 기르 씨가 피식 웃는 게 느껴졌다. 놀림 받은 느낌이 든다. 끙.

건물 안으로 들어가자 의외로 조용해서 놀랐다. 밖에는 쇳소리가 흘러나왔는데. 여기의 방음 효과는 또 성능이 다른 모양이다. 참고로 긴급연락 같은 건 건물 안에 잘 울려 퍼지게 되어있으므로 연구소 안에서 생긴 사고도 외부에 알려진다나. 그야 그렇겠지. 무슨 일이 일어나도 눈치채지 못했다간 큰일이니까.

"여기가 이곳의 리더인 미콜라슈의 연구실이다."

기르 씨는 어떤 문 앞에 멈춰 선 뒤 그렇게 말하고 문을 노크했다. 이름을 밝히자 안에서 다소 연약한 목소리로 '들어오세요'라고 하는 게 들렸다. 연구에 몰두해서 많이 피곤한가?

"아, 안녕, 기르. 어, 어? 그, 그 아이는 혹시……."

"그래. 메구다. 한 번 인사시켜두려고. 방해했나?"

"아, 아니. 지, 지금 쉬는 중, 이었거든……."

안으로 들어가자 안쪽 책상에 앉아서 등을 돌리고 있었던 연구실의 주인이 이쪽을 돌아보며 맞아주었다. 금색의 곱슬곱슬한 머리카락을 쇼트커트로 쳤으며 건강이 좀 나빠 보이는 파리한 안색의 남자였는데, 말을 살짝 더듬었다.

하지만 자상하고 성실한 사람이라는 건 바로 알 수 있었다. 쉬는 중이라는 말이 거짓말인 게 보였기 때문이다. 책상에는 자료 다발이 놓여 있고 무언가를 한창 쓰던 도중이었으니까. 연구자는 왠지 책상 주위가 산만하다는 인상이 있는데, 다른 장소는 무척 깨끗하게 정돈되어 있는 걸 보면 자료를 그대로 내버려 둔다고 보기도 어렵다. 음, 배려해준 거구나.

"안녕하세요, 메구임미다. 잘 부탁드림미다. 미코랴수, 씨……. 제송합니다."

"시, 신경 쓰지 않아도, 돼. 부, 부르기 어려우면, '라'라고 해도, 되니까."

"감사함미다, 라 씨!"

크흑, 혀가 꼬이는 게 답답해! 하지만 착한 사람이라 다행이다.

"**라슈**는 천재적인 두뇌를 지니고 있어. 길드에서 개발한 새 마도구는 거의 그가 만들었다고 해도 되지."

"라 씨, 대다내요."

음? 대단하긴 한데……. 방금 라슈라고 부르지 않았나? 처음엔 미콜라슈라고 불렀는데, 왜 갑자기 바꿔서 부르는 거지?

"아, 아니……. 내, 내가 할 줄 아는 건, 마, 만드는 것뿐이고…… 도, 도구 실험은, 미, 미콜이 해주니까……."

"뭐, 미콜은 대담하니까. 하지만 라슈 같은 두뇌는 없지. 적재적소다."

"그, 그렇게 말해주다니, 기뻐."

음? 으음? 미콜 씨? 미콜라슈 씨? 혼란스럽다.

"흐음, 미콜라슈에 대해 설명해야겠는데. 괜찮겠어?"

"괘, 괜찮아. 네, 네가 더 잘, 서, 설명할 수, 있을 테니까."

미콜라슈 씨에 대해 설명이라. 뭔가 사정이 있는 걸까? 나는 기르 씨를 물끄러미 바라보며 설명을 기다렸다.

"미콜라슈는 금조옥토 아인으로 아주 희귀한 종족이다. 낮일 때와 밤일 때 몸을 움직이는 인물이 달라지지."

"달라진다……?"

정리하자면 이렇다. 미콜라슈 씨의 몸속에는 두 개의 영혼이 존재한다. 두 사람이 하나의 몸을 공유하는 셈이다.

태양이 뜨고 가라앉을 때까지는 금조인 라슈 씨고, 태양이 저물고 다시 뜰 때까지는 옥토인 미콜 씨가 된다나. 지금은 금발 흑안에 남성인 라슈 씨지만 미콜 씨는 은발 적안의 여성. 시간이 다가오면 점점 머리카락 색이나 눈동자 색이 바뀌다가 몸을 움직이는 사람이 교대한다는 신기한 종족이라고 한다.

"우, 우리는 가, 같은 몸을 사용하지만 와, 완전히 다른 사람, 이야. 가, 가족처럼 소, 소중한 조, 존재지만."

왠지 무척 신기하다. 불편하진 않냐고 묻자 태어난 순간부터 이렇게 살았기 때문에 다른 생활을 상상할 수 없다고 했다. 그런 건가.

참고로 각각 밖으로 드러나지 않았을 때 일어난 일도 다 기억한다고 한다. 나와 있지 않을 때는 몸속에서 잠들어 있을 때도 많아서 그럴 때는 아무래도 모른다지만. 으음, 신기해.

서로 밖에 나와 있지 않을 때 잠을 자기 때문에 몸 자체는 거의 자지 않아도 문제없다고 한다. 다른 아인보다 수면이 필요하지 않은 몸이라고 하지만, 잠을 좋아하는 내가 보기엔 부럽다기보다는 아까운 느낌이다.

으음? 그렇게 치면 사실 우리와 별로 다를 바 없는 생활을 하는 거 아닌가? 그렇잖아? 반나절 동안 활동하고 반나절 동안 취침. 참으로 평범한 사이클이다. 다만 옆에서 보면 계속 활동하는 것처럼 보이는 것뿐.

이 세계에는 신기한 종족이 더 많이 있을 것 같다. 지금 시점에선 미콜라슈 씨가 불가사의 넘버 원이지만! 이중인격이 그대로 그런 종족이 되었다는 느낌인가.

"음……, 하지만 메구는 미콜과는 만나지 않는 게 좋을지도 모르겠군."

"그, 그럴지도……. 어, 어린아이에게는, 자, 자극이 가, 강할 테니까…….”

뭐야, 무슨 뜻인 거지? 자극이 강하다고? 말하는 걸 들어보면 나쁜 사람인 건 아닌 것 같지만.

"이, 이 몸은…… 나, 남녀 둘 다 이, 있으니까……. 미, 미콜은 그……, 바, 밤 생활이 좀.”

"……라슈. 말하지 않아도 돼.”

"미, 미안……. 하, 하지만 제, 제대로 설명, 하, 하는 게 조, 좋을 것 같, 아서.”

"뭐……. 아직 잘 모를 테니까 넘어가자.”

죄송합니다, 이해해버렸습니다. ……흐어어억?! 남녀 다 있다는 게 설마 성기도?! 밤 생활이라고 표현한 걸 보면 미콜 씨는 남자랑도 여자랑도 마음껏 하고 다닌다는 거지?!

알 거 다 아는 어린이의 머릿속에서는 패닉의 도가니가 펼쳐졌지만, 겉으로 드러나지 않도록 계속 생글생글 웃어야 했습니다! 진짜 깜짝 놀랐어!

"그러고 보면 지그믄 무슨 연구를 하시는 거예요?”

화제를 돌리기 위해서도 무난한 질문 공격을 던져보았다. 나에게는 평범한 화제였는데 어째서인지 라슈 씨의 눈이 반짝반짝 빛났다. 옆에서 기르 씨가 '아차' 하는 표정을 짓고 있다. 어? 뭐야?

"잘, 물어봤어! 나는 계속 어떤 사람에게 부탁받은 어떤 현상에 대해 조사하고 있었어. 누구나 황당무계하다며 무시했던 현상이지만, 이게 정말 대단하단 말이지! 나도 처음에는 우습게 봤는데, 조사해보니까 헛소리라고 잘라낼 수 없게 되었어! 아아, 이렇게 멋진 연구는 처음이야! 미콜과 교대하는 게 아쉬울 정도로 몰두해서…….”

“진정해, 라슈. 메구가 놀랐잖아.”

조금 전까지 자신감 없고 더듬거리며 말하던 사람은 어디로 갔나요. 갑자기 의욕이 넘쳐나더니 상당히 빠른 속도로 두다다 쏘아대는 라슈 씨. 아아, 이 사람은 평범한 사람이라고 생각했는데 연구 이야기가 나오면 사람이 바뀌는 타입이었군요, 그런 거군요……. 잠시 먼산을 쳐다봤다.

“미, 미안해. 나, 나도 모르게…….”

“하, 하지만 그러케까지 흥분하시는 연구 내용이라니 좀 궁금해요.”

기르 씨가 제지하자 라슈 씨는 순식간에 쪼그라들어서 조금 전까지 봤던 라슈 씨로 돌아갔다. 그러나 이렇게까지 말하는 연구 내용이 궁금해지는 것도 사실. 가능하다면 평소 모드로 이야기를 듣고 싶어!

“그건 말이지!”

“진정해.”

다시 흥분하려는 라슈 씨를 순식간에 막아내는 기르 씨, 대단해요. 마이유 씨도 그렇고 제조나 연구하는 사람은 어딘가에 스위치라도 달린 걸까? 어쩌면 과묵하기 짝이 없는 커터 씨도 스위치가 눌리면 사람이 바뀌는 걸까. 그런 이상한 생각이 들었다.

"어, 으, 응. 음, 으음, 그게 말이지. 여, 여기와는 다른 세계의 조, 존재에 대해서 여, 연구하고 있어."

이어지는 라슈 씨의 말에 순간 머리가 새하얘졌다. 어? 지금 뭐라고?

"우, 우리는 이, 이 세계에 살고 있으니까, 세, 세계가 하나라는 걸 의, 의심한 적이 없었지만……. 그, 그게 아닐 수도 있다는, 마, 말을 들었어."

"세계를 건너와 이쪽 세계에 떨어진 건지, 단순히 누군가가 만들어 낸 건지. 때때로 묘한 물건이 세계 각지에서 발견되더군. 빈도는 낮지만. 그런 물건을 전세계에서 수집해 연구하는 거야."

세계를 건너……, 이세계……? 내 머릿속은 완전히 아수라장이다. 심장이 경종을 쳤다. 이 소리가 주위에 들리진 않을까.

『주인님? 괜찮아……?』

내 이 뭐라 할 수 없는 감정이 전해진 건지, 쇼가 나타나서 걱정하며 내 주위를 날아다녔다. 미안해, 괜찮아. 좀, 응, 놀란 것뿐이야.

"그, 그런 물건 중에서, 이, 이 세계에선, 도, 도저히 만들 수 없을, 법한, 무, 물건을, 나, 나는 이세계의 유실물, 이라고 부, 불러."

이세계의 유실물이라. 그렇다면 내 영혼도 이세계의 유실물 중 하나일까. ……좋아. 조금 진정됐다. 몇 가지 질문해봐야지.

"그 유실물은…… 어디에서 오는 거예요? 늘 가튼 곳에 떨어져 있는 거예요?"

두근거리는 마음으로 대답을 기다렸다. 그러자 내가 흥미진진하게 듣는 걸로 보인 건지, 옆에서 기르 씨가 눈을 휘며 내 머리를 쓰다듬어주었다. ……적절히 넘어간 거면 잘 된 걸로 치자. 기르 씨는 머리 쓰다듬는 거 좋아하시더라. 나는 쓰다듬 받는 걸 좋아하니까 win-win이다.

"아, 아니. 어, 어디에서 흘러오는 건지, 그, 그 이유가 뭔지, 모, 모르겠어. 바, 발견되는 장소도 저, 정해져 있지 않아. 저, 전세계 여, 여기저기에서 바, 발견되거든."

"와……, 왠지 신기해요."

그렇구나……. 음, 예상은 했었다. 괜찮아. 그럼 다음 질문. 목소리가 떨리지 않기를.

"유실물은 어떤 게 이써요? 물건만 이써요? 사, 살아있는 건요……?"

사실은 사람이 넘어온 적은 없냐고 물어보고 싶었지만, 너무 직접적이라서 위화감이 생길지도 모른다. 그래서 이게 최선이었다. 조금 전보다 가슴이 더 크게 두근거리는 걸 느끼며 대답을 기다렸다.

"! 좋은 질문이야! 물건은 정말 각양각색이야. 커다란 상자 같은 물건부터 작은 쓰레기 같은 것까지. 예를 들어 이거. 이거는 획기적이었어! 연구해서 길드 안에서도 만들기 시작했지! 잉크를 굳이 찍지 않아도 글씨를 쓸 수 있는 펜. 게다가 지울 수 있다고. 이세계는 대단해!!"

스위치가 눌린 사리 씨는 흥분하면서 그렇게 연설하기 시작했다. 하지만 지금은 그게 문제가 아니다. 라슈 씨가 꺼낸 건 어딜 어떻게 봐도……, 모 유명 브랜드의 샤프펜슬이었기 때문이다.

두근. 심장이 큰 소리를 냈다.

"아, 그래. 생물 말이지? 이게 놀랍게도 생물도 넘어온 적이 있어!"

"라슈, 너무 흥분했어."

"무슨 소리야! 어떻게 흥분하지 않을 수 있지? 사실 의뢰인이 바로 그 이세계에서 넘어온 사람이거든. 어쩌면 다른 동물도 넘어왔을지도 모르지만. 그래도 그걸 증명하는 건 어려워. 동물은 사람처럼 말을 할 수 없으니까. 참 안타깝지."

자, 잠깐. 잠깐만. 지금 아무렇지도 않게 중요한 사실을 밝히지 않았어?! 넘어온 사람이 있다. 즉 일본인? 아니, 그건 아무리 그래도 지나치게 극단적인 생각인가. 세계가 내가 있던 세계 말고도 더 있을지도 모르고, 같은 세계여도 일본인이라는 건 우연이 너무……. 하지만 저 샤프는 틀림없이 일본에서 만든 제품인데.

"게다가 유실물의 빈도가 적은 것도 아쉬워. 연구 끝에 유실물이 떨어질 때는 공간이 일그러진다는 걸 알았거든. 3번 정도 그걸 증명했으니까 거의 틀림없을 거야. 원래 그게 사실이라고 단정하기 위해서는 그 현상이 더 나타나야 하지만……, 이건 어쩔 수 없지. 지금은 최근에 일어난 공간 왜곡에 대해 조사하고 있어. 대단하지? 최근에도 일어났다고! 뭐가 발견될지 정말정말 기대돼!"

최근에 일어난 공간 왜곡. 그, 그건 혹시, 아니 아마 확실하게 내가 넘어오면서 생긴 왜곡일 것이다. 내심 두근거리면서 가만히 듣고 있었더니, 라슈 씨는 '잠깐 기다려' 하고 책상 서랍을 열어 작고 둥근 수정 같은 걸 가져왔다.

"특별히 좋은 걸 보여줄게. 이게 바로 이세계가 있다는 증명이나 마찬가지야. 훼손되지 않도록 보호 수정에 넣어놨어. 이 세계에 사는 사람은 아무도 읽지 못하는 글자가 적혀있거든."

그걸 본 순간 나는 숨을 쉬는 것조차 잊어버렸다. 그럴 수밖에 없었다. 이 카드는.

『영업부장 하세가와 토모히로』

"의뢰인이 만약 이걸 읽을 수 있는 사람이 나타난다면 알려달라고 했어. 신기한 글자지?"

"흠, 몇 번을 봐도 흥미로운 글자군."

틀림없는, 내 아빠의 명함이었기 때문이다.

6 충격적인 사실

진정해. 진정하자. 진정해야지, 하세가와 메구. 손이 떨리고 시야가 번쩍번쩍하지만 진정해.

이 명함만 떨어진 건지, 여기로 넘어왔다는 사람이 갖고 있었던 건지……. 아빠가 여기로 넘어온 건지.

내 감은 이미 대답을 내놓았지만, 확인해야 한다. 눈물이 나오려는 걸 필사적으로 참으며 입을 열었다. 입이 바싹바싹 말랐다.

"이거…… 그, 너머온 사람은 읽었어요?"

"그야 물론이지. 이건 그 사람이 줬거든. 여기에는 그 사람의 이름이 적혀있다는 기야. 나는 이 글자가 왠지 신비한 느낌이 들어서 좋아하는데……, 내 이름도 이 글자로 적어줬어!"

그렇게 말하며 라슈 씨가 희희낙락 꺼낸 것은 마찬가지로 수정에 들어간 평범한 종이. 거기에는 '裸亞呪(일본어로 읽으면 라슈가 된다)'라고 음역어로 적힌…… 아빠의 특징적인 글씨가 남아 있었다.

아하하……. 나도 모르게 웃음이 나올 뻔했다. 눈물도 맺혔다. 아빠, 한자를 왜 하필 저걸로 선택한 거야?

믿어지지 않는다. 설마 아빠가 이 세계에 있다니. 나는 그때의 일을 떠올렸다————.

그건 대학교 진학을 눈앞에 뒀을 때였다.

그땐 이미 할아버지도 할머니도 돌아가신 뒤라, 나와 아빠 둘이서 살았다. 봄방학 숙제도 일찍 끝낸 나는 집에서 저녁 먹을 준비를 했다. 그때 한 통의 전화가 걸려왔다.

『경찰입니다. 하세가와 토모히로 씨의 집 맞습니까?』

"네? 네……."

출장 갔다 돌아오는 길, 택시를 탔던 아빠는 자동차 추돌사고로 인해 택시와 함께 벼랑에서 추락했다고 했다. 벼랑 아래는 바다. 택시를 끌어올려 보자 그 안에는 운전기사의 시체와 아빠의 가방만 남아 있었다. 당연히 아빠는 행방불명으로 처리되었는데……, 살아있을 가능성은 절망적이었다.

그 후 10년 가까이 지나 다들 아빠는 죽었다고 인식했지만 나는 아직 믿지 못했다. 믿고 싶지 않았다. 그렇잖아.

나는 외톨이가 되기 싫었으니까.

생각하지 않으려고 애쓰면서 매일 공부하고 아르바이트하느라 바빴다. 취직한 뒤에는 죽을힘을 다해 일한 결과 어느새 사축이 되어 있었다. 지금 돌아보면 실속 없는 나날이었다.

하지만 아빠가 분명 어딘가에서 살아있을 것이라는 믿음만큼은 계속 변하지 않았다.

──────라슈 씨의 다음 말을 듣기 전까지는.

"멋지지? 이거. 세월 참 빠르다……. 이걸 받은 지 벌써 200

년이나 지났다니. 의뢰를 받은 뒤로 오늘까지 그리 눈에 띄는 진전도 없었고, 애초에 그 의뢰도 이미 오래전에 취소되었지만. 나는 앞으로도 계속 연구할 생각이야. 이 신기한 펜처럼 획기적인 무언가가 발견될지도 모르니까!"

쿵. 심장이 뛰었다. 피가 싹 빠져나가는 게 느껴졌다. 어……? 지금 200년이라고……? 잘못 들은 거, 아니지……? 게다가 의뢰도 취소되었다니.

명함을 갖고 있다는 건 아빠는 나처럼 영혼만 이 세계에 넘어온 게 아니라, 그때의 모습 그대로 이 세계에 넘어온 셈이다. 말하자면 차원 이동. 그게 200년 전. 마에 속한 자는 오래 산다. 하지만 아빠는 평범한 인간이다. 최약체라고 불리는, 평범한 인간.

벌써 오래전에 죽은 기야   .

손발이 차갑다. 아니, 그걸 넘어서 감각이 없다. 아빠가 사라진 뒤로 계속 팽팽하게 조여있던 것이 바로 지금 뚝 끊어졌다. ……이상하지. 어차피 이 세계로 넘어와 이 몸이 된 시점에서 두 번 다시 만나지 못한다는 건 이해했는데. 뭘 이제 와서 새삼 충격을 받은 걸까.

하지만 나에게 중요했던 건 만날 수 있냐 없냐가 아니라, 아빠가 살아있냐 아니냐는 점이었던 모양이다.

……그렇구나. 이미 죽어버린 거구나. 이 세계에서 즐겁게 살았을까.

"메구……?!"

기르 씨의 목소리가 아득히 먼 곳에서 들린 것 같았다.

"으응……?"

정신을 차렸을 때는 침대 위였다. 아마도 평소 자는 의무실 침대 위. 으음, 어떻게 된 거였더라.

기절한 건가? 이런, 나도 꽤 섬세하네. 하지만 역시 충격이 크다. 마음속 어딘가에서 계속 살아있다고 믿고 싶었던 아빠의 죽음이 확정되고 말았다. 이곳에 와서, 다른 세상에서 기적적으로 재회한다는 영화 같은 일을 기대했기 때문에 괜히 더 데미지가 컸다.

이 사실을 소화하려면 조금 더 시간이 필요하다. 이번에야말로 진정하고 나면 모처럼 얻은 기회이니 라슈 씨에게 아빠 이야기를 물어보자. 어떤 식으로 이 세계에서 지냈으며, 어떤 모습이었는지. 행복해 보였는지. 평온한 마음으로 그런 이야기를 들을 수 있게 되는 그날까지, 이 건은 가슴에 살며시 봉인해두려고 한다.

"! 일어나셨군요!"

의무실 안쪽에서 나온 메어리라 씨가 내가 일어난 걸 알아차리고 인사해주었다. 의무실에서는 이 비슷한 상황이 계속 이어지고 있다는 생각에 쓴웃음이 나왔다.

"기르 씨가 메구를 안고 허둥지둥 나타났을 때는 깜짝 놀랐어요! 하지만 아직 몸이 덜 회복된 거였으니 걱정하지 마세요. 간단한 식사를 하고 나면 또 조금 자둡시다."

"기르 씨는요……?"

"지금은 사우라 씨에게 가셨어요. 낮잠 잤다가 눈을 뜰 때쯤이면 또 보러오실 테니까 안심하세요!"

그렇구나. 걱정 끼쳤겠네. 미안해라. 시무룩.

그 후 메어리라 씨가 따뜻한 빵죽을 가져왔다. 기본은 우유고, 부드럽게 끓인 채소와 치즈도 넣어서 영양 만점. 게다가 지금 내 몸 상태로도 먹기 쉬우며 위에도 친절하다. 레오 할아버지가 만드신 건가? 무척 포근한 맛이 났다. 다 먹고 나자 메어리라 씨가 척척 뒷정리를 한 다음 '졸리지 않아도 누워서 눈을 감고 계세요.'라고 분부했다.

"몸은 피곤한 상태니까, 분명 금방 잠들 거예요. 푹 주무세요, 네구."

"네. 감사, 함미다."

메어리라 씨가 방에서 나가자마자 급격히 고요해진 공간이 쓸쓸했다. 그러고 보면 나는 여기 온 뒤로 혼자 있는 일이 거의 없었던 것 같다. 그렇기 때문에 머릿속으로 이런저런 생각이 들었다.

아빠 일은…… 지금은 됐다. 마음이 진정되길 기다리자. 상처는 시간과 함께 치유될 테니까.

그보다 그 문제가 더 중요하다. 어째서인지 네모가 나를 노리고 있는 듯했다. 이건 솔직히 사우라 씨를 비롯한 길드원들에게 맡길 수밖에 없다. 내가 멋대로 움직이는 게 더 피해가 커질 테

니까. 하지만 상황을 아는 대로 가르쳐줬으면 좋겠는데. 다음에
말해봐야지.

그럼 지금의 내가 할 수 있는 일은?

"쇼."

『얍! 주인님……, 괜찮아?』

"후우."

『네! 주인님, 내가 옆에 있을게.』

"호무라."

『오! 괜찮아, 주인님! 나도 옆에 있을 테니까.』

이름을 부르면 바로 와주는 내 친구들. 다들 나를 걱정해주는
게 전해졌다. 그게 기뻐서 나도 모르게 웃음이 번졌다. 다들 고
마워. 기뻐.

"나는 조금이라도 싸울 쑤 있는 힘이 피료해. 다들 힘을 빌려
줄래?"

내 부탁을 들은 정령들은 물어볼 필요도 없었다는 양 흔쾌히
받아들여 주었다. 떠들썩하게 꺄르륵거리면서도 사이 좋아 보이
는 광경에 마음이 치유되는 걸 느꼈다.

"고마워. 다들 너무 조아. 그럼 자연 마법을 조금씩 가루쳐주
세요!"

『맡겨줘!』

『물론이야!』

『알았어!』

기쁘게 대답해준 정령들을 쓰다듬자 다들 기분 좋다는 듯 눈

이 휘어졌다. 귀여워.

그러는 사이에 눈꺼풀이 무거워졌다. 몸이 피곤한 상태라는 건 사실인 모양이다. 며칠 동안 잤는데도 아직 졸리다니.

이리하여 흐트러진 마음을 달래듯이 나는 수마에 몸을 맡겼다.

【기르난디오】

메구를 의무실에 데려다 놓은 뒤, 사실은 곁에 붙어있고 싶었지만 사우라에게 호출을 받았다. 중요한 이야기라는 모양이니 어쩔 수 없다. 응접실에 가보자 그곳에는 주요 멤버가 이미 모여 있었다.

사우라, 케이, 루드, 니카, 그리고 나. 슈리에는 지금 원정을 나가서 없지만, 두목을 포함한 이 7명이 최초의 길드원이다. 길드 창설 이후 그대로 이 멤버가 길드의 중진이 되었다.

"시간이 아까우니까 바로 용건을 말할게. 쥬마가…… 돌아오지 않아."

사우라의 말에 다들 말문이 막혔다. 그 쥬마가? 확실히 그 녀석은 여러모로 대충대충인 데다 자유로운 구석이 있지만, 연락도 없이 며칠씩 길드를 비운다는 건 이상 사태다. 에핑크를 쫓아간 뒤에 무슨 일이 있었다고 생각하는 게 자연스럽다.

"그날 이후부터 그런 거지? 끝나고 나면 드래곤을 토벌하러 가겠다고 했는데……. 그게 아니라는 거야?"

케이가 안경 너머로 붉은 눈동자를 가늘게 휘면서 그렇게 질문했다. 대답은 알지만 확인하기 위해서인 모양이다. 사우라는 그렇다고 긍정했다.

"에핑크를 쫓아가 그대로 네모에 돌아가는 거라면 내버려 두고 돌아오라고 했어. 그게 아니라면 한 번 보고하라고 했고. 어쨌거나 연락은 주기로 했는데 그것도 없다는 게 문제야. ……뭐, 요즘 스트레스가 쌓였던 모양이니 먼저 본능이 시키는 대로 날뛰고 있을 가능성도 아주 크지만. 그렇다고 해도 늦단 말이지."

이건 문제의 경중 차이는 있어도 확실하게 무슨 일이 있는 거다. 설령 별일 없었다고 해도 바로 확인하기 위해 당장에라도 쥬마의 발자취를 더듬어야 한다. 쥬마니까 무사한지는 썩 걱정되지 않지만, 공격력과 강인함만 따지자면 넘버원인 그 녀석이라고 해도 옴짝달싹할 수 없게 만드는 방법은 얼마든지 존재한다. 언제든 최악의 사태를 상정하면서 움직인다. 길드 내의 상식이다.

"내가 추적할까?"

발자취를 조사하는 거라면 내가 적임이다. 그렇게 판단해서 나섰다.

"……아니. 너는 메구를 지켜야지. 확실히 기르의 능력이 제일 적임이지만, 우선순위를 바꿀 수는 없어."

하지만 사우라의 그 발언에는 수긍할 수밖에 없었다. 에핑크의 무언가 있을 법한 말투로 보건대 메구를 또 노릴 가능성은 지극히 크다. 당연히 내심 안도했다. 지금은 내가 메구의 부모니까.

"그러니까 이번에는 니카와 케이가 가줘."

"그래, 나라면 냄새로 쫓을 수 있지! 맡겨줘."

"그리고 나는 벨로니카가 어려워하는 미행과 조사가 특기니까. 받아들일게."

그렇군, 이 두 사람이라면 날 대신할 수 있다. 게다가 적이 여럿 있을 이번 일에는 단독행동은 삼가는 게 낫다. 최악의 경우 한쪽이 미끼가 되는 동안 다른 한쪽이 길드에 보고할 수 있다. 나처럼 혼자였다가 움직임이 봉쇄되면 힘들어진다.

"그림자새를 데려가. 언제든 연락할 수 있고 한 마리 정도라면 별문제 없다."

"오오, 고마워. 기르."

"어느 정도 거리까지 괜찮은 거야?"

케이의 질문에 잠시 미리를 굴렸다. 네모의 본기지는 세인슬레이 국의 북부다. 이곳, 릴트레이 국에서 가려면 큰 나라인 센트레이 국을 넘어 서쪽에 있는 나라이다. 즉 마대륙의 거의 끝과 끝이라고 할 수 있는 거리. 그림자새 한 마리라고 해도 메구를 호위하기 위해 여력을 남겨야 하는 걸 고려하면……

"세인슬레이 직전. 센트레이 국내라면 가능해."

"너 센트레이가 얼마나 넓은 줄 알고 하는 소리야……. 아니, 기르라면 알고 있겠지만."

"기르난디오, 여전히 무시무시한 마력량이구나."

"……두목에겐 한참 못 미쳐."

"으음, 비교 대상을 그 사람으로 잡으면 안 될걸."

케이는 그렇게 말했지만 두목은 내 목표이기도 하다. 그 사람은 그 힘을 노력으로 얻은 게 아니라고 했지만, 주어진 능력을 살리는 것도 죽이는 것도 본인에게 달렸다. 두목은 자신의 능력이 어떤 것인지 알고, 마주 보고, 숙지했기 때문에 세계 최강이라 불리는 마왕과 호각으로 싸울 수 있는 힘을 지니게 되었으리라.

노력으로 얻은 게 아닌 능력을 노력으로 살리는 것. 그것이야말로 재능 아닐까. 타고난 능력을 재능이라 부르는 것은 조금 다르지 않을까. 두목을 만나고 깨달은 것 중 하나이다. 덕분에 나는 자신의 미숙함을 깨닫고 지금도 위를 향할 수 있다.

다만 두목이라는 목표를 뛰어넘지는 못하겠지. 그렇기 때문에 나는 계속 그 사람을 쫓아가며 성장할 수 있다고 믿는다.

"나는 이번엔 도움이 될 것 같지 않군. 전부 다 맡겨서 미안해."

"어머, 루드. 그렇지 않아. 우리 주력이 거의 빈 상태인걸. 기르는 메구를 우선시해야 하니까 길드의 수비는 루드에게 달려있다고."

기본적으로 실력이 뛰어난 길드원 셋은 홈에서 대기하도록 정해져 있다. 평소였다면 그 역할은 케이, 슈리에, 쥬마, 니카가 돌아가며 담당한다. 나는 출장이 많고, 무엇보다 이번엔 메구의 안전을 지키는 게 최우선이다. 전선에 설 수는 없다. 루드의 본직은 의료이고, 사우라는 함정 전문가라 이번에는 확실히 홈의 방벽이 얇아지는 셈이다. 마법에 특화된 중견 트리오가 있기는 해도 그 녀석들에게 맡기기에는 근접전에 되었을 때가 불안하다.

"그렇군. 그렇다면 나는 길드를 중심으로 한 이 마을을 열심히 감시하도록 하지. 의료팀은 메어리라와 최근 활약하기 시작한 레키, 그 외에도 우수한 녀석들이 있으니까 괜찮을 거야."

즉 우선은 주위에 수상한 움직임이 없는지 파악할 필요가 있다. 루드는 그 역할에 적임자다. 루드의 실은 적으로 돌리면 위험하지만, 아군이 되면 더없이 든든하다. 실 감시에 집중한 루드의 눈을 빠져나갈 수 있는 사람은 그야말로 두목 수준이 아니면 불가능하다.

"나도 길드 내외에 평소 설치해둔 함정을 다시 점검하고 강화할게. 길드 안으로 들어오면 안전할 테지만 어떻게든 메구를 지켜야지. 두목도 우리를 믿으니까 메구를 맡긴 거잖아."

그렇다. 두목에게도 메구는 지켜야 하는 대상이라 했다. 그런데도 본인은 별다른 일을 하지 않고 길드를 떠났다. 우리가 메구를 아끼는 마음을 감지하고 괜찮다고 판단한 것이다. 더욱 기합이 들어갔다. 원래도 대충할 마음은 없지만.

"내가 늘 메구를 따라다니겠어. 방은 이미 준비됐나?"

"우후후, 완벽하게! 멋지고 귀여운 방을 만들어놓았지! 물론 보안 측면에서도 안심할 수 있는 안전설계! 기르의 방과는 문으로 연결해놨어."

메구가 길드의 온 뒤로 준비해두었던 메구의 방이 드디어 완성되었다. 메구는 어린아이지만 혼자만의 시간도 다소 필요할 테고, 주위 사람들이 일하는 동안 안심하고 기다릴 수 있는 방이 필요했다. 기절했을 때나 매일 밤 발발하던 '몽유병'도 울부짖는 게 아니라 매번 그림을 그리고 만족하는 건지 자버리기 때문에 의무실에서 나가도 괜찮다는 루드의 허가가 떨어졌다. 게다가 내 방과 문 하나로 연결되어 있으므로 무슨 일이 있을 때는 바로 대응할 수 있다. 커터와 마이유, 미콜라슈가 힘을 써준 덕분이다.

"그런고로! 앞으로 어떻게 행동해야 하는지 다들 이미 알지? 다만 니카와 케이. ……위험을 느끼면 무리는 하지 마. 반드시."

"으음, 선처할게."

"크하하! 이거 까다로운 지시인데! 뭐, 목숨만큼은 보전하도록 할까!"

이리하여 회의가 끝났다. 각자 자신의 방으로 돌아가는 가운데, 나는 이대로 의무실로 향했다.

메구가 눈을 뜨면 방을 안내해주자. 그때 메구가 놀란 표정을 지을 걸 상상하자 자연스럽게 입매가 부드러워졌다.

【메구】

문득 눈을 떴을 때는 실내에 있어도 아직 햇빛이 느껴질 정도였다. 아마 그렇게 오래 자진 않은 모양이다. 하지만 수면의 질은 좋았던 건지 지금은 무척 개운했다.

"……음. 조아써."

자기 전에는 그토록 복잡하게 얽혀있던 감정도 진정되었다. 역시 잠은 중요해! 잠이 별로 필요하지 않은 몸이라지만, 정신력이나 기력 같은 걸 회복하기 위해서는 자는 게 좋다! 애초에 지금은 어린아이니까 아무리 엘프라고 해도 수마에 금방 져버린단 말이지.

『잘 잤어? 주인님!』

『오, 일어났어? 주인님.』

내가 벌떡 일어나서 기지개를 켜자 정령들이 말을 걸었다. 정령들에게 인사를 돌려준 뒤에 궁금했던 걸 물어보았다.

"어? 쇼는?"

『쇼는 도, 청, 중, 이야!』

『주인님을 위해서라며 여기저기의 목소리를 수집하러 갔지.』

도, 도청……? 단어에서 느껴지는 불안이 장난 아니었지만, 나쁜 짓을 하는 건 아니지……?

그런 식으로 고민하고 있을 때 호랑이도 제 말 하면 온다더니, 쇼가 돌아왔다.

『주인님, 눈 떴구나! 정보 가져왔어!』

"응, 안녕. 정보……?"

『아마 중요한 정보일 거야! 하지만 나는 잘 모르겠어. 그래도 중요한 이야기일 거야. 아마도!』

어쩐지 말하는 게 지리멸렬했지만, 정리하자면 중요한 이야기를 하는 것 같아서 듣긴 했는데 내용까지는 잘 이해하지 못했다는 모양이다. 쇼는 들은 걸 그대로 목소리까지 재현할 수 있지만, 입수한 정보를 기반으로 무언가를 하는 것까지는 못하는 것 같다. 하지만 어느 의미 그게 좋은 건지도 모른다. 의미를 이해한 정령이 개입했다간 혼란스러워질 것 같잖아. 그리고 이해하지 못해서 갸웃거리는 게 귀엽다.

"으음, 비밀 이야기라면 들으면 안 낼 것 같기도 하고……. 앗, 아니, 으음, 그치만 역시 궁금하니까 가, 가루쳐줄래?"

『맡겨줘!』

내가 듣는 걸 주저하자 노골적으로 시무룩해 하는 게 보였기 때문에 안 듣겠다고 하지 못했어……! 완전히 물러터진 보호자다. 하지만 시무룩해진 쇼는 보고 싶지 않았다고! 날 위해 한 행동이잖아? 들은 내용에 따라서는 내가 듣지 못한 척하면 그만이고. 응. 가르쳐달라고 하자 아주 기뻐서 춤까지 추며 날아다니는 쇼가 귀엽기 때문에 이제 와서 거절하지 못한다거나 그런 건 아니거든. 진짜로.

『그럼 마력을 조금 많이 줘!』

앗, 역시 뽑아가는구나?!

마력을 많이 넘겨서 조금 몽롱한 머리로 쇼가 가져온 정보를 들었다. 그건 사우라 씨를 비롯한 길드 중진으로 추정되는 사람들의 대화였다. 헉, 이거 역시 들으면 안 되는 이야기인가? 하지만 결국 듣길 잘했다는 생각이 들었다. 오늘 당장에라도 니카 씨와 케이 씨가 여행을 떠나려는 것 같았으니까.

게다가 대화를 듣고 생각했다. 나도 할 수 있는 일이 있지 않을까? 그래서 두 사람이 아직 떠나지 않길 바랐다.

"서둘러야 해. 쇼, 또 부탁할 수 이쓸까? 마력은 그, 후불제로……."

방금 뽑혀간 직후이기 때문에 더 뽑혔다간 비틀거릴지도 모른다. 그건 곤란하므로 후불…… 으윽, 이렇게 대출금 아닌 대출 마력이 늘어나면 어떡하지.

『알았어! 지금은 힘이 넘치니까!』

"고마워, 쇼!"

쇼가 착한 정령이라 다행이다! 사랑해!

아니, 지금은 그럴 때가 아니지. 어쩌면 쥬마가 위험한 상황일지도 모른다. 나도 엮인 일이니 더욱 가만히 있을 수가 없다. 바로 쇼에게 임무를 내렸다.

"……대충 이런 느낌? 체대한 서둘러 줘. 밤까지 모을 쑤 있는 만큼만 모아와도 갠차느니까."

『어렵지 않지! 그럼 다녀올게!』

"다녀와! 죠심하고!"

내가 할 수 있는 일. 그건 정보를 모으는 것이다. 내가 아니라 쇼가 하는 거지만. 쇼는 목소리를 들을 수 있다. 그날 쥬마가 에 핑크를 쫓아간 장소에 있던 나무나 동물, 혹은 마물에게 쥬마가 어느 방면으로 갔는지 듣고 오게 했다.

하다못해 어느 방향으로 갔는지 안다면 니카 씨와 케이 씨에게 도움이 될지도 모른다. 게다가 잘하면 쥬마가 지금도 돌아오지 않는 사정 같은 걸 알게 될 수도 있다.

이리하여 쇼를 보낸 뒤에 바로 타이밍 좋게도 기르 씨가 의무실에 들어왔다. 기르 씨는 내가 일어난 걸 보고 침대를 향해 **빠**르게 걸어왔다. 다리가 길어서 대충 10걸음 정도? 부럽다. 나였다면 20~30걸음은 가뿐히 넘어갔을 텐데.

"일어나 있었어? 괜찮아?"

아, 그렇지. 깜빡 잊었지만 나는 쓰러졌었다. 기르 씨의 걱정 가득한 얼굴을 보고 그걸 떠올렸다.

"갠찬습미다! 하지만 배가 쪼끔 고파요……."

마력을 넘겼기 때문인지 낮에 그리 든든하게 먹지 못했기 때문인지. 묘하게 배가 출출하다. 타이밍 좋게 배에서도 꼬르륵 소리가 났다. 그러지 마! 창피하니까!

"그래. 건강해 보이는군. 저녁 먹을 시간은 아직이니 간단히 간식이라도 먹겠어?"

"머글래요!"

간식! 어쩜 이렇게 감미로운 단어인지. 나는 반사적으로 두 팔을 번쩍 들어 찬성했다. 기르 씨는 흐뭇해하며 머리를 쓰다듬어 주었다. ……에헤헤.

길드의 식당으로 가는 줄 알았는데, 홀에 도착했다. 휴게실 의자에 앉아서 렛츠 간식 타임이다. 어디서 조달해온 건지 기르 씨가 찜케이크를 주었다. 노란색에다 보들보들하고, 계란맛과 부드러운 단맛이 나는 찜케이크를 입에 넣자 살살 녹듯이 사라졌다. 하아아아, 행복해라아아아아.

"오, 아주 맛있게 먹는구나? 메구. 몸은 좀 어때?"

행복에 잠겨서 우물우물 먹고 있었더니 케이 씨가 그렇게 말을 걸었다. 헉, 케이 씨? 허둥지둥 입 안의 찜케이크를 삼켰다. 우우웁.

"왜 그렇게 급해? 괜찮아?"

"우웁, 갠차나, 요! 그치만 케이 씨가 아직 이써서 다행이에요!"

"어……?"

준비할 게 있을지도 모르니 아직 나가기 전이라고 추측은 했어도, 진짜로 출발하기 전이라 다행이다. 제대로 전해야 할 말이 있으니까. 케이 씨는 눈빛으로 기르 씨에게 어떻게 된 거냐고 물었고, 기르 씨는 고개를 저어 자기는 말하지 않았다고 대답했다. 와우, 눈빛으로 나누는 대화가 나에게도 보였어! 아니, 이게 아니지. 의아해하는 두 사람에게 똑바로 설명해야 한다.

"그, 그게, 실은요."

나는 쇼의 호의로 중진들의 이야기를 들은 걸 솔직하게 자백했다. 역시 도청 같은 걸 해놓고 비밀로 해두는 건 안 좋은 일이라 생각했기 때문이다. 마음의 목소리를 들을 수 있다는 점만 빼놓으면 쇼의 능력에 대해서 말해도 될 것 같았고.

아니, 비밀로 할 수도 있기야 하지만 개인적인 정신안정을 위해서……! 난 거짓말 잘 못 한단 말이야!

"……이런 거예요. 머때로 이야기 들어서 제송함미다."

고의는 아니었지만 도청해서 죄송하다고 확실하게 사과했다. 썩 기분 좋은 일은 아닐 테니까. 반성합니다. 하지만 쇼는 나쁘지 않아!

"그 정령, 응접실의 대화까지 들을 수 있는 건가? 대단한 능력인데……."

"메구는 나쁘지 않아. 그리고 정령도. 메구를 위해서 열심히 힘을 발휘한 거니까, 착한 아이지?"

맞습니다! 케이 씨, 정확하시네요! 큰맘 먹고 고백하면서 혼나는 것도 각오했지만……. 둘 다 전혀 화내지 않았다. 조금 곤란한 듯 웃었을 뿐. 덕분에 진심으로 안심한 나는 안도의 숨을 돌렸다.

"하지만 알기 때문에 위험해지는 정보도 있다. 앞으로는 최대한 듣지 않도록 해."

아마도 부모로서 기르 씨가 그렇게 덧붙이자 나는 다시금 머리를 숙였다.

"네……. 정말 제송함미다……."

"괜찮아. 게다가 이번 일은 말을 할지 말지 고민했던 내용이다. 덕분에 고민이 하나 해결되었으니 문제없어."

"고민, 하셔써요?"

혼나는 건 여기였다. 하지만 개인적으로 깊이 반성했기 때문에 나중에 쇼에게 함부로 다른 사람의 대화를 듣지 말라고 당부해둘 생각이다.

그리고 이번 이야기는 나에게 알려줄지 말지 고민했다고 한다. 말하면 내가 끙끙 앓을지도 모르지만, 길드원으로 인정받은 이상 관련자 중 한 명인 나에겐 들을 권리가 있다나. 오호라.

"으음, 아프로도 체대한 알려주세요."

일단 내 뜻을 전달하기로 했다. 기르 씨의 눈을 똑바로 보고서 선언했다.

"저는 할 수 있는 일이 별로 업써요. 하지만 아무것도 모르는 사이에 끝나버리는 건 시러요. 게다가 제대로 고맙다고 인사도 못 하자나요!"

그렇다. 좋은 결과로 끝났다고 해도, 나쁜 결과로 끝났다고 해도 역시 알았냐 몰랐냐에 따라 후에 응어리가 남는다고 본다. 게다가 해결을 위해 애쓴 사람들이 있다면, 전부 이해한 뒤에 제대로 인사하고 싶다!

"전부 다 알아야 진심으로 고맙따고 말할 수 이써요!"

"⋯⋯그래. 그렇군. 알았어. 앞으로는 바로 말해주마."

"메구는 정말 마음이 예쁘다니까. 그 사고방식이 참 좋아."

칭찬을 받으니 쑥스럽다. 얼굴에 열이 몰라서 몸을 비틀며 헤실거렸다. 하지만 하고 싶은 말은 전해진 모양이니 다행이다. 따뜻한 분위기 속에서 무척 행복한 한때를 보냈다.

7 자연 마법

오늘 밤에 출발한다고 들었기 때문에 그때까지 자세한 이야기를 듣고 싶다고 조르자, 둘 다 흔쾌히 승낙해주었다. 그렇게 현관 홀의 휴게실에 앉아서 미니 회의가 열렸다. 내용이 내용이므로 기르 씨가 우리 주위에 간이 방음 결계를 쳐 주었다. 정말 우리 파파는 만능이라니까!

두 사람이 말해준 내용은 대충 나도 알고 있는 내용이었다. 오늘 밤 니카 씨와 케이 씨가 쥬마의 발자취를 따라가 할 수 있다면 회수해온다는 게 목적이라고 한다. 뭔가 문제가 있는 것 같아도 일단 깊이 파고들지는 않고 길드에 돌아온다고. 까다로울 것 같은 문제일 때는 미리 정보를 모아 작전을 세워 실행에 옮긴다고 한다. 케이 씨는 '상황에 따라서 예정은 변경되지만'이라고 말하며 웃었다.

임기응변이라는 걸까. 무척 중요한 판단을 내려야만 할 때도 있겠지. 현장에 익숙하지 않으면 불가능한 재주다.

"그건 그렇고 쥬마는 지금 뭘 하고 있을까? 예를 들어 잡혔다고 해도 얌전히 있을 만한 녀석이 아니잖아."

"예상치 못한 강적이 나타났나⋯⋯."

"그럴 가능성이 커. 연락이 없다는 것부터 이상하고."

"걱정대요⋯⋯."

뇌리에 웃는 쥬마의 모습이 떠올랐다. 응원했더니 기뻐하면서

'다녀오마!'라고 했었지. 괜찮은 걸까. 으으, 걱정이야.

"괜찮아, 메구. 쥬마는 아주 튼튼하거든. 몸은 물론이고, 정신적으로도."

케이 씨의 말대로 확실히 몇 번을 혼나도 질리지 않는 정신력은 대단했지. 만약 누군가에게 잡혔거나 당했다고 해도 분명 억울해하며 반드시 갚아주겠다고 이를 갈고 있을 것 같다. 아니, 애초에 강적이 있다고 정해진 것도 아니니까!

"걱정대긴 하지만……, 풀 죽어 이써도 안 좋죠!"

그래, 기운 내자. 내가 우울해하며 머뭇거려봤자 짜증 날 뿐이잖아. 마음 바꿔먹어야지. 할 수 있는 일도 하지 못하게 될 거다. 그렇게 생각하며 주먹을 불끈 쥐었다.

"으음……, 메구는 긍정적이구나. 부러워. 나는 늘 나쁜 방향으로 생각하거든. 사실 나는 꽤 부정적인 성격이야."

케이 씨가 그런 말을 하면서 어깨를 으쓱했다. 우와, 의외다. 늘 태연자약하니까 뭐든 깔끔하게 처리할 것 같은 이미지가 있었는데. 기르 씨도 비슷한 생각이었는지 눈이 조금 커졌다.

"긍정적으로 생각하려고 노력하긴 하는데. 늘 최악의 사태를 생각하게 되더라고. 하하, 못났지?"

"? 어째서요?"

계속 끙끙 고민만 하고 행동하지 않는 건 확실히 못난 사람이다. 하지만 케이 씨의 부정적인 사고방식이라는 건 늘 최악의 사태를 상정하기 때문 아닌가. 낙관적이라서 앞뒤 재지 않고 움직이는 게 대담한 행동으로 이어질지도 모르지만, 케이 씨처럼 나쁜 결과를 고려하며 행동하는 건 부정적인 사고방식이 아니라 신중한 사고방식이라고 부른다.

"긍정적인 사람은 무슨 일이 이러났을 때도 어쩔 수 업따고 생각할 것 같아요."

본인의 최선을 다했으니 이렇게 되어도 어쩔 수 없다며 선을 긋고 빠르게 다음으로 넘어갈 수 있다. 그건 좋은 일이기도 하지만 포기가 빠르다는 단점도 된다.

"부정적인 사람은 이렇게 되고 싶지 안타는 마음이 강한 것뿐이에요. 케이 씨는 사실 지는 걸 시러하는 성격 아니에요?"

이렇게 되면 어떡하지? 이런 일이 일어나면 싫은데. 그렇게 생각하므로 최악의 사태를 고려하는 거 아닐까? 그리고 그렇게 되지 않도록 노력하는 사람인 거다. 물론 그렇지 않은 사람도 있지만, 케이 씨는 이런 타입으로 보였다. 남들보다 더 최악의 결과를 피하고 싶은 거다. 그렇게 생각할 수 있는 사람은 조직에도 꼭 필요한 사람이라고!

"지는 걸 싫어하는 성격이라……, 확실히 그래. 눈앞이 확 밝아진 기분이야. 메구, 넌 대단하구나."

"케이 씨가 더 대다내요! 실어도 무서워도 포기하지 않고 움직이는 사람이자나요!"

"으음, 그런 말을 들으니 이젠 무섭다고 도망치지 못하겠는데?"

케이 씨는 부끄러운 듯 뺨을 긁적이며 그렇게 말했다. 쑥스러워하는 케이 씨는 평소의 멋지고 든든한 면모가 사라지고 왠지 귀여워 보였다.

"아, 그치만 위험할 때는 도망쳐야 해요."

"후후. 그래. 무리하진 않을게. 고마워."

그렇게 말하며 머리를 쓰다듬어주는 손은 조금 차갑고 부드럽다. 차가운 건 아마도 뱀이라 그런 거겠지. 다른 사람들의 따뜻한 손도 좋지만, 케이 씨의 서늘한 감촉도 대단히 만족스럽습니다!

"뭐, 지금 말해줄 수 있는 내용은 이 정도다. 케이, 아직 시간 있지? 메구의 방을 봐줘."

"오케이. 의견이 있다면 알려달라는 거지?"

"방? 제 방이요?"

"……정령에게 그 이야기는 못 들었나?"

내 방이라고? 쇼에게 들은 이야기는 쥬마가 돌아오지 않는다는 정보뿐이라 몰랐어! 그런 뜻도 담아서 고개를 저었다.

"흐음. 그럼 더 지금 데려가는 게 좋겠군. 오늘부터는 의무실이 아니라 네 방에서 자게 될 거다."

"아아, 아까워라. 말없이 데려갔다면 메구가 더 크게 놀랐을 텐데."

케이 씨, 서프라이즈라니 무슨 남자친구 같네요. 하지만 내 방이 생겼다니 기대된다.

"그럼 방으로 갈까."

"찬성함미다!"

이렇게 자리에서 일어난 우리는 한 번 의무실에 들러서 내 세

면용품과 옷가지를 챙긴 다음 그동안 신세 졌다고 간단히 인사했다. 메어리라 씨가 마치 멀리 이사라도 가버리는 것처럼 울먹이면서 붙잡았다는 해프닝이 있었지만, 시간이 될 때는 같이 목욕하자고 약속하고 해결 봤다. 매일 한 번은 찾아오라는 루드 선생님의 말에도 알겠다고 대답한 다음에야 간신히 방으로 갈 수 있게 되었습니다. 루드 선생님도 아주 조금 쓸쓸해 했던 게 기쁘기도 하고, 좀 쓸쓸하기도 하고.

어, 어라? 메어리라 씨, 따라오는 거야? 숙녀의 방은 숙녀가 점검해야 한다면서 의욕으로 넘치지만……. 메어리라 씨 안에서 케이 씨의 포지션이 얼핏 보인 느낌이 들었다.

내 방은 계단을 올라가기 힘들 것이라는 이유로 길드 1층에 입구를 달아놓았다. 위치는 의무실 근처에 있는 창고 옆이라 사람이 잘 지나다니지 않는 장소다. 하지만 방 자체는 1층이 아니라고 한다. 이것도 다 내 방이 특수한 구조라 등록한 마력이 아니면 그 방에 도착하지 못하는 구조이기 때문이라고. 무슨 소리냐고? 나도 잘 모르겠으니까 괜찮음!

"원래는 평범한 방으로 3층에 있는 개인실 중 하나였지만, 안전을 고려해서 개량했다. 입구는 여기여도 방의 위치는 완전히 다른 곳에 있지. 원래 있던 3층 방의 위치와도 달라졌고."

"대, 대다내요……."

"커터와 마이유와 미콜라슈의 합작이었지? 여태까지 이렇게 복잡한 개인실을 만든 적은 없었던 것 같은데."

흐억! 그렇게 손이 많이 가는 방을 받았다니, 황송하옵니다! 하지만 새삼 이런 방은 받을 수 없다고 거절하는 것도 반대로 실례가 되겠지. 가, 감사히 사용하겠습니다.

"원래는 오웬의 방이었죠? 그 녀석, 잘 때마다 다른 여자의 집에 기어들어 간다고 소문이 자자하니 방 같은 건 필요 없다고요!"

메어리라 씨가 씩씩거리면서 말해준 이야기는 참으로 심경이 묘해지는 내용이었다. 그렇구나. 확실히 방이 필요 없을 것 같다. 그래서 거리낌 없이 쓸 수 있다고 말하고 싶었던 걸까? 메어리라 씨는 조금 결벽증 같은 구석이 있는 건지도 모른다. 성실하고 섬세하다니 짱인데…… 아니, 이게 아니고. 그렇다면 덜렁대는 쥬마를 적대시하는 것도 대충 이해가 가는 것 같기도 하고!

"하하, 오웬이 진짜 좋아하는 건 너니까 걱정할 필요는 없을 걸?"

"네?! 무, 무무무무슨……?!"

이어지는 케이 씨의 말에 격렬하게 동요하는 메어리라 씨. 오호라. 그런 거였나?

"오웬도 관심을 끌고 싶으면 다른 방법을 생각해야 할 텐데…… 바보 같은 남자라니까. 내가 알려준 대로 하면 되는데 그렇게 안 하니까."

아무래도 케이 씨는 그 오웬이라는 사람의 연애 상담을 받아준 모양이다. 잠깐. 무슨 조언을 한 건지 굉장히 궁금한데요!

"아, 아아아아아아니거든요! 저는 그런 바람둥이에겐 관심 없어요! 칠칠치 못해서 싫어하는 것뿐이니까요!"

"……알았다. 그러니까 슬슬 문을 열어도 될까?"

크게 허둥대는 메어리라 씨. 그녀를 보며 귀엽다고 쿡쿡 웃는 케이 씨. 그런 두 사람을 멋지게 무시하며 기르 씨가 사이에 끼어들었다. 하긴, 벽 앞에서 한참을 떠들었으니까! 연애 이야기는 기회가 생기면 다음에 슬쩍 물어봐야지.

"무무무물론이죠! 자, 메구. 엽니다!"

"입구는 여기지만 등록하지 않은 자가 들어가려고 해도 그냥 벽이다. 이 마석에 마력을 흘려보내면 실내에 노크 소리가 울리고, 말을 걸면 안에 목소리가 전해지게 되어있지. 우선은 메구의 마력을 넣어봐."

입구는 얼핏 보면 정말 평범한 벽이지만, 내 손이 닿는 높이에 분홍색 돌이 박혀 있었다. 거기에 기르 씨가 뭔가 마법을 걸자 은은한 빛을 뿌리기 시작했다. 아무래도 마력을 등록한 모양이다.

나는 기르 씨가 시키는 대로 돌에 손을 올려놓고 마력을 주입해봤다.

"우와……!"

벽이었던 그 장소에 귀여운 문이 나타났다. 문에서부터 이미 손이 많이 간 티가 난다. 대, 대단해라.

기르 씨가 그대로 문을 열어주었기 때문에 안으로 들어가 내부를 관찰했다. 벽지는 오프화이트인데, 잘 보자 은색의 작은 꽃무늬가 흩어져있어서 무척 예뻤다. 바닥은 밀크티색 플로어링이지만 침대 주위에는 연분홍색의 둥근 카펫이 깔려 있었다.

"침대랑 옷장도 이따! 잔뜩 사주신 옷이 벌써 들어이써요!"

나도 모르게 침대로 뛰어 올라가 그 푹신함을 만끽하고, 옷장 안을 확인하는 등 나잇값도 못 하고……, 아니, 나잇값을 하는 건가? 아무튼 신나서 돌아다녔다! 그도 그런 게, 가구는 기본적으로 목제지만 섬세하고 예쁜 꽃무늬가 새겨져 있고, 캐노피 침대에 깔린 푹신푹신한 이불은 연분홍색이고, 삼면거울이 달린 화장대까지 있는데 그게 또 디자인이 아주 좋았다. 전부 다 예뻐서 말이지!

"마치 공주님이 쓰는 방 가타요!"

실내를 돌아다니면서 빙글빙글 춤을 추자 후우와 호무라도 즐거운 분위기를 느낀 건지 어느새 내 옆에 나타나 함께 춤추기 시작했다.

"귀여워……, 너무 귀여워요, 메구! 제 심장이 터질 것 같아요!"

"진정해, 메어리라. 확실히 정말로 귀엽지만."

"하지만……, 아, 보세요! 기르 씨도! 입을 손으로 덮고 계시지만 저 얼굴은 심쿵사의 얼굴이에요!"

"……그렇지, 않다."

"거짓말입니다!"

아무래도 저쪽도 흥겨운 모양이다. 그러는 사이에도 나는 방 여기저기를 보며 돌아다녔다.

"아, 이 문이 기르 씨의 방이랑 이어딘 문이에요?"

"음. 그래, 맞아."

오오오. 이 너머에 기르 씨의 사적인 공간이!

"……열어봐도 대요?"

"딱히 상관없다만…… 침대만 있는데."

뭐, 거의 밖에서 일하느라 여기엔 잘 돌아오지 않다 보니 개인 물건이 별로 없는 거겠지. 그렇게 생각하며 문을 열었다가 내 예상이 한참 부족했다는 걸 깨달았다.

"침대…… 밖에 업네요."

"그렇다고 했잖아."

글자 그대로 침대밖에 없었다! 아무리 살풍경한 방이라고 그렇지! 옷장이라거나! '그림자에 수납할 수 있으니까 필요 없다.' 으음, 탁자 같은 건. '안 써.' ……그렇구나!

"……심심한 방인데. 이거 감옥하고 다른 게 없지 않아?"

내 뒤에서 방을 들여다본 케이 씨가 그렇게 중얼거렸다. 그래도 그 말은 좀! 하지만 기르 시 본인은 그럴지도 모른다면서 수긍해버렸다.

"나, 남자의 방은 처음 봤어요……!"

허둥대면서 말하는 메어리라 씨는 감상의 방향성이 달랐다. 저기, 아마 다들 방이 이런 식이진 않을 거야. 언니 좀 걱정된다. 그런 다양한 감정을 가슴에 잘 갈무리한 다음 나는 기르 씨의 방으로 이어지는 문을 살포시 닫았다.

그 후 케이 씨, 메어리라 씨와 '작은 소파나 쿠션이 있는 것도 좋겠다', '껴안고 잘 수 있는 인형은 어때?' 하는 이야기를 하면서 달아올랐다. 그거 좋은데? 사실 나는 솜인형을 아주 좋아

한다. 인형 뽑기 기계를 발견하면 무심코 뽑아오는 바람에 방이 비좁아졌던 추억이.

"맞아. 라그랑제에게 만들어달라고 하자. 그런 걸 만들고 싶다고 했으니까."

"란 대다내."

"멋져요! 저도 란 씨에게 의뢰해볼까요?"

메어리라 씨도 인형 좋아하는구나! 동지다! 그리고 란의 이름이 나와서 생각난 거지만, 아직 사우라 씨에게 길드 마스코트 이야기를 하지 않았다. 다음에 만났을 때 말해봐야지. 채용해주면 란에게 받은 옷의 보답으로 가게 선전 열심히 해야지! 받은 은혜에 비해 그 정도로는 한참 모자라지만, 지금의 내가 할 수 있는 최선이다.

그런 결의도 다지면서 우리는 잠시 어떤 인형을 만들어달라고 할지 상의하면서 흥분했다. 학창 시절에 친구들이랑 수다 떨 때가 생각나!

방 확인을 마친 뒤 메어리라 씨는 일하러, 케이 씨는 출발 준비를 하러 방에서 나갔다. 다음에 함께 인형을 주문하겠다는 약속도 착실히 받아냈습니다!

"나도 잠시 볼일을 끝내고 올게. 방에서 쉬어도 괜찮고, 볼일이 있으면 홀에 가도 돼. 말없이 길드 밖으로 나가지만 않는다면 자유다."

기르 씨라고 해도 계속 나에게 딱 붙어있을 수는 없겠지. 일에

방해되지 않도록 착하게 있겠습니다.

"알겠슴미다! 으음, 감사함미다. ……파파."

"……저녁 먹을 때 데리러 올게."

용기를 내서 파파라고 불러봤는데, 이거 내가 어쩐지 부끄러워! 하세가와 메구였을 때도 아빠를 파파라고 부른 적이 없었기 때문에 더 그렇다. 기르 씨도 조금 쑥스러웠는지 내 머리를 쓰다듬은 뒤 자상한 말을 남기고 방에서 나갔다. 귀가 살짝 붉었던 것 같기도 하고.

"웃차. 그럼 나는 일딴…… 후우, 호무라!"

『네에!』

『여기 있어!』

문이 탁 닫히는 걸 지켜본 뒤 나는 정령들을 불러냈다. 그러자 두 정령이 눈앞에 둥실 나타났다. 황록색 새와 빨간색 원숭이가 반짝반짝한 눈동자로 이쪽을 바라보는 모습은 뭘 줘도 바꾸기 싫은 귀여움이었다. 하아, 눈빛이 최강이야!

"잠깐 시간이 생겨쓰니까, 마법 쓰는 법 가르쳐줘!"

『응! 알려줄게!』

『그럼 후우가 더 좋을 것 같은데. 내 마법은 불을 쓰니까 위험하거든!』

"그러켓네! 후우, 잘 부탁해."

『맡겨줘!』

확실히 실내에서 불을 쓰는 건 위험하다. 특히 나는 초심자니까 어떤 실수를 할지 모르잖아! 자연 마법은 정령이 마법을 쓰는 거니까 실패가 없을 것 같긴 하지만.

『그럼 어떤 마법을 쓸 거야?』

"어? 어떤 마법……?"

설레는 눈빛으로 후우가 물었지만, 그 질문의 의도를 제대로 이해하지 못하는 나. 어, 어떤 마법이냐니……?

『으으음, 우리에게 어떤 마법을 시킬 건지 이미지를 제대로 전해주지 않으면 우리도 모르거든! 익숙해지면 그게 그거라고 알아차리지만, 처음에는 어떤 마법인지 세세하게 알려줘야 해!』

호무라가 설명해주었다. 그렇구나. 확실히 슈리에 씨와 공부했을 때 그런 이야기를 들었던 것 같다. 일반 마법은 자신이 떠올린 이미지대로 마법을 구사하면 되지만 그러기 위해서는 기술이 필요하고, 자연 마법은 그 이미지를 정령에게 정확하게 전달할 필요가 있다고 했던가.

"음, 당연히 후우는 바람을 쓰는 마법이고 호무라는 불을 쓰는 마법이지?"

『그렇지! 나에게 물 마법을 쓰라면 못 해.』

맞는 말이다. 좋아, 그렇다면 바람을 쓰는 마법을 생각해 보자. 어디 보자. 바람을 칼날처럼 만들어서 공격하는 것도 멋있을 테지만 실내에서 시험하기엔 위험하단 말이지. 처음이기도 하니…… 이게 좋으려나.

"그럼 간단한 것부터 부탁하까? 이 손수건을 바람으로 띠울 수 있서? 날리는 게 아니라 허공에 띠우는 거."

『응, 알았어! 그럼 마력을 조금 받아 갈게!』

그렇게 말한 후우는 내 어깨에 올라가 뺨에 키스했다. 부리로 가볍게 찌르는 느낌이었는데 너무 귀여워서 몸부림칠 뻔했어……!

그 후 마력을 가져간 건지 후우가 허공으로 날아간 다음, 내 손에 올려놓았던 손수건을 향해 마법을 발동했다. 손에서 희미한 바람이 느껴지나 싶더니 손수건이 내 얼굴 앞에서 팔랑팔랑 춤추듯이 떠올랐다.

"우와, 대다내! 게다가 마력도 별로 안 나간 것 가튼데……."

『이 정도라면 아주 조금만 받으면 돼! 몰랐던 거야?』

그렇구나. 이 정도의 마법이라면 조금만 줘도 충분하구나. 그렇다면 큰 마법이나 복잡한 마법을 쓰려면 마력이 잔뜩 필요하다는 건가? 시험 삼아 물어보았다.

"나를 공중에 띄우려면 마력이 마니 필요해?"

『응! 띄우기만 하는 거라면 지금의 500배 정도? 시간에 따라서는 더 많이 필요하고!』

상당히 많이 쓴다는 걸 알았다. 내 마력은 적은 편인 듯하니, 내 힘으로 하늘을 날아다니는 건 한동안 무리겠구나. 마법사라는 느낌이라서 로망이었는데, 세상사 그리 쉽게 풀리지 않는 법이다. 아쉬워라.

『마법을 쓸 때마다 마력을 줘도 되지만, 다른 사람은 매일 조금씩 마력을 넘겨줘. 무슨 일이 생겼을 때 바로 쓸 수 있도록.』

호무라의 이야기에 기억이 떠올랐다. 확실히 슈리에 씨가 선불도 후불도 다 가능하다고 했었지! 이미 나는 쇼에게 마력 빚을 진 상태고. 즉 지금 아닌 마력 저장도 가능하단 셈이다. 참고로 얼마나 많은 마력을 비축하고 있는지는 정령이 알 수 있다고 한다. 되게 편리하네. 그리고 거짓말을 해서 많이 받는 것도 계약상 불가능하다고. 그런 게 없어도 이 아이들은 특히 착한 아이들이니까 걱정하지 않지만!

"나는 언래 마력이 적다고 하니까 매일 마력을 조금씩 주께. 잘 모일까……."

모으자마자 연습으로 그만큼 날려버릴 것 같다. 그런 걱정을 하고 있었더니 후우와 호무라가 괜찮다고 격려해주었다.

『주인님은 앞으로 점점 늘어날 테니까 괜찮아!』

『맞아! 우리는 그 사람의 최대 마력량이 어느 정도까지 늘어나는지 알 수 있어. 주인님은 굉장히 많이 늘어나니까 걱정하지 않아도 돼!』

이거 좋은 소식인데? 자신감도 생긴다! 언젠가 후우의 마법으로 하늘을 자유롭게 날아다니고 싶다. 아직 앞날은 멀지만, 목표 중 하나다.

그 후 정령들은 마력이 늘어나면 많이 받을 테니까 지금은 조금씩만 줘도 된다고 했다. 세상에, 이런 선행투자 정신이라니. 하지만 지금의 나에게는 감사한 제안이었으므로 그렇게 해달라고 부탁했다.

"하지만 갚지 못하게 댈 것 같은 건 하면 안 대. 가능하다면 빚 안 지고 제대로 마력을 주고 시프니까……."

『괜찮아!』

『걱정 안 해도 돼!』

웃으면서 대답하는 후우와 호무라를 보자 다소 불안을 느꼈기 때문에 자신도 확인하면서 외워두기로 했다. 대출 마력이 눈덩이처럼 늘어나는 건 싫다고! 언젠가 정령들에게 포위당해서……아니, 이 아이들이 포위하고 노려봐도 좀 귀여울 것 같다. 안돼! 팔불출은 적당히 해야지. 음. 정령들은 착하고 천진난만하니까 내가 정신 차려야 해!

그 후 후우와 호무라에게 오늘치 마력을 준 다음 후우에게 가벼운 공격을 튕겨내는 바람결계 같은 마법을 쓰게 해보고 마법 연습을 마쳤다. 이미지는 꽤 잘 전달된 것 같았지만, 실전에서 사용하려면 개선이 필요하겠지. 그건 그때가 되지 않으면 모르는 거고 쓸 때마다 숙련도가 올라갈 테니까 지금은 여기까지. 내 빈약한 마력량을 고려했을 때 더 연습하는 건 어렵다는 것도 있었지만! 쿵.

연습이 끝난 뒤에는 후우와 호무라에게 대충 내가 쓸 수 있게 되면 편할 것 같은 마법을 말과 그림으로 전달해두었다. 그때마다 재밌겠다는 둥 멋있다는 둥 신선한 반응이 돌아왔기 때문에 나는 그것만으로도 만족!

『빨리 써보고 싶어!』

『그러게! 나와 후우가 함께 마법을 만들어낸다는 발상은 아무도 한 적 없었다고!』

"어? 그런 거야?"

듣자 하니 속성마다 극한으로 파고드는 마법은 많아도, 다른 속성을 조합하는 방식은 주류가 아니라고 한다. 중첩해서 시너지를 일으켜 위력이 커지는 마법이라면 모를까 두 개의 속성을 합치는 방법은 처음 들었다나. 정령 간의 상성 문제도 있고, 일반 마법이면 막대한 마력이 필요하기 때문이라는 게 주요 이유라고 했다.

우리 애들은 셋 다 사이가 좋으니까 가능할지도……? 적어도 후우와 호무라 둘은 본인들끼리 할 수 있다면서 흥분한 상태다.

적은 마력으로 위력이 큰 마법. 조합에 따라서는 나도 전력이 될 수 있을지도 모른다. 아주 조금 희망이 보인 덕분에 자신감이 붙었다.

이렇게 후우, 호무라와 대화하는 사이에 날이 저문 모양이었다. 방문을 노크하는 소리와 함께 기르 씨의 목소리가 들렸다. 대답하면서 문을 열자 기르 씨가 머리를 쓰다듬어주었다.

"계속 방에 있었어?"

"네! 정령님들과 대화해써요!"

"흠……, 공부?"

기르 씨가 감탄하길래 허리에 손을 얹은 다음 가슴을 펴고 대답했습니다!

"저도 조금은 전력이 댈 것 같은 마법을 생각해써요!"

"음, 그거 대단하군. 어떤 마법이지?"

"아직 비밀이에요!"

후후후 웃었더니 기르 씨도 조금 웃으면서 '그거 아쉽군'이라
고 말했다.

"그럼 보여주는 날을 기대할게."

"그러케 하세요!"

뭐, 사실 아직 완성하려면 아직 멀었다고 해야 하나, 실험조
차 하지 못했으니 보여주기에는 자신이 없었던 것뿐이지만.

"그럼 저녁을 먹을까. 몸 상태는 어떻지? 이제 움직이는 건 괜
찮아 보이는데."

"조금 아프지만 갠차나요! 옷도 혼자 갈아입을 수 이써요……!"

낮에 옷을 벗지 못했던 사건을 떠올리고 의기소침해졌다. 더
는 그런 일을 겪고 싶지 않아……! 기르 씨는 부들부들 떨면서
수치심을 참는 나를 보고 알아차린 건지 '그래' 하고 한마디만
한 다음에 식당으로 가자고 권해주었다. 유능한 남자는 다르다
니까.

저녁은 레오 할아버지가 말했던 생선구이 정식이었다. 식당과
가까워질수록 생선 냄새가 진해져서 배가 꼬르륵거린 건 비밀이
다.

내 전용 의자를 가져와 식사를 날랐다. 어린이 식판 위엔 먹기
좋게 잘린 생선구이와 갈아놓은 무 같은 반찬이 놓였고, 그릇에
는 녹색 채소 무침과 호박 조림이. 거기에 갓 지은 따끈따끈한
쌀밥과 된장국으로 완성되는 완벽한 일식이었다. 뭐, 채소나 생
선은 이 세계에서 수확했을 테니 완전히 같은 건지 아닌지는 모

르겠지만!

"잘 먹겠슴미다!"

"……잘 먹겠습니다."

아무튼 밥은 따뜻할 때 먹어야 하는 법! 손을 모아 힘차게 인사한 다음 기르 씨와 함께 먹기 시작했다. 으음, 생선에 뼈가 싹 발라져 있어서 어린아이가 먹기에 딱 좋아! 레오 할아버지가 뼈를 발라놓겠다고 했었지. 감사해라……. 작고 어설픈 이 손으로는 영 어렵긴 하다. 자반고등어랑 비슷한가? 기름이 잘잘 흐르는 게 아주 맛있습니다. 그래서 갈은 무가 잘 어울렸다. 끝내주네! 된장국을 한 모금 마시며 절절히 느꼈다. 아아, 일식 최고. 거기까지 생각했다가 문득 떠올렸다.

"어."

"음……?"

혹시 이 일식…… 아빠가 퍼트린 걸까? 그래, 그렇게 생각하면 이해가 돼! 원래 이 세계에 있던 재료를 써서 일식을 재현한 거 아닐까? 쌀이나 된장, 간장 같은 것도 직접 찾아냈다거나? 그럴싸해. 내 일식 선호는 아빠에게 물려받았다. 그 열정이 있다면 분명 저지를 법 하다. 아무리 힘들다고 해도 할 거다. 그런 확신이 있었다. 딱히 의식하지 않았던 식사 때의 인사법도 사실 오래전에 아빠가 퍼트린 거였다거나?

음, 하지만 이것도 결국은 억측이란 말이지. 끄응, 라슈 씨에게 확인해보고 싶어라. 다음에 만나면 물어볼까?

"왜 그래?"

"네? 어······, 이 일식은 라 씨가 마랬던 이세계에서 온 요리일까 해서요. 드물다고 해썼고."

무의식중에 소리를 냈던 내가 걱정된 건지 기르 씨가 질문했다. 딱히 숨길 내용도 아니라는 생각에 솔직하게 대답하자 기르 씨는 입을 살짝 벌린 채 정지했다. 그리고는 묘한 눈빛으로 한 곳을 응시했다. 뭐지? 의아해하며 기르 씨의 시선이 향하는 곳을 따라가자······.

"어, 어라······?"

어디선가 본 것 같은 사람이 있었다. 아마 최근인 것 같은데······. 하지만 저런 미인을 봤다면 잊어버렸을 리 없고. 으음.

"미콜. ······별일이군. 여기에 오다니."

이쪽으로 다가온 그 미인을 향해 기르 씨가 그렇게 말했다. 미콜? 미콜! 맞아! 미콜라슈 씨다! 라슈 씨와 이목구비는 똑같지만, 부드러운 쇼트헤어는 금색이 아니라 은색이고 눈동자도 검은색이 아니라 빨간색이었다. 쭈뼛거리는 태도가 전혀 느껴지지 않게 당당한 걸음걸이. 똑같은 외모라고 해도 색과 자세가 달라지면 이렇게까지 다른 사람처럼 보이는구나. 아, 라슈 씨와 미콜 씨는 다른 사람이긴 하지만. 윽, 복잡해.

"나도 아가씨와 대화해보고 싶었거든. 놀러 갈 예정이었지만 딱히 약속도 없었고. ······아니면 오늘 밤 상대해주겠어? 기르."

기르 씨의 어깨에 팔을 두르고 얼굴을 바싹 붙여서 요염한 분위기를 줄줄 흘리며 그렇게 말한 미콜 씨는 말이 끝나자마자 기르 씨의 귀에 숨을 후우우 불어넣었다. 흐, 흐어어어억! 색기가!

섹시!

"몇 번을 말하든 내가 그 유혹을 받아들일 날은 평생 오지 않는다. 그리고 메구 앞에선 하지 마."

"에이, 아쉬워라. 한 번이라도 좋으니까 기르 같은 미남을 깔고 싶었는데."

이, 이럴 수가⋯⋯! 기르 씨가 설마 '수'였다니 코피⋯⋯ 가 아니고, 이 사람의 존재 그 자체가 너무 섹시해서 보기만 해도 얼굴이 빨개질 것 같아!

"⋯⋯미콜."

"농담이야. 그렇게 무서운 표정 짓지 마. 우후후, 새빨개져서 귀엽네. 아가씨."

"네헤⋯⋯!"

슬쩍 이쪽을 보면서 하는 말에 나도 모르게 발음이 이상하게 새버렸다.

"메, 메구임미다. 처음 뵙겠슴미다."

"응⋯⋯? 너 라슈와는 만났었잖아?"

"? 만나써요."

내가 가까스로 인사하자 미콜 씨는 놀란 듯 눈을 동그랗게 뜨고 그렇게 물었다. 뭐 이상한 말 했나?

"하지만 지금 처음 뵙겠습니다고 했잖아?"

"네. 이야기는 들었찌만 미콜 씨를 만나는 건 처음이자나요?"

아무리 몸이 완전히 같다고 해도 알맹이가 다르다면 그건 다른 사람이잖아? 처음 만나는 게 맞다고 보는데.

"……그래. 기뻐라. 그런 식으로 처음부터 받아들여 주는 사람은 잘 없거든."

그렇게 말하며 웃은 미콜 씨는 요염한 미소가 아니라 진심으로 기뻐하는 것처럼 천진난만한 얼굴이었다. 아마 그 체질 때문에 이래저래 안 좋은 일을 겪었던 모양이다.

"신기한 아이야. 무척 착하고."

"그렇지?"

기르 씨가 왠지 자랑스러워하며 대답하는 게 조금 부끄러웠다. 그래도 기뻐!

"미콜 씨랑도 친해지고 시퍼요!"

"기쁘네. 나도 그래. 잘 부탁해, 메구."

우리는 그렇게 말하며 악수했다. 미콜 씨의 손가락은 가늘고 우아해 보였지만 의외로 탄탄했다. 아, 미콜 씨에게 아까 그 질문을 던져볼까? 미콜 씨도 일식을 퍼트린 사람에 대해 알지도 모른다. 그런 생각에 나는 미콜 씨에게 조금 전 떠올린 의문을 부딪쳐보았다.

"용케 알아차렸네. 정답이야."

일식의 유래가 드디어 판명되었습니다! 예상했던 대로 미콜라슈 씨의 의뢰인인 이세계인이 알려준 이세계의 레시피가 일식이라고 한다. 즉 아빠가 이세계에 일식을 도입한 장본인이었던 것이다!

생각해 보면 된장국의 국물을 낸 재료는 우리 집에서 쓰던 다시마 같았고, 반찬의 간도 조금 단 편이었다. 나에게도 익숙함을 넘어서서 일상이었던 맛이다. 지금 그게 아빠의 맛이었다는 걸 알게 되자 앞뒤가 딱 들어맞았다. 어쩐지 내 입에 잘 맞더라니!

"그 외에도 기모노라는 특이한 복식하고, 가스레인지와 전자레인지도 이세계의 지식이야. 이세계는 정말 신기한 물건이 넘쳐난다니까. 가보고 싶어."

"기모노……. 마이유 씨가 입은 옷 가튼 건가요?"

"맞았어! 하지만 마이유의 옷은 직접 어레인지를 추가한 모양이지만……. 나도 가끔 그런 옷을 입어. 오비라고 하는데, 허리에 둘둘 감는 굵은 벨트 같은 거야. 그걸 잡아당겨서 빙글빙글 돌리며 옷을 벗긴다는 이야기를 들었거든. 언젠가 해보고 싶어……."

"미콜."

"아이, 미안해. 깜빡했어, 깜빡."

그, 그거 설마 시대극 같은 곳에서 나오는 오비 돌리기 말하는 건가요? 뭐, 뭘 전파한 거야, 아빠!! 아마 나도 알려주겠지만! 외국인에게 이상한 자국의 풍습을 알려주게 되는 마음은 이해하지 못하는 건 아니다. 하지만 그건 실제로 해보면 잘 안 돌아간다고 들은 적이 있는데. 미콜 씨가 정말 체험하고 나면 나중에 상세한 후기를 부탁하고 싶다.

"그럼 멋진 아가씨와도 친해졌으니까, 나는 이만 갈게."

"……정도는 지켜라."

"……그럼 기르가 상대해줄 거야?"

떠나는 순간까지 섹시하게 곁눈질하는 모습은 파괴력이 발군이었습니다. 하지만 기르 씨는 익숙한 건지 무겁고 짧은 한숨을 한 번 쉰 게 전부였다. 이거 만날 때마다 유혹하는 모양인데.

"그럼 안녕. 다음에 또 이야기하자."

"안녕히 가세요, 미콜 씨!"

이리하여 미콜 씨는 기르 씨에게 정신적인 상처를 남긴 뒤 밤의 거리로 사라졌다. ……오늘 밤의 상대는 남자일까, 여자일까. 이런 생각을 하는 나는 순수한 어린이가 아니지만 어쩔 수 없잖아. 알맹이는 한참 전에 성인이 된 어른이니까!

8 작전 회의

"슬슬 방으로 돌아가겠어?"

우리도 식사를 마쳤으니 기르 씨가 그런 말을 했지만, 나는 고개를 저었다.

"케이 씨랑 니카 씨에게 전하고 싶은 말이 이써요!"

"전하고 싶은 말……?"

그런 대화를 하던 도중이었기 때문인지 베스트 타이밍으로 그 두 사람이 길드 안쪽에서 모습을 드러냈다. 아니, 안 돼. 베스트 타이밍이 아니야! 나한테는 아직 전해줄 정보가……!

『주인님, 다녀왔어!』

왔다! 지금 막 왔어!! 기다렸어, 쇼! 그렇게 외치며 쇼에게 어서 오라고 인사했다.

"수고했슴미다. 힘들지 아나써?"

『아무렇지도 않아. 도움이 될 수 있다면 이 정도는 쉽지!』

역시 쇼, 든든해! 이렇게 우리가 재회를 기뻐하고 있을 때였다.

"메구, 우리에게 전할 말이 있다면서?"

어느새 옆으로 와 있던 케이 씨가 나에게 말을 걸었다. 하하, 아슬아슬하게 세이프구나. 휴. 나는 고개를 한 번 끄덕인 다음 입을 열었다.

"쇼가 정보를 가져와써요. 쥬마 오빠가 그 후에 어떻게 댔는지."

내가 그렇게 밝히자 케이 씨, 니카 씨, 기르 씨는 다들 눈이 휘둥그레졌다.

"그게, 쇼는 목소리를 들을 수 이쓰니까…… 그때 근처에 있던 나무나 동물에게 물어보고 다녀써요. 출발하시기 전에 조금이라도 힘이 댈 수 있지 아늘까 해서요. 저기……?"

조심조심 사정을 털어놓았지만 세 사람은 잠시 움직임이 멈춘 그대로였다. 그런 반응에 불안해하고 있었더니 마침내 니카 씨가 입을 열었다.

"……너는 언제 그런 대단한 일을 한 거냐, 메구."

"정말 놀랐어……."

"……우선 여기서는 곤란해. 사우라도 불러서 출발 전에 이야기를 듣도록 하마. 알겠지? 메구."

놀라는 케이 씨에 이은 기르 씨의 말에 고개를 여러 번 끄덕였다. 그 후 속으로 쇼에게 괜찮은지 확인했다.

『빨간 머리 오니 오빠의 이야기를 하면 되는 거지? 괜찮아!』

그 대답을 듣고 안도의 한숨을 내쉬었다. 그러자 머리를 쓰다듬는 부드러운 손의 감촉을 느꼈다.

"대단하구나, 메구. 역시 오르투스의 일원이야."

자상한 눈빛으로 그렇게 말해주자, 나는 그게 무엇보다 기뻐서 풀어지는 얼굴을 자중하지 못했다. 에헤헤, 오르투스의 일원이래!

"그럼 쇼, 사람들에게 들려줘!"

『알았어!』

응접실로 이동한 뒤 사우라 씨도 불러서 바로 쇼에게 정보를 공개하도록 했다. 사전에 빌렸던 마력과 지금 사람들에게 들려주기 위한 마력을 넘겼기 때문에 몸이 좀 피곤하지만, 지금은 참았다. 괜찮겠지. 무리한 건 아니니까 쓰러지진 않을 거야.

마력을 받은 쇼가 응접실 중앙으로 두둥실 떠오르더니 듣고 온 목소리를 재생하기 시작했다.

『빨간 머리 오니? 봤어! 캥가루와 술래잡기하던데! 바람 같아!』

『서쪽으로 갔어!』

『세인슬레이 코앞에 있는 숲에서 봤어! 무서워서 여기까지 도망쳤거든.』

지금 들리는 이 많은 목소리가 식물과 동물의 목소리라고 생각하자 신기한 감각이다. 평소에도 이렇게 재잘거리는 걸까. 굉장히 판타지하다.

"세인슬레이 국⋯⋯. 역시 네모의 본거지로 향한 모양이네."

"그나저나 대단한데. 이거 전부 나무나 동물의 목소리인 거잖아? 설마 이런 생물들이 이런 식으로 말할 수 있을 줄은 몰랐어. 마물도 그렇다고 한다면 앞으로 토벌할 때 동정하게 될 것 같은데? 크하하하!"

니카 씨의 말도 이해가 간다. 나도 나무나 동물의 목소리를 들을 수 있을 줄은 몰랐다. 물론 살아있다는 건 알지만 이렇게까지 분명한 목소리를 듣게 되면 토벌하려 하다가도 주저하게 될지도 모른다. 참고로 이 목소리는 쇼가 우리도 알 수 있는 언어로 변환했다고 한다. 뭐, 울음소리를 들려줘도 알아듣지 못할 테지. 쇼, 만능이구나!

『대화하던데? 빨간 오니랑 캥거루랑…… 그리고 아주아주아주 무서운 사람도!!』

이어지는 목소리에서 걸리는 부분이 생겼다.

"무서운 사람?"

새로운 인물의 등장에 나도 모르게 고개를 갸웃거리고 그렇게 중얼거렸다. 다른 사람들도 그렇게 생각한 건지 눈에 진지한 빛이 감돌고 있다.

"아니나 다를까 쥬마의 미행은 들켰구나. 뭐, 그건 어쩔 수 없지. 오히려 에핑크가 누군가와 합류할 때까지 들키지 않았다는 걸 칭찬해줘야겠어."

"일부러 미행을 내버려 뒀을 수도 있잖아? 사우라디테."

일부러 미행하게 됐다고? 미끼로 끌어들였을 가능성도 있다니, 특급 길드 무서워! 나도 그 일원이지만! 에헤헤.

"그건 제쳐놓고. 이 무서운 사람이 마음에 걸리는데. 십중팔구 네모의 길드원일 테지만."

니카 씨가 그렇게 투덜거린 다음 순간, 슈가 가져온 정보에 모든 사람이 말을 잃었다.

『저건 네모의 보스야! 나 알아.』

『그 사람의 공격에 빨간 오니가 날아갔어!』

『엄청 날아가! 멀리멀리!』

『북쪽에 있는 산까지 날아갔어!』

네모의 보스.

그 단어만으로도 오르투스에서 1, 2위를 다투는 무력을 자랑하는 쥬마가 날아갔다는 이야기가 사실이라는 걸 다들 이해했다.

『이상이야! 빨간 오니의 행방을 더 쫓아가고 싶었는데 시간이 없을 것 같았어! 그래서 그냥 돌아왔어.』

이렇게 쇼의 보고가 끝났지만 분위기는 무거워졌다. 그래도 우선은 일을 잘 수행해온 쇼에게 고맙다고 인사해야지!

"쇼, 고마워. 충부내! 하지만 그러케 멀리 갔는데 용케 이 시간에 도라왔네?"

그렇다. 세인슬레이는 아마 센트레이라는 큰 나라 다음에 있는 나라일 것이다. 전에 도청한 내용을 듣고 추측한 거지만. 그렇게 먼 곳까지 갔다가 돌아올 수 있다니. 심지어 정보를 수집하면서!

『나는 목소리의 정령인걸. 소리의 정령보다는 조금 느리지만 거의 음속으로 이동할 수 있어.』

엄청난 하이 스펙! 쇼, 역시 너는 유능한 정령이야!!

"북쪽 산이라……. 쥬마라면 즐겁게 수행하고 있는 거 아니야?"

케이가 조금 웃으면서 그렇게 말했다. 다들 쥬마의 안부는 걱정하지 않는 모양이다. 뭐, 그렇긴 해. 멀리 날려가봤자 쥬마는 찰과상 정도에서 끝났을 것 같은걸. 게다가 산에서 수행하는 모습이 너무 쉽게 상상이 가!

"우리의 목적이 쥬마 수색이라면 북쪽 산으로 가야 하나?"

"그래. 지금 알아서 다행이야. 괜히 시간 낭비할 뻔했어. 메구 덕분이네! 하지만 쥬마가 왜 날아가게 된 건지 조금 마음에 걸려. 단순히 방해였기 때문이라면 문제없겠지만……. 메구 유괴 미수 사건도 있으니 네모의 동향이 신경 쓰인단 말이야."

사우라 씨가 팔짱을 끼고 생각에 잠겼다. 우리는 얌전히 기다렸다. 그 후 잠시 숙고의 시간이 흐르고. 사우라 씨는 작게 '좋아' 하고 중얼거린 다음 이쪽을 보고 입을 열었다.

"……메구. 또 목소리의 정령에게 힘을 빌리고 싶어. 물론 지금 당장 하지 않아도 괜찮아. 그래도 최대한 내일이 가기 전에."

"그건 갠차는데요……, 뭘 하시게요?"

설마 나, 정확하게는 쇼에게 협력 요청이 들어올 줄 몰랐기에 나도 모르게 눈을 깜빡거렸다.

"기르의 그림자 마법으로는 네모의 본거지가 너무 멀어서 자세한 조사가 불가능해. 그렇다고 메구에게서 떨어질 수도 없고……. 그러니까 네 정령의 힘으로 네모에 대해 조사해줬으면 좋겠어."

"사우라, 그건……!"

"알아! 당연히 알지……, 위험하다는 것 정도는."

뜻밖의 중요 임무에 나는 말문이 막혔다. 쇼는 잘 이해하지 못한 건지 내 머리 위를 빙글빙글 날아다녔다.

"네모의 수장은 이상하게 자존심이 세서 우리 두목처럼 길드원과 직접 대화하지 않기로 유명해. 그런 사람이 그 캥가로 자식과 둘이서 대화라니 명백하게 이상하잖아. 틀림없이 메구에 관해 물어보기 위해서야."

확실히 길드의 수장이 친히 에핑크를 마중 나와서 이야기를 듣는다는 건 이상하다. 우연히 만났을 뿐이라는 가능성도 없는 건 아니지만. 길드 안에서 보고를 기다리면 그만인데 굳이 마을 밖에서 이야기하는 수상함. 게다가 쥬마를 날려 보낸 것도 들으면 곤란한 내용이었기 때문인지도 모르고.

"쇼, 어때? 할 수 있게써?"

우선 실행 요원은 쇼였기 때문에 본인의 의사를 확인해봤다. 그러자 기운이 넘치는 대답이 돌아왔다.

『맡겨줘! 주인님의 도움이 되는 게 기뻐!』

"쇼도 참, 미듬직해라. 하지만 조금이라도 위험한 것 가트면 바로 도망쳐야 한다?"

'다녀올 수 이때요!' 하고 긴장감이 빠지는 보고를 하자 사우라 씨는 눈썹을 팔자로 만들며 웃고는 '고마워'라고 미안해했다. 으음, 너무 신경 쓰지 않았으면 좋겠는데.

"쇼는 소리랑 똑가튼 속도로 날 수 이때요! 그러니까 도망치려고만 하면 잘 도망칠 수 이써요!"

"으, 음속……?!"

괜찮다는 걸 알리기 위해 그렇게 말하자 사우라 씨의 얼굴이 살짝 꿈틀거렸다. 이해한다. 음속은 반칙이지.

"그리구 여러분은 저를 위해서 마는 걸 해주시자나요. 저도 아주 조금이지만…… 힘이 댈 수 있는 게 기뻐요!"

"메구……."

그리 씨가 놀란 듯 이쪽을 보았다. 두 주먹을 불끈 쥐고서 진심을 담아 한 말이었다. 이제 그런 답답한 기분은 최대한 느끼고 싶지 않다. 할 수 있는 일이 있다면 할 것이다. 그뿐이다.

"쓸 수 있능 건 뭐든 써야 해요! 그러죠? 사우라 씨."

"……! 저, 정말이지. 메구에게는 못 이기겠네!"

이리하여 조금이라도 위험하다고 느끼면 바로 돌아오겠다고 약속한 뒤 나도 작전에 참가하게 되었다. 힘내자! ……나는 마력을 공급하는 게 전부지만. 킁.

"그럼, 니카와 케이는 예정대로 쥬마를 수색해줘. 북쪽 산 방면이라면…… 좀 위험하겠네."

발견 즉시 쥬마와 함께 길드로 돌아오는 게 니카 씨와 케이 씨의 임무다. 북쪽 산은 위험한 곳인가?

"목적지는 조금 멀어. 그건 네모의 본거지여도 마찬가지지만, 북쪽 숲은 위험한 장소니까 메어리라도 같이 보내야겠어. 의료 담당자가 줄어드는 건 아쉽지만…… 다른 사람이 노력할 수밖에 없지."

"메어리라 씨를요?"

위험하다는 장소에 메어리라 씨가 가도 괜찮은 걸까? 늘 밝고 의욕이 넘치는 사람이지만 살짝 어설픈 구석이 있어서 걱정이야……!

"후후, 확실히 메어리라는 약간 덜렁대는 면이 있으니 보면서 걱정하게 되는 마음도 이해해. 하지만 메어리라라면 반드시 괜찮아."

　사우라 씨가 반드시 괜찮다고 말하게 만드는 메어리라 씨…….
대체 정체가 뭐지?! 특급 길드에 소속된 걸 봐도 실력자라는 건
틀림없겠지만, 그 메어리라 씨잖아? 사, 상상이 안 돼……. 미안
해, 메어리라 씨!

　"으음, 메어리라는 불사조 아인이거든."

　"불사조?!"

　상상도 못 했어! 새의 일종이라는 건 알았지만 설마 불사조였
다니. 타는 듯이 붉고 예쁜 새일 거라는 정도의 인식밖에 없었
는데.

　"그래. 그러니까 만약 공격받는다고 해도 되살아날 수 있지.
메어리라가 타인을 공격하는 수단은 없지만. 무슨 일이 생겼을
때는 메어리라만 먼저 정보를 들고 돌아올 수 있는 셈이야. 의
료 지식도 있으니 니카와 케이는 더 안전해지고."

　정말 대단한 아인이었구나, 메어리라 씨. 지금 이 순간부터
인식이 바뀌었습니다.

　"그래도 아파하길 바라는 건 아니니까 세심한 주의를 기울여
줘. 세 사람에겐 위험한 임무가 될지도 모르지만……."

　"알고 있어, 사우라디테."

　'산'에서 이미 위험한 향기가 풍긴단 말이지. 게다가 이 세계
의 산이라면 내가 모르는 흉포한 마물이 있기도 할 것이다. 사
우라 씨가 진지하게 걱정하니 나도 걱정된다.

　"잘 들어. 자기 자신을 가장 먼저 생각해. 절대 무리하지……."

걱정을 담아 두 주먹을 쥐고 케이 씨와 니카 씨를 타이르던 사우라 씨였으나 그 말은 갑자기 멈추고 말았다. 원인은 안다.

"으음, 걱정해주는 거야? 기쁜데. 사우라디테의 부탁이니 반드시 지킬게."

케이 씨가 사우라 씨 앞에 한쪽 무릎을 꿇고 턱에 손을 대고선 녹아버릴 듯한 미소를 지었기 때문이다. 와, 왕자님!

"무, 무, 무슨……!"

"으음, 그렇게 새빨개지다니……. 귀여워. 껴안아 주고 싶어져."

"화……, 황당한 소리 하지 말고 떨어져!!"

"크하하하! 이런 상황에도 변하지 않는구나, 케이!"

새빨개져서 버럭버럭 화내는 사우라 씨의 주먹을 가뿐히 피하면서 쿡쿡 웃는 케이 씨. 이 사람의 백마 탄 왕자님 모드는 기본적으로 타의가 없다고 보지만……, 이 광경을 보니 이번에는 아마 케이 씨 나름대로 배려한 건지도 모른다는 생각이 들었다. 마무리는 영 개그가 되어버렸지만 최종 확인을 마친 뒤 회의는 종료. 참고로 이번에 근처에 없었던 중진 길드원인 루드 선생님에겐 이제부터 케이 씨가 연락하러 가기로 했다. 무엇보다 메어리라 씨에게 전달해야 할 사항도 있으니까. 갑작스러운 원정인데 준비는 괜찮을까? 그런 내 의문에는 기르 씨가 대답해주었다.

"기본적으로 길드원은 언제든 원정을 떠날 수 있도록 아공간 수납 마도구에 장비를 준비해둔다. 정기적으로 교환하는 것도 길드원으로서는 당연한 마음가짐이지."

오오오, 특급 길드 대단해라. 즉 전원이 아공간수납 마도구를 갖고 있다는 건가……. 조금 엉뚱하지만 이런 생각이 들었다. 다, 다들 벌이가 좋으시네요!

"너는 아직 원정에 보낼 수는 없지만…… 언제 피난 가게 될지 모른다. 준비는 해두자."

피난을 가게 될 법한 사태가 없다고는 하지 못하는구나. 아무리 이 장소가 안전하다고 해도 여기가 전장이 되거나 침공을 받게 된다면 아무래도 위험하겠지. 유비무환이라는 말도 있으니 기르 씨 말대로 하자.

"내일은 정령에게 일을 부탁할 거지? 오늘은 일찍 쉬어."

"네."

그러고 보면 졸리다. 저녁도 먹었고 해야 할 일도 조금 보여서 안심했기 때문일까? 크게 하품이 튀어나왔다.

"접수처에서 일하는 여성 길드원에게 목욕 준비를 부탁할까. ……숙녀니까 말이지."

"윽, 부탁드립미다……!"

놀리듯이 그렇게 말하는 기르 씨는 입꼬리를 올리며 씩 웃고 있었다. 크윽, 조금 심술궂어! 하지만 제대로 배려해주는 점은 신사였기 때문에 아무 말도 할 수 없었다. 으으윽.

그 후 기르 씨, 그리고 어째서인지 사우라 씨의 뛰어난 수완 덕분에 눈 깜빡할 사이에 잘 준비가 끝나고 어느새 이미 침대에 누워서 스탠바이 중인 나. 오늘 나를 돌봐준 여성 길드원은 나를 말 그대로 통째로 빨아버렸다……. 나는 그저 몸을 맡겼고. 중년의 여성인 듯했으니 영 반항할 수가 없어서 말이지. 하지만 씻겨주는 손길도 그렇고 머리카락을 말려주는 것도 부드러워서 왠지 익숙하다는 느낌이 들었다. 육아 경험이 있다거나?

"오늘은 잠자리가 바뀌었으니 불안해질지도 모른다. 무슨 일이 생기면 바로 올 테니까 안심해."

기르 씨는 그렇게 말하며 내 몸 위에 살며시 이불을 덮어주었다. 끄응, 사실 조금 불안했었다. 의무실에 있을 때는 누군가 사람의 기척이 느껴졌지만, 이 방은 기르 씨가 나가면 아무도 없게 된다. 고요해진 방을 상상하고 시무룩해졌다.

정령들을 부른다는 방법도 있지만 그 아이들을 불렀다간 시끄러워서 오히려 잠을 못 자게 될 가능성이! 그게 나쁘다는 건 아니지만 나도 대화에 참가하게 될 것 같으니까! 내일을 위해 몸을 쉬게 해줘야 한단 말이야.

그러니까. 그게……. 무슨 소릴 하고 싶은 거냐면.

"기르 씨."

"음?"

"잠들 때까지 옆에 이써 주시면 안 댈까요……?"

무심코 눈물샘이 약해졌다. 멋대로 눈물이 고였다고! 이 몸의 주인이 외로워하는 건지, 나 자신이 외로운 건지. 아마도 둘 다다.

"……그래, 옆에 있을게. 그러니까 안심하고 자, 메구."

그렇게 말하며 기르 씨가 머리를 부드럽게 쓰다듬어주었다.

덕분에 내 의식은 참으로 쉽게 빨려 들어가 순식간에 잠들어버릴 것 같다. 엄청난 안심감이다. 매우 쉬운 어린이, 그게 바로 나……. 안녕히 주무세요.

【쥬마】

요즘, 아니 예전부터 그랬지만 나는 꽤 손해 보는 역할이다. 남들보다 살짝 바보고, 힘 조절을 못 하고, 조금 쓸데없는 소리를 하는 것뿐인데. 다들 자꾸 화낸단 말이야. 특히 사우라! 그 녀석은 아마도 칼슘 부족이다. 다음에 우유를 사줘야지. 키도 조금은 클지도 모르잖아. 아니, 이미 한참 전에 성장기 끝났던가! 어? 이런 게 쓸데없는 소리라는 건가? 뭐 됐고.

아무튼 내가 지금 뭘 하냐면, 에핑크를 미행 중이다! 상당히 거리가 벌어져도 냄새나 감으로 쫓아갈 수 있으니까 그건 괜찮다. 하지만 기척을 최대한 숨기는 게 좀. 어렵단 말이지. 나는 오니잖아. 강한 힘이 강점인 셈이다. 그리고 튼튼함. 그 힘을 인간형 모습에 담아두는 것도 꽤 고생했는데, 여기서 더 숨기라니. 진짜 그 녀석들은 무리한 주문을 턱턱 요구한단 말이야. 뭐, 나는 천재니까? 내가 선택한 이 길드에 있는 셈이고? 할 거지만! 사람을 거칠게 부려 먹는 것만은 어떻게 좀 개선될 수 없는 걸까.

참고로 내가 마물형이 되면 지금의 두 배 크기가 된다. 인간형인 나는 아담하지만! 지금도 피부색이 조금 어두운데, 여기서 진한 갈색이 되고 새빨간 머리카락을 마구 흐트러뜨린 빨간 오니. 끝내준다고! 사우라는 야만적이라고 했지만, 그 녀석은 보는 눈이 없는 거야!

아차, 에핑크 녀석 움직임을 멈췄잖아. 으음? 아, 마물형이 되었다. 저 녀석도 마물형이 되면 커지는구나. 배에 주머니가 달린 신기한 생물. 듣자 하니 아이도 저 주머니에서 기른다고 한다. 육아할 기회 같은 건 거의 없을 텐데. 그렇기 때문에 주머니 속은 이공간이 되어 다양한 걸 넣을 수 있도록 발달했다고 했던가? 별로 상세히 기억나진 않는다.

"어?"

슬슬 세인슬레이 국에 진입하게 되는 차에 숲속에서 인영이 보였다. 누구지? 아니, 에핑크도 경계 안 하잖아? 왜? 아, 그래서 마물형이 된 건가. 하지만 바로 곤두세운 털을 거두고 인간형으로 돌아왔다. 상대가 누구인지 알고 안심한 거군. 헉, 날아갔다. 역시 적인가? 어느 쪽이냐. 영 모르겠네.

어차피 저 녀석이 내 아군이라는 편의적 전개는 상상하면 안 된다. 이쯤에서 나도 경계…… 앗, 저 녀석 날 알아차렸잖아?

"어엇."

갑자기 그 녀석이 바람 마법을 날렸다. 이 자식, 위험하잖아! 좋아, 적이다! 저 녀석은 적이야!

"너, 너는 오니! 따라온 거냐!"

에핑크 녀석도 드디어 내가 따라온 걸 알아차린 모양이다. 흐흥, 어떠냐. 나도 하면 할 수 있다고. 뭐, 저 녀석 때문에 들켰지만. 그나저나 저 녀석은 누구지?

"……미행을 눈치채지 못할 줄이야. 어리석은 짐승이로군. 뭐, 됐다. 따라온 짐승도 어차피 잔챙이이니."

"이봐, 잠깐. 말이 너무 심한 거 아니야? 넌 누군데?"

"흥, 그런 걸 솔직하게 말할 리 없지 않은가. 역시 짐승의 지능은 사람만 못하군."

이 녀석, 가만히 들어주니까 일일이 짜증 나는 말투를 쓰잖아! 아니, 하지만 여기서 도발에 응했다간 나는 그야말로 그냥 오니다. 짐승이 아니라고!

"흠, 도발에는 넘어가지 않는 건가. 그 점은 칭찬해주마. 뭐, 전부 본심이었다만."

아아아아아악! 짜증 나! 지금까지 쌓인 스트레스도 있다 보니 슬슬 날뛰고 싶었는데!! 빌어먹을. 드래곤, 드래곤…… 기다려라, 드래곤! 좋아, 괜찮아졌다.

"거기 짐승."

"나, 나……?"

"흥, 몇 번이나 말하게 하지 마라. 짐승 주제에. 한데, 정보는 갖고 돌아왔나?"

"아니, ……그게, 오니가 있는 곳에서 말하는 건 좀."

뭐야? 에핑크 녀석. 저렇게 짜증 나는 자식에게 겸…… 겸허? 겸손? 으으음, 굽신거리다니 징그럽게!

"방해로군."

그 녀석이 그렇게 말하며 나에게 시선을 향하자마자 지금까지 느껴본 적 없는 막대한 마력을 느끼고 급히 그 자리에서 물러났다. 위험해. 이건 위험해. 온몸에 찌릿찌릿한 전류가 흐르는 것처럼 경종을 울렸다. 지금 당장 여기에서 도망치라고 외치는 것 같다.

"······재미있는데."

그리고 나는 그 감각을 안다. 아니, 기억한다. 잊을 수 없는 그 전쟁 때, 자기 영역을 조금 침범했다는 이유만으로 군단 하나를 전부 종잇장처럼 날려버렸다. 그때 사용한 마법이 바람 마법이 아니었다면 재가 되어버렸을 가능성도 있을 정도다. 아직 내가 어렸을 때의 일이다.

"너는 그때의······."

내가 그 녀석의 이름을 입에 담기도 전에 마법을 사용한 건지, 어느새 나는 허공을 날고 있었다. 뭐야, 조금은 말 좀 들으라고.

아니, 저 녀석 어쩌면 네모와 관련이 있는 건가. 그렇다면 큰일이다. 네모에는 절대 손을 대선 안 된다. 하지만 우리에게 해를 끼친다면 손을 안 댈 수도 없는 노릇이지? 분명 그렇게 될 미래를 상상하고 그만 웃음이 나왔다. 절대 손을 대면 안 되는 상대였는데 말이야. 뭐, 어쩔 수 없지. 나는 오니니까. 그나저나······.

"나 어디까지 날려가는 건데에에에에에?!"

분명 그때 썼던 그 바람이다. 그렇다면 나는 이대로 나라 한두 개 정도는 넘어가 버릴 것 같은데.

"아아아아악! 대체 뭐냐고! 난 왜 매번 이래!! 빌어먹을!!"

맑게 갠 푸른 하늘에 내 외침과, 그 소리에 겁먹고 삑삑 울면서 날아가는 새의 날갯짓 소리가 울려 퍼졌다.

정신을 차리자 산 한복판에 있었다. 그 녀석에게 날려가서 어딘가에 떨어진 모양이다. 벌떡 일어나 기지개를 켰다. 음, 딱히 어디 아픈 곳은 없다. 하아, 꽤 많이 잤네. 배가 출출한 수준을 봐서 이틀 정도?

"여기는……, 마력의 냄새로 봐서 북쪽 산이겠군!"

아마도! 날려간 방향도 그런 느낌이었으니까 확실할 것이다. 아, 저기 북쪽 산에만 존재하는 마물 발견. 바로 두들겨 팼다.

그건 그렇고 기억 속 그대로 그 녀석의 마법은 장난 아니구먼. 바람 마법의 범주를 넘어섰잖아. 완전히 토네이도다. 그렇지 않으면 이렇게 먼 곳까지 날려 오진 않았겠지. 그나저나 여기까지 와서 그대로 길드에 돌아가는 것도 좀 그렇고. 연락 수단도 마을에 가야 있는데. 약속대로 드래곤을 사냥한 다음에 길드에 돌아가기로 할까. 드래곤을 잡으러 갈 곳은 그리 멀지 않으니 살짝 옆길로 새는 것 정도는 용서해주겠지! 이제 슬슬 울분이 너무 쌓여서 죽을 것 같다. 나는 오니라고!

"여기 마물들은 운이 없었다고 생각해라. 미안해, 날벼락이라서. 세상의 부당함을 원망하라고."

무기를 꺼내서 잡아보자 자연스럽게 웃음이 흘러나왔다. 크으, 오랜만에 날뛴다. 내 애검은 아무튼 크게 해 달라고 주문 제작한 무기다. 길이는 내가 인간형일 때의 키보다 조금 짧은 정도라서, 일단 꺼낸 뒤에는 늘 등에 메고 다닌다. 하지만 무게는 내가 인간형일 때의 몸무게보다 세 배는 더 나간다. 이 정도는 되어야 무기를 들었다는 느낌이 든단 말이지.

대검이라 불리고 있긴 해도 실제로는…… 베지 않는다. 애초에 베는 맛이 안 좋다고. 베기 위한 검이 아니니까.

"으랍!!"

바람을 횡 가르는 소리가 느껴지는 게 좋다. 적의 몸에 검이 푹 파고드는 감촉이 좋다. 금속의 무게와 적의 체중을 마음껏 느낄 수 있는 게 좋다.

즉 내 대검은 검이 아니라 굳이 따지라면 둔기다. 그럼 왜 검 모양으로 만들었냐고? 그거 만들 때 귀가 따갑게 들었지. 크으, 뭘 모른다니까!! 답은 뻔하잖아.

멋있기 때문이라고!!

"으랴, 마물들아! 아하하하! 도망쳐라, 도망쳐! 술래 여기 나가신다!!"

이렇게 나는 잠시 주어진 사냥 시간을 마음껏 즐겼다. 야호!!

제2장 ◆ 출생의 비밀

1 마스코트

―――아, 꿈이다. 이건 꿈속이다.

왠지 전에도 비슷한 꿈을 꾼 적이 있었던 것 같다. 별로 기억은 안 나지만.

"어, 어라?"

문득 내 몸을 보자, 요즘 간신히 익숙해진 어린이의 몸이 아니라 친숙한 하세가와 메구의 몸이었다. 꿈속이니까 상상하기 쉬운 모습이 된 건가? 원래도 전체적으로 마른 편이지만, 성인이 된 뒤에도 그리 달라지지 않은 기복 없는 체형. 아아, 슬퍼라. 하지만 애착을 느꼈던 자신의 몸에 강한 향수가 자극되어 눈물이 날 것 같았다.

잠시 내 몸에 깊은 감회를 느끼고 있었더니 조금 앞쪽에서 인영을 발견했다. 가까이 다가가자 이쪽 역시 익숙한 어린이의 모습이. 분홍색으로 반짝이는 고운 머리카락과…… 빛이 느껴지지 않는 감색 눈동자. 예쁘장한 그 아이는 뭘 하는 것도 아니고, 뭘 보는 것도 아니고 그저 그 자리에 서 있다.

"메구……?"

내가 그렇게 말을 걸어도 메구는 반응하지 않았다. 무표정으로 가만히 서 있는 모습은 마치 의사가 없는 인형이었다. 하지만 나는 이 마음의 마음을 알 것 같았다. 인형처럼 알맹이가 없어 보여도, 이 아이에게는 아주 미약하게 본인의 의사가 싹튼 것 같은 느낌이 든다. 희미한 불안과 두려움. 어째서인지 그걸 알 수 있었다.

나는 나도 모르게 작은 메구의 몸을 끌어안았다. 너무 작고 가녀린 몸. 체온도 낮아서 당장에라도 사라질 것 같았다.

괜찮아, 괜찮아. 너는 수많은 애정을 받으며 지금 무척 행복하니까. 다들 널 지켜줄 거야.

그런 식으로 타이르면서 껴안고 있었더니 불현듯 아름다운 목소리가 들렸다. ……우는 건가?

『……해요. 미안해요. 메구.』

어디서 목소리가 들린 건지 찾기 위해서 얼굴을 들었다. 하지만 주위를 두리번두리번 둘러봐도 어디에도 모습이 보이지 않았다. 그 목소리도 귀로 들었다기보다는 머릿속에 직접 울리는 것 같았다. 실제로 귀를 틀어막아도 예쁜 여성의 목소리가 들렸다. 꿈이라서 그런가?

『전부 저 때문이에요. 낳아서 미안해요……. 나의 아이. 나와 그 사람의, 사랑하는 아이.』

메구보다 조금 더 연한 분홍색으로 빛나는 긴 머리카락을 흩날리며 봄날 하늘처럼 아름답고 맑은 눈동자에 눈물을 머금은 여성의 모습이 뇌리에 떠올랐다. 그 여성이 말하는 모양이었다.

『반드시 빛이 드리울 거예요. ……부디 살아주세요.』

그 말을 끝으로 아름다운 여성, 아마도 메구의 어머니는 내 머릿속에서 스윽 사라졌다.

영문을 모르겠다. 혼란스러운 머리로 아직 품속에 있는 메구에게 시선을 옮겼다. 여전히 빛이 깃들지 않은 눈동자로 그저 멍하니 서 있다. 서 있었지만.

갑자기 메구가 걷기 시작했다. 내 손을 잡고 걸어가는 그 동작에서 분명한 메구의 의사를 느꼈다. 의외로 힘이 강한 것에도 놀랐다.

메구를 따라간 곳에는 종이와 펜이 놓여 있었다. 아, 전에도 그렇게 그림을 그렸던가? 펜을 들고 열심히 무언가 그림을 그리는 메구. 어……, 이 그림은.

완성된 그림 속의 무서운 얼굴을 한 사람을 본 나는 매서운 위기감을 느꼈다. ……동시에 메구를 다시 끌어안았다.

"……괜찮아. 너는 내가 지킬 테니까."

빨려 들어갈 듯한 깊은 감색 눈동자는 여전히 빛이 없었지만, 내 말에 살짝 흔들린 것 같았다.

아아, 눈이 떠진다. 기억해야 한다. 이 꿈의 내용을 사람들에게 전해야 한다. 몇 번이고, 몇 번이고 중얼거리면서 나는 꿈에서 벗어나기 시작했다. 기르 씨, 들어줘. 메구가 전하고 싶은 걸 제발 들어줘──.

"메구, 왜 그래?"

눈을 뜨자 그곳에는 고개를 갸웃거리며 이쪽을 보는 기르 씨가 있었다. 주위를 두리번거리자 아무래도 벌써 아침인 모양이었다.

어, 어라? 나 꿈을 꿨는데……. 그래서 뭔가 중요한 걸 기르 씨에게 전해야 한다고 생각했는데. 잊지 않도록 열심히 노력해 봤지만.

"이, 잊어버려써요……."

시무룩해져서 어깨를 늘어뜨렸다. 어째서! 기억하려고, 잊으면 안 된다고 강하게 의식했던 건 기억나는데! 속상해.

"뭘?"

"꿈을……."

"꿈은 바로 잊어버리는 법이다."

"하지만 중요한 꿈이어써요. 기르 씨에게 전달해야 한다고 생각한 건 기억나는데요."

"흐음……."

끙끙 앓았더니 기르 씨는 팔짱을 끼고 무언가 심각한 표정을 지었다.

"아, 미안하다. 잠시 딴생각을 했어. 옷을 갈아입고 나면 아침 먹으러 가자. ……도와줄 필요는?"

"어, 없습니다!"

내가 고개를 옆으로 기울이며 기르 씨를 쳐다보고 있다는 걸 알아차린 건지 기르 씨가 그렇게 물어보는 바람에 급히 대답했다. 오늘은 이제 근육통도 없으니 괜찮다. 역시 어린아이의 몸은 회복이 빨라.

"그럼 나는 방에 있을게. 준비가 끝나면 내 방으로 와."

"알겠슴미다!"

"……꿈 이야기는 생각났을 때 하면 된다. 초조해해도 잊어버린 건 어쩔 수 없지. 꿈이란 그런 법이니까."

쿡쿡 웃으며 방에서 나간 기르 씨. 음, 확실히 맞는 말이다. 마음에 걸리긴 해도 머리를 굴려봤자 생각나지 않는 건 어쩔 수 없으니까! 그렇게 결론을 내리고 옷장으로 향했다.

"으음, 어떤 걸 이블까."

하도 옷이 많다 보니 바로 정하기는 어려웠다. 자꾸 이 옷 저 옷 시선이 왔다 갔다 한다. 귀여운 타입으로 갈까, 스포티한 타입으로 갈까. 옷걸이가 좋으면 뭘 입어도 잘 소화한다니, 부럽다니까. 지금은 그게 나지만!

"조아! 이걸로 결쩡!"

하지만 계속 고민할 수도 없다. 어제는 슈리에 씨의 정령, 네프리 같은 스타일이었으니까 오늘은 활동적인 느낌으로 골라봤습니다!

확 눈에 띄는 분홍색의 심플한 탱크톱 위에 검은색의 얇은 후드티. 이 후드티는 후드에 고양이 귀가 달린 게 포인트다! 따라서 후드를 썼다. 아래는 움직이기 편한 검은색 반바지지만 기본적으로 심플하면서도 분홍색 리본이 달린 검은 꼬리가 달렸다. 여기에 검은색과 분홍색 줄무늬가 들어간 니 하이 삭스를 신고 검은 구두로 완성!

옷장에 있는 옷은 기본적으로 세트 코디이기 때문에 고르기 꽤 편하다. 그게 아니었다면 좀 더 시간이 걸렸을 테고 옷 매칭도 이상해졌겠지. 전직 사축이나 어린아이에게 친절한 사양……!

참고로 준비가 끝난 뒤에 기르 씨의 방으로 돌격하자 '어울리는군……'이라는 반응을 얻었으니 올 오케이다. 기뻤기 때문에 '감사합니다냥!'이라고 대답했다. 기르 씨가 몇 초 굳어버렸지만……. 반응하기 난감한 소릴 해서 미안해. 누나가 좀 많이 흥분했다.

그 후 바로 기르 씨와 함께 식당으로 향했다. 가는 길에 '블랙 캐틀'이라는 말을 많이 들었으니, 아마 이 세계에선 고양이를 캐틀이라고 하는 모양이다. 그렇게 말을 거는 사람들에게는 '안녕하세요냥!' 하고 대답했다. 다들 귀엽다고 칭찬해줘서 기분이 매우 좋다! 결코 조금 전 기르 씨의 무반응이 슬펐기 때문이 아니다. 응, 아니라고.

"오, 안녕. 귀여운 옷이네! 오늘은 메구냥이구나!"

식당에서 아침을 받을 때 치오 언니가 그런 말을 했다. 메구냥……. 왠지 민망하다. 바로 직전까지 어린이 모드로 즐겼는데 내 안의 전직 사축 정신이 되살아난 건지도 모른다. 으악, 흑역사가 폭발한다!

어째서일까……. 요즘은 하세가와 메구였을 때라면 절대 하지 않았을 법한 행동을 태연하게 할 수 있게 되었다. 외모 나이가 이렇다 보니 사양하지 않을 수 있다는 점도 물론 있지만. 설마 잠재의식 속에서 이런 사람이 되고 싶다는 욕망이 있었다거나? 사축 생활의 반동? 혹은 몸 주인의 의식에 끌려들어 갔나? 어쨌거나 나는 나라는 인격을 기준으로 조금씩 변해가는 건지도 모른다.

"자, 오늘은 팬케이크야! 단맛과 달지 않은 맛이 있어!"

"와아, 마싯겠다!"

쟁반 위에 올라온 하트 모양의 팬케이크 두 개. 일부러 하트 모양으로 만들었다는 점에서 사랑이 느껴진다. 참고로 하나는 메이플 시럽 같은 꿀이 뿌려져 있고, 다른 하나는 토마토소스가 뿌려져 있었다. 미니 샐러드와 우유도 딸려 나온 멋진 브렉퍼스트다.

"나는 단 건……."

"알아, 기르 씨! 기르 씨 거는 토메 소스와 카리 소스를 뿌렸어. 카리는 좀 매운맛이지만 기르 씨는 매운 거 좋아하지?"

"그래. 고맙다."

오호, 토마토는 토메고 기르 씨는 매운맛을 좋아하는구나. 카리는 카레겠지. 그 독특한 향신료 냄새가 나는걸! 끄응, 나도 먹고 싶지만 아마 이 몸은 너무 매운 건 못 먹겠지! 먹기 전부터 대충 느낌이 온다. 좋아하는 맛인데도 먹을 수 없다는 딜레마……, 시무룩.

하지만 나에게는 달달한 시럽을 뿌린 푹신푹신한 팬케이크가 있으니까! 맛있겠다. 잘 먹겠습니다!

"……정말 맛있게 먹는군."

"마시써요."

팬케이크는 보고 상상한 그대로 아주 부드러웠고, 토마토 맛이 진한 소스가 멋지게 어우러져서 아주 맛있었습니다. 물론 시럽 쪽도 기대를 배신하지 않는 행복한 맛이었고! 하트 모양? 가차 없이 반으로 쪼개버렸는데 뭐 문제라도? 맛있는 아침 앞에서 그런 걸 신경 쓸 여유는 없다.

여느 때처럼 긴 시간을 들여 샐러드와 우유까지 싹싹 비웠다. 후우, 배가 빵빵해. 의자에 기대서 배를 문질렀다.

"……만족한 모양이군."

"네! 밥이 늘 마시써서 행복해요!"

"그래. 그런 일상의 소소한 즐거움이 있기에 임무도 열심히 할 수 있는 법이지."

"그러게요. 푹 자고 든든히 머겄쓰니까 일 열씨미 할게요!"

"좋은 자세다."

그렇다. 아침에 침대에서 일어나고 좋은 아침이라며 인사해주는 사람이 있다. 맛있는 밥은 물론이고 같이 먹어주는 사람이 있다. 당연한 듯 당연하지 않은, 그런 행복을 소중히 하고 싶다.

이번 임무는 아마 내 앞날과도 관련이 있겠지. 나는 할 수 있다면 지금 이대로 이 행복한 공간에서 보내고 싶다. 이 몸의 주인도 분명 마음에 들어 할 테고, 안전하게 살 수 있을 테니까. 그러기 위해 할 수 있는 일은 뭐든 하겠어! 행복은 기다린다고 오지 않는다. 내 손으로 쟁취해야 하는 법!

아침을 먹고 넘치는 의욕으로 우리는 훈련장에 찾아왔다. 이미 아침 훈련을 하는 사람들로 북적거렸다. 와, 저 사람 몸 부드럽다……. 우와! 저 사람은 저렇게 큰 무기를 가볍게 휘두르잖아! 앗, 저쪽에선 마법 명중 연습하는 사람도 있네. 대, 대단해!

전부 중앙에 맞혔어!

이렇게 찬찬히 남의 훈련을 구경한 적은 없었기 때문에 나도 모르게 주위를 두리번거리고 말았다.

"메구, 이쪽이다."

너무 한눈을 파는 바람에 걱정된 건지 기르 씨가 내 손을 잡고 끌어당겼다. 어라라.

"? 여기서 하능 거 아니에요?"

"여기는 사람이 많다. 다른 사람에겐 별로 보여주지 않는 게 좋아."

쇼의 능력은 상당히 특수하고 이례적인 능력이기 때문에 같은 길드원이라고 해도 타인에게 널리 알려지는 건 곤란하다나. 참고로 예전에 정령 계약을 했을 때는 이용자수가 적은 시간대였기도 하고, 정령이 그 장소를 골랐기 때문에 어쩔 수 없이 사람을 물렸다고 했다. 사실은 따로 방을 준비해서 의식을 치르는 게 제일 좋다고. 저도 모르는 사이에 폐를 끼쳤던 모양이군요. 죄, 죄송합니다.

그렇게 기르 씨가 데려간 곳은 훈련장 구석에 있는 작은 방이었다. 작다고 해도 학교 교실보다 조금 좁은 정도의 넓이였다.

듣자 하니 훈련장은 옛날에 투기장으로 쓰였던 적도 있었다고 한다. 두목의 아이디어로 길드원끼리 전투하는 이벤트를 벌였다나. 하지만 요즘은 두목의 일 때문에 몇 년이나 열리지 않았다고. 좀 재미있을 것 같다. 꼭 관전해보고 싶어! 아무튼 그때 대기실로 만들어놓고 평소엔 여럿이 연계 공격에 대해 대화하거나, 혼자 집중하고 싶을 때 등의 용도로 쓰이는 방이 여기라는 설명이다.

"그럼 목소리의 정령을 불러내 주겠어?"

"알겠슴다. 쇼."

살짝 긴장하면서 쇼를 부르자 내 눈앞에 분홍색 단발머리 정령이 뿅 나타났다.

『일할 시간이다!』

"후후, 응. 아주 중요한 일이야. 부탁해도 갠차늘까?"

『당연하지!』

쇼는 긴장감과는 거리가 먼 모양이다. 기뻐하면서 의욕이 가득한 모습으로 빙글빙글 날아다녔다.

"이번에 목소리의 정령에게 조사를 부탁하고 싶은 건 네모가 어째서…… 메구를 노리는지, 메구를 노리는 게 맞는지에 대한 것이다."

"……쇼, 할 수 있게써?"

기르 씨의 말은 들었을 테니 쇼에게 확인만 했다.

『으음, 누군가가 주인님 이야기를 하면 그걸 듣고 오면 되는 거야?』

아무래도 쇼에겐 너무 어려운 건 부탁하지 못하는 모양이다. 하지만 무슨 일을 해야 하는지는 대충 파악한 건지 쇼 나름대로 해석한 뒤 되물었다. 기르 씨에게 확인하자 가볍게 고개를 끄덕여주었다.

"응, 그러면 돼."

『알았어! 주인님을 노리다니 용서 못 해!』

"쇼……!"

쇼를 와락 끌어안았다. 아아, 왜 이렇게 귀엽니!

"그치만 조심해. 쇼가 보이는 사람이 있을지도 몰라."

『우리는 우리가 보이는 사람을 대충 알 수 있어! 그러니까 괜찮아!』

그렇구나. 그렇다면 조금 안심이 된다. 하지만, 그래도 귀여운 우리 애가 위험한 일을 겪으면 어떡하지? 주인님은 걱정입니다!

"그래도! 무사히 도라와!"

『주인님! 고마워!』

또다시 와락 부둥켜안는 우리. 기르 씨에게는 어떻게 보일지 조금 마음에 걸렸지만, 말없이 기다려주고 있다. 분위기를 파악할 줄 아는 미남……!

『그럼 먼저 필요한 마력의 반을 줘.』

앗, 그랬지! 그렇게 웃는 얼굴의 쇼에게 마력을 쪽쪽 빨아 먹혔습니다. 으아아.

『주인님의 마력은 무척 예뻐서 맛있어!』

그렇게 외치면서 방을 한 바퀴 돈 쇼가 '다녀올게!' 하고 인사를 남긴 뒤 순식간에 사라졌다. 지금쯤 밖을 음속으로 날아가고 있겠지.

어? 실내에 있었는데? 하지만 정령은 완전히 봉쇄된 공간이 아닌 한 가둬둘 수가 없다고 한다. 따라서 환기 구멍 등 아주 작

은 틈새만 있다면 빠져나갈 수 있다나. 뭐, 설령 가둬놓는다고
해도 주인이 부르면 워프 같은 느낌으로 이동할 수 있다고 하니
쉽게 탈출하겠지만!

"……괜찮아?"

"네에에…….."

그리고 나는 마력이 쪽 빨려 나가서 녹초가 되었다. 첫 계약
때만큼은 아니어도 꽤 힘들다. 이게 이번 임무에 필요한 마력의
절반이라고 하니 돌아오면 또 이 상태가 되겠구나. 으으. 하지
만 쇼가 열심히 일하고 올 테니 나도 힘내야지! 마력을 주는 것
말고는 못 하니까! 쿵.

하지만 후우, 호무라와 마법 특훈도 못 한다는 게 슬프다. 한
정된 마력으로 어떻게든 연습하고 싶지만 기르 씨가 안 된다고
했다. 뭐 그렇겠죠. 이렇게 녹초가 된 상태로 무슨 소리냐니 지
당하신 말씀입니다. 그래도 저녁에는 조금이라도 하고 싶은데.
어린아이의 회복력에 기대해보고 싶다!

"이젠 목소리의 정령이 가져올 보고를 기다리기만 하면 되겠
군."

그렇다. 이렇게 내가 해야 할 일은 빠르게도 끝나버렸습니다.
……왠지 내가 열심히 한다는 느낌이 전혀 없어!! 기르 씨의 품
에 안긴 채 낙담하며 푹 고개를 떨궜다. 시, 실망이야.

그 후 파김치가 된 나는 기르 씨의 품에 안긴 채로 길드 홀로
향했다. 오늘은 이제 할 일이 없는 건지 시무룩하고 있을 때 기

르 씨가 이런 이야기를 했다.

"사우라가 마스코트 건을 허락했다. 그 상태로도 설명 정도는 들을 수 있을 테지만, 만약 힘들다면 오늘은 푹 쉬……."

"들을게요!!"

반사적으로 기르 씨의 말을 가로막고 달려들 기세로 대답해버렸다. 드디어 나에게도 일을 준다는데 쉴 수는 없지! 어? 임무? 그건 마력을 준 게 다니까…….

"그래. 그럼 이야기를 들으러 가자. 단 무리는 금물이다. 조금이라도 힘들어지면 바로 말해."

"알겠습미다!"

"일 내용은 간단하니까 오늘부터 할 수도 있겠지만…… 우선 상황을 보자. 뭣하면 마력회복약을 처방받기로 하고."

마력회복약! 그런 약도 있구나. 이세계 고유의 약이니까 굉장히 궁금합니다. 그건 그렇고 기르 씨는 정말 걱정이 많다니까. 아니, 내가 이미 기절한 전과가 있으니 그런 건가. 아무래도 나 자신의 한계를 영 모르겠단 말이지. 훨씬 더 조심해야겠다. 그런 식으로 다짐하면서 어떤 일을 받을지 상상하고 가슴이 두근거리는 걸 느끼는 나.

그야 별로 대단한 건 아닐 것이라는 예상은 간다. 아무튼 지금 나는 어린아이니까. 하지만 가능하다면 그냥 앉아있기만 하는 건 좀…… 아니지! 어떤 일이라고 해도 불평하지 말고 열심히 하자! 사축의 근성을 보여주겠어! ……앗, 너무 열심히 하는 건 금지였지. 끄으응, 어려워. 으음, 너무 열심히 하지 않도록 노력하겠습니다? 좀 이상한데?

"아, 메구! 기르! 무사히 끝났어?"

홀에 도착하자 바로 사우라 씨가 우리를 알아보고 에메랄드그린의 포니테일을 휘날리며 이쪽으로 도도도 달려왔다. 오늘도 귀엽다.

"그래. 하지만 마력을 많이 넘겨준 모양이라, 보다시피."

"음……, 그건 어쩔 수 없지. 메구, 괜찮아? 아아, 블랙 캐틀 모습이라니 오늘도 스페셜하게 큐트하구나."

사우라 씨는 두 뺨을 손으로 감싸고 그런 소릴 했지만, 사우라 씨가 더 귀엽다고 주장하고 싶다. 하아, 사우라 씨를 보면 힐링된다. 흉악한 함정 이야기는 일단 잊자.

"나 사실 최근에 캐틀을 기르기 시작했거든. 블랙 캐틀인 메구와 진짜 캐틀의 투 샷……. 혁, 상상만으로도 짜릿해."

오, 사우라 씨는 고양이를 기르는구나. 좋겠다. 쓰다듬고 싶어. 언젠가 만나게 해주지 않으려나.

"사우라, 본론으로 들어가. 메구의 몸이 걱정이다."

상상에 도취한 사우라 씨를 앞에 두고도 지극히 평소 모드인 기르 씨가 그렇게 재촉했다. 아니, 과보호인가.

"그건 그래. 저쪽 카페 자리에 앉아 있어. 마력회복약이 들어간 특제 허브티를 가져올게."

"고맙다."

기르 씨의 반응에는 익숙한 건지 사우라 씨도 전혀 개의치 않아 하며 평소 모드로 돌아왔다. 여전히 태세 전환이 참 빠르다. 그건 그렇고 마력회복약이 들어간 허브티? 그냥 약으로 먹는 것보다 잘 넘어갈지도 모른다. 콩닥콩닥!

우리가 자리에 앉고 얼마 지나지 않아 사우라 씨가 허브티를 올린 쟁반을 들고 나타났다. 미니 사이즈라서 그런가 위험해 보였지만 사우라 씨의 발걸음은 씩씩했다. 아아, 나였다면 더 위험해 보였을 거야. 그런 생각에 먼 산을 보았다. 으으윽.

"자, 메구는 이거. 마시기 좋도록 시럽을 조금 섞었어."

"감사함미다. ······신기한 향기가 나요."

사우라 씨에게 받은 컵에는 약간 푸른 빛이 도는 액체가 들어 있었다. 김과 함께 피어오르는 향기는 뭐라고 해야 하나······. 음, 약이랄까 허브랄까. 하지만 이 달콤한 향기는 어딘가에서······ 아!

"빠냐냐!"

빠냐냐가 뭐냐, 빠냐냐가! 바나나라고 하고 싶었는데! 창피해! 그리고 여기저기에서 마시던 걸 뿜거나 콜록거리는 사람이 속출했다. 뭐야. 들었냐!

"아하하, 메구 너무 웃겨! 이건 나바바 향기야. 후후, 귀여운 착각이네. 훈훈해라!"

나, 나바바······! 오히려 나한테는 이게 더 위화감이 넘치거든! 하, 하지만 이 세계에선 나바바구나. 조, 좋아.

"······냐바바?"

""푸헉!!"""

아아, 안 돼. 혀가 안 돌아가요! 주위의 반응은 포기했다. 웃고 싶으면 웃으라지! 쿵.

"후후. 그래, 그거야. 자, 따뜻할 때 마셔봐. 조금 쓸지도 모르지만, 그냥 약보다는 먹기 쉬울 거야."

"잘 먹겠슴미다."

시키는 대로 살며시 컵에 입을 댔다. 음, 확실히 조금 씁쓸하지만 바나나 향기 더 강해서 그리 걸리적거리지 않는다. 바나나 맛이 나는 어린이용 감기 시럽이라고 할까? 지금의 나는 미각도 어린아이인 모양이라 아주 잘 넘어갔다. 게다가 몸이 따끈따끈해지고, 조금 전까지 녹초였는데 조금 기운이 돌아온 느낌이 든다.

"와아, 이 약 대다내요."

"몸이 좀 편해졌지? 하지만 너무 많이 먹는 것도 안 좋으니까, 무리해가면서 마력을 쓰면 안 돼."

"알겠슴미다!"

약은 용법과 용량을 올바르게 지키며 먹는 거지!

"그럼 바로 설명 들어갈게. 메구는 오늘부터 오르투스의 마스코트로 정식 취임됐어! 우선 축하해!"

"가, 감사함미다!"

생글생글 손뼉을 치면서 그렇게 말해주는 사우라 씨. 왠지 쑥스럽다. 하지만 기뻐라.

"주요 업무 내용 말인데……, 최종적으로는 길드에 온 사람들을 안내해주기, 모르는 걸 설명해주기, 어디에 가면 되는지 알려주기 같은 걸 하게 되겠지…….”

오오, 왠지 쇼핑몰 같은 곳의 안내 데스크 같다. 언젠가는 쇼의 힘을 빌려서 호출 방송 같은 것도 할 수 있을지도. 미아 알림이라거나? 내가 제일 미아가 될 가능성이 크다는 건 제쳐놓고!

“하지만 처음부터 그렇게 다 할 수는 없으니까, 당장 메구에게 부탁할 건 사람들의 얼굴과 이름을 외우는 거야.”

길드에는 매일 많은 사람이 온다. 오르투스에 소속된 길드원은 물론이요, 의뢰인이나 다른 길드에서 온 연수생, 약국이나 도구점에서 납품하러 오는 사람들……, 단순히 오르투스의 공방이나 연구소에 필요한 도구를 의뢰하러 오기도 한다. 그리고 홀에 병설된 카페(밤에는 술집)만 이용하러 오는 손님도 있다나. 뭔가, 알고는 있었지만 오르투스는 참 규모가 크다. 의뢰를 받는 것만이 일이 아니구나.

그렇기 때문에 나는 홀에서 길드에 온 사람들의 용건을 얼굴만 봐도 판단할 수 있어야 한다. 보통 사람들은 여기에 오는 목적이 정해져 있기 때문이다. 볼일이 있는 사람을 불러오는 사이에 휴게실에서 기다리라고 안내하는 등 일 자체는 딱히 담당자가 없어도 되는 일이었다. 하지만 있으면 길드에서 더 쾌적하게 지낼 수 있게 된다. 열심히 해야지!

“그리고 라그랑 키라링 테라 숍을 홍보하기 위해서도 매일 다른 옷을 입고 귀엽게 맞아주거나 배웅하기도 해야 하지?”

아, 그랬다. 애초에 한동안은 그게 메인이 되겠구나. 그러는 사이에 출입하는 사람들의 얼굴을 익혀야지. 편해 보이는 일이라고? 무슨 말씀을! '귀엽게'라는 점에서 막대한 노력이 필요하다고! 주로 전직 사축인 20대 후반 여자에게는 정신적으로 가혹해!

"이 정도일까. 어떻게 할래? 오늘은 쉴래?"

사우라 씨가 걱정스러운 표정으로 나를 바라보며 그렇게 말했지만, 나는 고개를 저은 뒤 웃으면서 대답했다.

"안내는 모 탈 테지만…… 인사는 할 수 이써요! 조금이라도 빨리 얼굴이랑 이름이랑 외우고 시프니까요. 할 수 있는 건 하고 시퍼요!"

"그래, 알았어! 하지만 점심은 일찍 먹고 낮잠도 꼬박꼬박 자야 한다?"

"네!"

내 대답에 사우라 씨는 만족스러운 듯 활짝 웃었다. 아마 내가 그렇게 대답할 줄 알았던 거겠지.

"그럼 메구의 자리를 보여줘야겠네! 따라와!"

기르 씨의 품에 안겨 사우라 씨의 뒤를 따라가자, 카페가 있는 길드 입구 근처 장소에 뭔가 귀여운 카운터가 설치되어 있었다. 커다란 기둥 뒤쪽에 있어서 전혀 안 보였어! 하지만 길드에 들어온 사람에게는 바로 보이는 위치이자, 사우라 씨가 있는 접수대에서도 잘 보이는 절묘한 장소선정이었다.

그리고 이 아담한 크기며, 잘 보면 살짝 분홍색이 도는 목재에다 군데군데 작은 꽃무늬가 새겨진 귀여운 디자인을 봤을 때 십중팔구……?

"마스코트 이야기를 듣고 바로 만들게 했어. 메구가 일할 장소야! 메구를 닮아서 귀여운 카운터지?"

역시나! 어, 어째 공방 사람들을 너무 부려 먹는 거 아닐까? 괜찮은 거야?! 뭐 지금 걱정해봤자 이미 카운터는 완성되었으니 쓸 수밖에 없지만. 그래도 길드 안에 소꿉장난용 부엌 세트 같은 카운터가 놓여 있으니 눈에 띈다. 아니, 아주 감사하지만. 디자인은 아기자기해도 아마 성능은 대단할 테고. 커터 씨와 마이유 씨가 대충 만들었을 리는 없으니까.

조심조심 다가가서 살피자 나에게 딱 맞는 크기의 의자와 푹신푹신해 보이는 하트모양 쿠션까지 놓여 있었다!

서랍은 마력인증으로 나만 열 수 있고, 디자인이나 조각도 디테일까지 파고들어 정성이 가득 들어간 카운터에 경의를 표합니다. 의자에 앉아 잠시 먼 산을 바라보긴 했지만 양해해주시라.

Welcome
to the
Special
Guild

2 뜻밖의 방문자

아무튼 일 개시했습니다!

기르 씨는 카페 구석에서 나를 호위하고, 사우라 씨는 일하러 돌아갔으므로 지금 이 귀여운 카운터에는 저 혼자 오도카니 앉아있는 상황입니다.

오오, 시선이 따갑다. 하지만 여기서 주눅이 들면 내가 뭘 위해 여기에 있는지 알 수 없게 된다.

따라서 적극적으로 나가고자 합니다!

"안냥하세요! 오르투스에 잘 오셨슴다!"

발음이 꼬이는 건 어쩔 수 없다. 우선 씩씩하게 말하는 걸로 커버. 참고로 사람들의 반응은 호의적이었다. 귀엽구나, 인사도 잘하지 등등. 마치 이웃집 어린아이가 인사했을 때와 같은 느낌이다. 뭐, 괜찮아. 오늘 할 수 있는 건 이게 최선이니까!

그런 반응을 받으면서도 굴하지 않고 인사하는 나. 오전 시간 내내 계속 인사만 했지만, 그것만으로도 이래저래 도움이 되었다!

우선 내 복장에 시선을 주는 사람이 많이 있었다. 그때마다 란의 가게를 홍보하고 매일 다른 옷을 입는다고 설명하자 내일도 보러 오겠다고 하는 사람이나 가게에 가 보겠다고 하는 사람이 있었다. 가게 홍보는 그런대로 괜찮은 수준 아니었을까.

그리고 잘 관찰하면 대체로 그 사람의 목적을 알 수 있게 되었

다. 예를 들어 입구를 지난 순간부터 의뢰판에 시선이 박힌 사람은 거의 길드원이다. 자세부터 평범한 사람은 아니고, 애초에 길드원은 다들 인간형을 유지하는 게 규칙이기 때문에 보기만 해도 안다.

주위를 두리번거리는 사람이 있다면 아마도 의뢰인. 어디에 의뢰하면 되는지 찾는 느낌이다. 그리고 뭔가 서류나 짐을 들고 오는 사람은 거래자일까? 뭐, 척 봐도 할 수 있을 법한 차이들이긴 하지만!

그렇기 때문에 익숙한 듯한 사람은 얼굴과 움직임으로 알 수 있으니 그런 사람들을 중심으로 관찰했다. 길드에 온 목적을 익히는 한 가지 지침이 될 테니까. 단골을 기억해두는 것도 중요하고. 개중엔 나에게 말을 걸어 이름을 밝히는 사람도 있었는데 큰 도움이 되었다. 사축 시절에서부터 이어진 스킬, 자기소개를 주고받으면 대충 외울 수 있다는 내 특기를 활용할 수 있기 때문이다.

좋아, 화이팅이다! 드디어 일할 수 있게 된 나는 불타올랐다. 이글이글!

이리하여 사람들에게 귀여움받으며 일(이라기보다는 인사)하는 나날이 이어졌다. 쇼는 정보를 얻으면 바로 돌아올 테니까 아직 아무것도 알아내지 못한 모양이다. 으음, 네모 사람들이 더 나불나불 떠들어준다면 쇼도 바로 돌아올 텐데! 그야 여기저기서 떠들 내용도 아니겠지만. 그래도 쇼를 기다리는 사이에 마스코트 일에 적응해서 길드에 오는 사람들의 얼굴과 용건을 외울 수 있게 되었다! 지금까지는 큰 실수도 저지르지 않았다. 당연한가. 다들 친절해서 말을 많이 걸어주기 때문에 외우기 쉬워 다행이다. 이것이 어린아이의 힘인가.

그렇게 여느 때처럼 일을 마치고 기르 씨와 함께하는 점심시간. 매일 정해진 스케줄로 고정되어가고 있지만 이게 일상이 된다면 행복이다. 평화롭고 잔잔해서 누가 날 노린다는 걸 깜빡 잊어버릴 것 같다. 정말로 아무 일도 없는 평범한 나날인걸. 평범 만세. 나는 평생 안온하게 살고 있다. 꿈이 없다고? 파란만장한 인생사는 소설 속세계만으로 충분하다. 당사자가 되어보면 알 수 있지. 암!

이렇게 오늘도 여느 때처럼 점심을 먹고 졸음이 쏟아진 나는 내 방에서 낮잠 시간을 만끽했다. 요즘엔 낮에도 밤에도 꿈도 안 꾸고 푹 잔다. 꿈을 꾸는데 기억나지 않는 것뿐일지도 모르지만.

상반신을 일으켜 눈을 비비고 힘차게 기지개를 켠 나는 상쾌한 기분으로 침대에서 폴짝 뛰어내렸다. 빠르게 몸단장을 마친 뒤 큰 거울 앞에서 한 바퀴 빙글. 내 마음에도 들고 주위의 반응도 좋았던 검은 고양이 복장의 내 모습이 보였다. 좋아, 머리도 안 뻗쳤고 침을 흘린 자국도 없고 옷도 구겨지지 않은 모양이다. 하지만 새삼 보니 이 몸의 주인은 진짜 예쁘게 생겼다니까. 거울로 다가가 물끄러미 뜯어보자 문득 거울 속의 내 눈동자에서 빛이 사라진 것처럼 보였다.

"……어?"

그건 아주 찰나의 일이었기 때문에 잘못 본 건지도 모른다. 하지만 나는 어딘가에서 지금의 모습을 본 것 같았다. 거울 앞에서 팔짱을 끼고 생각에 잠겼다. 그리고 퍼뜩 깨달았다.

"아, 꿈……."

그래. 꿈에서 봤다. 꿈속의 나는 눈에 빛이 없고, 무표정했고…… 하지만 아주 조금이나마 분명한 의사가 있었다. 스르륵 기억이 되살아났다. 아, 아, 아……!

"그림!!"

꿈속의 기억이 머릿속으로 세차게 흘러들어왔다. 그래, 왜 이런 중요한 걸 잊어버렸던 거지? 이제야 떠오르다니! 아니, 그게 문제가 아니다. 아무튼 기억났다는 사실에 기뻐하자. 다행히 아직 시간은 있으니까.

나는 급히 방에서 뛰쳐나와 홀로 향했다. 인적이 적은 시간대라고 해도 마구 달렸다가 다른 사람과 충돌하면 안 되기 때문에 빠른 걸음으로. 답답해! 하지만 주변 사람에게 폐를 끼칠 수도 없으니까. 안전하게, 빠르게! 이렇게 홀에 도착한 나는 주위를 두리번거렸다. 찾는 사람, 발견!

"기르 씨!!"

아직 거리가 있었지만, 그 모습을 본 순간 즉시 소리치듯 불렀다. 기르 씨는 물론이고 그 자리에 있던 많은 사람이 이쪽을 주목했다. 앗, 좀 부끄러워!

"왜 그래?!"

바로 반응한 기르 씨는 말 그대로 한걸음에 내 앞으로 와 주었다. 사이에 다른 사람도 있었는데 부딪치지도 않고 순식간에 오다니, 신체 능력이 장난 아닌데? 그런 기르 씨는 조금 걱정하는 얼굴이다. 그대로 나를 안아 든 다음 침착하게 대화할 수 있도록 카페로 데려가 주었다. 과보호라는 생각은 하지만 이번만큼은 급히 알려야 하는 중요한 용건이기 때문에 솔직히 아주 고마웠다. 안아주는 것도 기분 좋고.

"벌써 일어났구나. 괜찮아? 꿈이라도 꿨어?"

내 목소리를 들은 건지 조금 늦게 사우라 씨도 나타났다. 역시 걱정 끼친 걸까. 음, 앞으로는 조심해야지. 면목 없으니까.

"아뇨, 꿈을 꿍 건 아니고…… 아, 꾸긴 햇는데 지금이 아니고, 그러니까……."

나도 급했던 건지 하고 싶은 말이 정리되지 않아 횡설수설했다.

"일단 침착해지자. 차라도 마시면서 말해줄래? 괜찮아, 끝까지 들을 테니까."

허둥거리고 있었더니 사우라 씨가 생긋 웃으며 그렇게 말했다. 후우, 그렇지. 조금 진정해야겠다. 자다가 일어난 직후라서 조금 혼란스러웠던 건지도. 침착하자. 심호흡하고. 스읍, 하아.

고개를 한 번 끄덕이자 사우라 씨는 앉아서 기다려달라는 말을 담긴 뒤 카페의 부엌으로 향했다. 나는 기르 씨의 품에 안긴 채로 천천히 자리로 향했다. 시라 씨의 체온이 내 마음을 차분하게 달래주었다. 괜찮아, 괜찮아. 다 기억나. 하지만 진짜 '메구'에 대해서는 설명하지 않을 생각이었다. 이야기가 복잡해지니까.

우선은 메구가 꿈속에서 그렸던 그 그림의 의미를 설명해야지. 나는 머릿속으로 무슨 말을 할지 내용을 정리했다.

"자, 마셔."

"감사함미다."

사우라 씨가 따뜻한 애프리차를 내밀었다. 숨을 후 분 다음에 한 모금. 그리고 또 한 모금 연속으로 마신 뒤 컵을 내려놓았다.

"실은요……."

어느 정도 침착해졌으니 설명하기 시작하려던 차였다. 어때서 이렇게 된 건지, 또다시 내 마음을 흔들어놓는 사건이 일어났다. 그건 갑자기, 아무런 전조도 없이 나타났다. 뜻밖의 인물이 오르투스에 찾아온 것이다.

갑자기 밀려드는, 공기가 찌릿찌릿 떨리는 듯한 착각. 아니, 진짜로 떨린 건지도 모른다. 반사적으로 길드 안에 있던 모든 사람의 시선이 입구로 향했다. 얼굴이 창백해진 사람도 드문드문 보였다.

"실례하지."

그 목소리는 크게 소리치는 것도 아닌 평범한 크기였는데도 불구하고 떠들썩한 길드 내부의 소리에 묻히는 일 없이 다들 정확하게 알아듣고 두려워하는 듯했다. 한순간의 정적이 흐른 뒤,

이어서 길드 안에 있던 모든 사람이 그 자리에 무릎을 꿇었다. 아, 모든 사람은 아닌가. 하지만 사우라 씨와 기르 씨마저 바로 일어나 그 사람을 향해 머리를 숙였다. 아무것도 안 하고 어리둥절해 하며 앉아있는 사람은 나뿐이다. ……무, 무슨 일이지?! 그리고 저 사람은 누군데?!

당황한 채 아무것도 못 하고 굳어버린 나. 이 자리에서 움직이는 사람은 그 방문자뿐이었다. 사우라 씨와 기르 씨도 머리를 숙인 채로 움직이지 않으니까 불안이 쑥쑥 커져갔다.

방문자는 그런 주위의 반응에는 아랑곳하지 않고 주저 없이 건물 안으로 들어왔다. 검은색의 긴 머리카락이 걸을 때마다 찰랑거렸다. 와, 엄청난 미형이시네요! 슬슬 미남·미녀에게도 내성이 생긴 줄 알았는데, 이쪽은 뭐라고 해야 하나…… 수준이 다르다. 이쯤 되면 예술품이라고 할 수 있을 만큼 빼어난 외모에 더해 왠지 미스테리어스한 분위기도 어우러져 묘하게 시선을 빼앗긴다. 근데 어라? 이쪽으로 오는 것 같은데……? 혹시 내가 머리를 숙이지 않은 게 무례해서?! 이 사람, 엄청 높으신 분인 건지도 모른다. 시중드는 사람 같은 여성도 뒤에서 따라오고 있고. 그렇게 판단한 나는 급히 일어나 사우라 씨와 기르 씨를 흉내 내 머리를 숙였다.

"아, 됐다. 그런 걸 시키기 위해 온 게 아니야. 고개를 들지 않겠나?"

어느새 그 사람이 내 앞에 멈춰 섰다는 걸 기척으로 알아차렸다. 어……, 나한테 하는 말인가……? 자신이 없다. 아니면 실례니까 조금 더 숙인 채로 있기로 했다.

"그대는 아직 어린아이가 아닌가. 그리고 나는 그대에게 볼일이 있다. 얼굴을 보여주지 않겠나?"

여기에 어린아이는 나밖에 없다. 즉 이 사람은 틀림없이 나한테 말을 걸고 있다. 혹시 이 몸의 주인과 아는 사람인 걸까? 그렇게 생각하면서도 시키는 대로 머리를 천천히 들어 올렸다. 그러자.

"자하리아슈 님. 그 위압감을 거두시지 않으면 아무도 얼굴을 들 수 없습…… 어?"

"어?"

얼굴을 들어보자 나에게 말을 건 사람 옆에 아담한 메이드가 단정한 자세로 서 있었다. 그녀는 나와 눈이 마주친 순간 하던 말을 뚝 멈춰버렸다. 앗, 역시 머리를 들면 안 되는 거였나. 내심 성대하게 당황했다.

"흐음, 내 위압감에 영향을 받지 않는 건가."

"그, 그럴 리가……."

묘하게 냉정한 분위기가 감도는 메이드가 척 보기에도 놀라워했다. 위압감? 무슨 소리일까. 나도 모르는 사이에 무례한 행동을 하기라도 한 걸까. 마음이 급해졌다.

"저, 저기……."

잠시 거북한 침묵이 흘렀기에 굳게 마음을 먹고 말을 걸자, 메이드는 더욱 크게 놀란 듯 눈을 부릅떴다. 그리고 이어지는 방문자의 발언에 이번에는 내가 눈을 부릅떴다.

"흠, 역시 나에게 말을 걸 수도 있군. 아, 미안하다. 조금 놀라는 바람에 인사가 늦어졌구나. 내 이름은 자하리아슈. 마왕이다."

"네……?"

지, 지금, 마왕이라고 하셨습니까……?! 흐어어어어억?! 왜! 어째서! 내심 절규를 질렀지만, 인간은 너무 놀라면 비명 하나 나오지 않는 모양이다. 그런데도 이 눈앞의 초절정 미형 마왕님은 느릿하게 웃으면서 잘 부탁한다며 악수를 청했다.

세상에, 어째서지? 드디어 중요한 꿈의 내용이 떠올라서 빨리 알려주고 싶었는데, 그 타이밍에 상상도 못 했던 마왕 강림. 너무한 거 아니야? 또 잊어버리면 어떡하게! 머릿속으로 그런 생각을 하면서도 먼 산을 보며 마왕님과 악수 중이다. 네, 소위 현실도피 중입니다.

근데 왜 나에게 볼일이 있다는 거지. 마왕 문제는 멋 옛날에 두목이 해결한 거 아니었나? 헉! 설마 그때 일로 원한을 품고? 하지만 그런 분위기는 아닌데. 오히려 유달리 친근한 태도다. 굳이 따지라면 옆에 있는 메이드가 더 날카로운 분위기. 이유도 없이 사과해야 할 것 같은 아우라다. 어째 죄송합니다.

"그럼 이야기도 제대로 못 하는 상황이니, 이 성가신 위압감은 거두도록 하마. 시험해보고 싶은 것이 있었기에 한 일이었다. 다들 용서해라."

마왕님이 그렇게 말하자 단숨에 길드 안의 분위기가 풀어졌다. 다들 머리를 들고 자세가 편안해졌다. 아직 조금 긴장감이 감돌긴 하지만. 그래도 조금 전까지는 엄청나게 긴장했으니까.

기르 씨나 사우라 씨가 머리를 숙이는 건 처음 봤다. 그리고 위압감이라니, 뭐지?

"……마왕님. 오신다면 오신다고 미리 알려주지 않으시면 곤란합니다."

사우라 씨가 조금 뾰로통한 얼굴로 마왕님을 쳐다보며 그렇게 말했다. 음, 확실히. 마왕이라고 하니 높으신 분……, 높으신 분? 아무튼 길드 내부가 이런 분위기가 될 만큼 엄청난 사람이니까 사전약속 없이 방문하는 건 좋지 않아! 진짜로 다음부턴 이러지 말아주시길. 불시검문?! 같은 생각에 심장이 벌렁거린다고. 안 좋은 기억을 떠올렸다. 으으.

"미안하구나. 하지만 드디어 정보를 얻었다는 이야기를 들으니 가만히 기다릴 수 없어서 말이다."

"정보 말입니까?"

"그래. 오르투스의 두목에게 의뢰했던 의뢰 말이다."

마왕님이 그렇게 대답하자 사우라 씨와 기르 씨가 숨을 삼켰다. 어? 두목에게 의뢰? 마왕님이 직접?

"……마왕님. 다른 장소에서 이야기를 들어도 괜찮겠습니까?"

바로 중요한 안건이라는 걸 알아차린 건지 사우라 씨가 장소를 바꿔 대화하자고 청했다. 역시 사우라 씨. 눈앞에 마왕님이 있어도 두뇌 회전 속도는 그대로인 모양이다.

"상관없다. 나도 이야기를 듣고 싶으니 말이다. 이 아이에게."

"네?"

마왕님이 그렇게 말하면서 가리킨 사람은 바로 나였다. 진짜 뭐지? 내 머릿속은 물음표로 가득해졌다. 나도 모르게 마왕님과 사우라 씨를 번갈아 쳐다봤다.

"……알겠습니다. 그럼 응접실로 안내하겠습니다. 기르, 메구와 함께 와 줘."

"그래."

그런데도 사우라 씨는 왜 나를 지명한 건지 눈치챈 모양이었다. 나만 모르는 상황인 건가. 조금 불안해졌다. 슬쩍 기르 씨의 얼굴을 보자 시선을 느낀 기르 씨가 눈을 살포시 휘면서 내 머리에 손을 올렸다.

"걱정하지 마. 괜찮아."

"네……."

기르 씨의 그 말을 듣고 조금 안심했지만, 역시 긴장된다. 이번에는 마왕님 쪽을 힐끔 쳐다봤다. 앗, 눈이 마주쳤잖아! 위험한가? 하지만 그런 생각도 바로 날아갔다. 검은색인 줄 알았는데 잘 보니 짙은 감색의 눈동자가 왠지 자애로 가득한 빛을 머금고 있었기 때문이다. 하지만 힘차게 시선을 피해버렸다. 예술적으로 아름다운 얼굴을 계속 직시할 수 없었다고! 실례였다면 죄송합니다. 용서해줘!

그렇게 익숙한 응접실에 도착했다. 방 안에는 사우라 씨, 기르 씨, 나. 그리고 손님인 마왕님과 차가운 분위기가 감도는 여성. 머리카락도 눈동자도 하늘색인데, 머리카락을 아래쪽에서 단단하게 로우 번으로 묶었기 때문에 날카로운 인상을 줘서 괜히 그렇게 느끼는 건지도 모른다.

무심코 물끄러미 쳐다봤기 때문인지 그 여성과 눈이 마주치고 말았다. 앗, 아앗, 어떡하지! 불쾌했을까?

"아, 안녕하, 세요……."

다행히 여성이 나를 향해 그렇게 말을 걸어주었다. 인사만 한 건데도 영 뻣뻣하다. 그리고 미소도 무지막지 뻣뻣했다. 억지로 입꼬리를 끌어올렸고 눈썹도 꿈틀거리고…… 오히려 무서워! 하, 하지만 이건 웃는 거지? 그렇지? 조심조심 '안녕하세요' 하고 인사를 돌려줬는데 괜찮았던 거지?

"큭큭. 크론, 여전히 미소가 어색하구나."

"윽……! 무슨 말씀입니까! 이렇게 우호적으로 인사했는데요!"

우호적? 이 자리에 있던 모든 사람이 그 단어에 의구심을 느끼고, 동시에 그녀의 성격을 이해했다. 아하……, 너무 성실해서 요령이 없는 사람인 거구나.

"크흠. 인사가 늦어져서 죄송합니다. 저는 크론크비스트. 간단히 크론이라 불러주시길. 마왕이신 자하리아슈 님의 오른팔입니다!"

전원이 자리에 앉아 여성이 한 걸음 앞으로 나와 대단히 깔끔한 동작으로 인사한 다음 그렇게 밝혔다. 크론크비스트 씨라니 이 사람도 이름이 길구나. ……그래, 크론 씨! 외웠어!

"언제부터 내 오른팔이 되었지? 크론."

"처음부터 그랬습니다. 뭔가 문제라도?"

"아니, 오른팔이 왜 메이드복을⋯⋯."

"정장이니까요."

"⋯⋯그러냐."

정신적인 상하관계가 보인 순간이었다. 크론 씨는 전투 메이드인 거야. 틀림없어. 아니, 제발 그게 맞았으면! 전투 메이드라는 단어에 가슴이 설레는 건 자연스러운 반응이다. 로망이잖아.

"마왕님. 먼저 왜 당신이 메구에게 볼일이 있는지, 그리고 우리 두목에게 어떤 의뢰를 하신 건지 들려주실 수 있겠습니까?"

인사도 하는 둥 마는 둥 사우라 씨가 바로 화제를 꺼냈다. 그래, 지금 제일 궁금한 건 그거다. 내 로망은 일단 제쳐놔야지! 자세를 바로잡고 입에 지퍼를 채웠다.

"그래. 그 질문에 대답하기 위해서는 먼저 의뢰에 대해 설명해야겠구나. 조금 길어질 텐데 괜찮은가?"

그 자리에 있는 모든 사람이 고개를 끄덕이고 마왕님의 말을 기다렸다. 이리하여 이 사람의 입에서 나에게도 중요한 사실이 밝혀지게 되었다.

"내가 그 녀석에게 의뢰한 것은 약 20년 전이었다. 그 전부터 독자적으로 조사했었으나 마왕이라는 신분상 자유로이 움직일 수 없었으니 말이다. 내가 저지른 행위의 속죄를 해야 하니 마음대로 행동할 수 없었지."

그런 이유로 조사가 어렵다 보니 마왕님이 알고 싶어 하는 일의 단서를 하나도 잡지 못했다고 한다. 그래서 극비리에 두목에게 의뢰를 냈다고. 극비라는 점에서 의뢰내용이 얼마나 중요한지 전해졌다.

하지만 그 전에. 속죄라니, 무슨 소리지? 옆에 있는 기르 씨에게 슬그머니 물어보았다.

"……200년쯤 전에 수습되었지만, 그때까지 세상은 마왕 때문에 혼란스러웠어. 그 이야기는 했지? 마왕은 그때 만들어낸 막대한 피해에 죄책감을 느낀다고 들었다."

아, 그렇구나. 그러고 보면 들었던 것 같다. 그리고 그걸 끝낸 게 두목이라고 했지. 하지만 그런 식으로 생각한다면 200년 전에는 왜 날뛰었던 걸까? 그런 의문을 느끼고 있었더니, 우리 이야기를 들은 건지 크론 씨가 급히 끼어들었다.

"자하리아슈 님께서도 원해서 그러셨던 게 아닙니다! 어쩔 수 없는 사정이 있었습니다! 게다가 지금은……!"

어째 필사적으로 변호하는 듯했다. 마왕님을 지키려 하는 거겠지. 하지만 그런 크론 씨를 막은 사람은 다름 아닌 마왕님 본인이었다. 그는 한 손을 살짝 들어 올려 크론 씨의 말을 가로막았다.

"크론, 됐다. 어떠한 이유가 있었다 한들 내 힘이 부족했기에 일어난 역사라는 건 변함없지. 과거는 바꿀 수 없다. 그렇기에 나는 미래만을 생각하며 살고 있다."

"자하리아슈 님……."

어쩔 수 없는 일이라. 확실히 아무리 이유가 있다고 해도, 전쟁이라고 했으니 많은 사람이 죽었을 것이다. 그건 바꿀 수 없고, 죽은 사람도…… 돌아오지 않는다. 크론 씨가 마왕님을 염려해서 비호하는 마음도 이해한다. 하지만 분명 그걸 받아들일 수 없는 사람 역시 많이 있을 터이다.

그리고 마왕님은 그런 걸 전부 본인의 죄로 받아들이고 있는 것처럼 보였다. 그렇기 때문에 지금도 속죄라고 말하는 거겠지. 후회를 후회로 끝내지 않고 미래를 바라보며 행동한다. 그럴 수 있는 사람은 잘 없단 말이지.

"……내가 죽여달라 청했을 때 그 녀석에게 들었던 말이다. 참으로 큰 빚을 졌지."

그렇게 말한 마왕님은 그리운 듯 눈을 가늘게 휘었다. ……그렇구나. 마왕님도 아주, 정말 아주 많이 후회하는 사건이었다는 게 전해졌다. 가슴이 아파서 그런 짓을 저지른 자신을 죽여달라고 부탁할 만큼 궁지에 몰렸던 거겠지. 그걸 두목이 말렸다. 구원했다고 봐도 과언이 아닐지도 모른다.

마왕님의 말과 그 경위를 듣기만 해도, 두 사람은 과거에 싸웠던 상대인데도 불구하고 현재는 양호한 사이라는 걸 알 수 있었다. 어쩌면 둘도 없는 친구라거나? 그 생각이 들자 어째서인지 안도했다. 그건 아마 마왕님이 혼자가 아니라는 걸 알았기 때문인지도 모른다. 내가 안도하는 것도 웃기지만.

"이야기를 되돌리지. 그래, 먼저 내가 어떤 의뢰를 했는지 먼저 설명하마."

마왕님이 다시금 그렇게 말하며 설명을 재개했다. 가볍게 숨을 내쉬는 그 모습은 우수에 찬 분위기도 어우러져서 색기가 장난 아니었다. 정말로 무시무시한 미남이다. 나는 크론 씨가 옆에서 조금 넋을 놓아버린 걸 놓치지 않았다. 마왕님 지상주의겠구나. 그런 쓸데없는 생각도 들었다. 아니, 그런 게 아니어도 이 모습을 보면 다들 황홀해질 것 같은 느낌이 들긴 하는데.

"나는 오랫동안 어떤 사람을 찾고 있다. 계속……. 그 녀석에게도 그 사람을 찾아달라 의뢰했지."

"사람을 찾는다고? 그것도 이렇게 오랫동안……. 그 두목이? 이렇게 시간과 공을 들여서 찾았는데 단서도 발견하지 못했다니, 그건."

놀랍게도 마왕님의 의뢰는 사람 찾기였다. 좀 더 난해한 사건 해결 같은 건 줄 알았기 때문에 김이 샜다. 그리고 사우라 씨의 말에는 다들 떨떠름한 듯 눈썹을 찡그렸다. 두목 정도 되는 실력자가 오랫동안 찾지 못했다? 단서도? 그 사실에 크게 놀랐지만, 그건 즉, 그런 거…… 지? 그 사람은 이미 이 세상에 없는 게 아닐까.

"……나는 포기할 수 없었다. 그건 그 녀석도 마찬가지였지. 만약 죽었다면, 하다못해 어디서 어떤 식으로 죽었는지. 그걸 알고 싶었다."

마왕님은 무척 슬퍼하며 시선을 떨궜다. 분명 무척 소중한 사람이었던 거다. 이제 이 세상에 없을지도 모른다고 생각하면서도 포기할 수 없다. 그 마음은 나도 절절히 이해한다. 나 역시 같은 심정으로 살아왔으니까. 적어도 어떤 최후를 맞이했는지, 정말로 이젠 없는 사람인 건지…… 확실하게 알고 싶었다. 모른다는 건 정말로 괴로우니까.

"그리고 나는 아직 포기할 수는 없다. 무사히 살아있을 가능성도 몹시 크니까 말이다."

어? 그래? 하지만 이렇게 찾아도 못 찾았는데 너무 긍정적인 거 아닐까? 하지만 마왕님은 왠지 확신이 있어 보였다. 찾는 사람이 무사하다고 믿어 의심치 않는 듯한 느낌. 분명 근거가 있는 거겠지.

"그리고 최근 그 녀석에게 연락이 연락을 받았다. 드디어 단서를 찾았다고."

"어?"

마왕님은 조금 밝아진 표정으로 말하면서 나를 쳐다봤다. 뭐지? 난 아무것도 모르는데? 의견을 묻는 건 아닐 테지만, 어쩐지 민망해져서 가시방석이 되었다. 그런 나를 보고 마왕님의 얼굴이 부드러워졌다. 그 미소는 다들 포로가 되어버릴 만큼 무시무시한 파괴력을 지니고 있었으나, 지금 내 눈에는 그렇게 보이지 않았다. 자애로 가득한…… 왠지 안심하게 되는, 그런 인상을 받았기 때문이다.

"이렇게 되었으니 먼저 확실하게 말해두자꾸나. 아이야, 그대는……."

그렇게 멍하니 있는 사이에 마왕님에게서 충격적인 사실을 듣게 되었다. 어……, 어어어어어?!

3 메구의 정체

【슈리엘레치노】

메구가 바람의 정령과 계약하는 걸 지켜본 뒤 길드에서 나온 저는 바로 두목과 약속한 장소로 향했습니다. 어쩌면 두목이 먼저 기다리고 있을지도 모른다고 생각하니 발걸음도 빨라질 수밖에요. 계약 정령인 네프리에게 마력을 넉넉히 넘겨서 하늘을 날아갔습니다. '날아간다'고 하는 건 조금 모호하군요. 바람을 탄다는 게 가장 정확한 표현일지도 모릅니다.

여느 때라면 다른 이동 수단을 선택할 테지만, 이번에는 빨리 조사하고 싶었기 때문에 두목만이 쓸 수 있는 이공간을 지나가는 경로로 정해졌습니다. 두목의 허락을 받으면 이용할 수 있는, 물리적인 거리를 무시하는 통로입니다. 이건 오르투스 안에서도 아는 사람이 몇 명 없을 만큼 비장의 패라 할 수 있는 극비정보입니다. 그렇다 보니 사용할 때는 몇 가지 제약도 있습니다. 당연히 일반적인 탈것을 쓸 수 없기 때문에 몸 하나로 지나갈 필요가 있습니다. 그나저나 두목은 정말 말도 안 되는 존재네요.

약속 장소인 항구에 도착한 저는 보는 눈이 없는 곳에서 땅으로 내려간 다음 바로 네프리에게 두목을 찾아달라 부탁했습니다. 그는 벌써 도착한 모양이에요. 서둘러 두목에게 찾아갔습니다.

"두목. 기다리셨습니다. 늦어져서 죄송합니다."

"오, 슈리에. 벌써 와도 괜찮아?"

"네. 생각했던 것보다 늦게 눈을 떴지만, 문제없습니다. 이야기도 하고 왔으니까요."

"그래. 그럼 바로 출발하자."

두목은 조금 성급한 면이 있습니다. 재회 인사는 순식간에 끝나고, 바로 본론으로 돌입하죠. 뭐, 오랫동안 알고 지냈으니 익숙한 저에게는 문제없지만요. 이렇게 우리는 바로 난레이 국으로 향하는 정기선에 탔습니다.

난레이까지는 이 고속선을 타고도 꼬박 이틀이 걸립니다. 거기서 배를 갈아탄 뒤 제 고향인 엘프 마을까지 사흘 정도. 조사에 그리 오랜 시간이 걸리지 않는다면 예정대로 길드에 돌아올 수 있겠죠.

그럼 난레이에 도착할 때까지는 한가해집니다. 당분간 다른 생각을 할까 고민하던 차에 두목이 저를 불렀습니다. 혼자 시간을 보내는 일이 많은 두목치고는 드물게도 대화하고 싶다네요. 분명 어지간히 중요한 이야기겠죠. 저는 즉시 대답한 뒤 두목의 방에 들어갔습니다.

"……내 의뢰에 대해서 조금 이야기해두려고."

"! 그래도…… 괜찮은 건가요?"

의자에 앉자마자 입을 연 두목에게서 생각지도 못한 말이 튀어나왔습니다. 지금까지 완고하게 털어놓으려 하지 않았던, 약

20년에 걸친 의뢰내용. 그걸 지금 밝힌다고 했으니까요.

"그래. 네가 오기 전에 의뢰인에게도 허락을 받았어. 동시에 의뢰인도 길드원들에게 같은 이야기를 하러 갈 거야."

"의뢰인이……? 두목, 그 의뢰인이 대체 누구죠?"

계속 궁금했던 의뢰인과 의뢰내용. 그에게 직접 의뢰할 수 있다는 건 어느 나라이거나, 혹은.

"아슈야. 뭐, 너희들도 대충 예상은 했었지?"

"……역시 마왕이었군요."

그렇다. 어느 나라의 국왕이거나, 마왕인 자하리아슈밖에 없습니다. 하지만 증거는 없었으니 이제야 드디어 안개가 걷힌 기분이 드네요. ……음? 조금 전에 의뢰인이 길드에 간다고 했었죠?

"……길드에선 큰 소란이 일어날지도 모르겠군요."

"그렇겠지. 그 녀석, 보고했더니 당장에라도 가려는 기세였거든. 머리에서 나사가 몇 개는 빠져버린 듯했어. 크론이 급히 준비했지만……, 연락도 없이 갔을 가능성이 커."

그때의 모습을 상상하고 그만 쓴웃음이 번졌습니다. 마왕은 마왕을 지지하는 마족만이 아니라 아인들도 무의식중에 복종하게 되는 아우라를 흩뿌립니다. 모든 마물은 마왕에게 거역하지 못하고, 지성이 있는 마물, 즉 마족이나 아인은 마왕의 힘에 이끌립니다. 의식적으로 억제하지 않으면 그 위압감을 방출하게 되죠. 황급히 떠났다면 억제하는 걸 잊었을 가능성도 없지는 않습니다.

그렇게 되면 거의 아인으로 구성된 우리 길드원은 마왕의 모습을 보고 의도치 않아도 머리를 숙이게 되겠죠. 마왕에게 대적할 힘이 없는 자는 부복까지 하니 대다수가 엎드려 절할지도 모릅니다. 그 광경을 상상하니 형언할 수 없는 기분이 드네요.

참고로 저는 아인이 아니고, 그럭저럭 힘도 지니고 있으니 머리를 좀 숙이는 정도일 겁니다. 커터도 마찬가지겠죠. 그리고 초기 길드원은 전부 그 정도일 겁니다. 마찬가지로 메구는 아인이 아니지만, 그 아이는 아직 어리니까요. 위압감에 노출되면 무서워서 엎드려버릴지도 모른다고 생각하자 가벼운 살기가 치솟았습니다.

"슈리에, 얼굴이 흉흉해졌어. 아마 메구가 걱정되어서 아슈에게 화가 난 거지?"

"두목에게는 못 당하겠군요. 네, 맞습니다."

"너는 특히 아슈를 싫어하니까."

"이젠 악감정은 없습니다. 호의적이지도 않지만요. 게다가 새삼 어떻게 할 생각도 없고, 사죄도 받아들였는걸요."

"앙심은 품었잖아?"

그건 부정할 수 없겠네요. 저는 그 전쟁으로 유일한 육친과 함께 많은 동료를 잃고, 유달리 외모가 아름답다는 이유로 팔려버렸으니까요. 아마 죽을 때까지 마음에 담아둘 겁니다. 억지로 마왕에게 다가가려 해도 정신적으로 지쳐버릴 뿐이고요. 하지만 그를 원망할 마음도 들지 않습니다. 어쩔 수 없다는 말 하나로 정리하기에는 피해가 너무 컸지만, 그래도 마왕 본인의 잘못은 별로 없으니까요.

마왕은 반드시 세습제인 게 아니라 강한 자가 선택받는 구조입니다. 마왕은 아이를 만들 수 없는 생물이기 때문입니다. 정확하게는 아이를 만들 수 없는 게 아니라, 모든 생명체 중에서도 가장 아이가 생기기 어려운 데다 마왕 본인이 모체가 아닌 한 모체가 버티지 못하기 때문이지만요.

현 마왕은 어린 나이에 마왕으로 선정되었습니다. 최강이라 불리는 종족인 용 아인이기 때문입니다. 아이의 부모는 자식이 마왕이 되리라는 걸 일찍부터 이해한 뒤, 좋은 통치자가 될 수 있도록 아이를 소중히 길렀습니다. 마음 착한 아이가 되도록. 그 노력 덕분에 마왕은 다정한 성격으로 자랐습니다. 하지만 선대 마왕이 뜻밖에 일찍 병사하는 바람에 그 아이는 아직 성인이 되기도 전에 마왕이 되고 말았습니다.

마왕으로 선정된 자는 나이를 먹을수록 강해지는 특성을 지닙니다. 성인이 되기 전에 선택받은 마왕이라는 건 사상 처음이었으며, 그만큼 그는 역대 최강의 힘을 얻었습니다. 하지만 본래 평화주의인 성격이 재앙이 되었죠. 정신이 힘에 먹혀버린다는, 전례 없는 사태가 일어난 겁니다.

덕분에 제한 없이 해방된 그 농후한 마력으로 인해 마물이 날뛰고, 특히 영향을 받은 마족은 호전적인 면이 강해져서 전쟁이 시작된 셈입니다. 그를 추종하는 자들이 그는 나쁘지 않다고 생각하는 것도 당연하다 할 수 있겠지만, 직접적인 피해를 받은 쪽에선 그렇게 쉽게 선을 긋지 못하는 거죠.

"그렇기 때문에 너만 데려가려고 한 거야. 물론 목적지가 엘프 마을이라는 이유도 있지만."

"배려해주셔서 감사합니다."

저는 그 끔찍한 전쟁을 종식으로 이끈 두목에게 충성을 맹세했습니다. 그런 그의 친우라는 마왕입니다. 응어리는 있어도 진심으로 마왕을 적대하지는 않습니다. 그걸 전부 이해하고서 저를 배려해주신 거겠죠. 정말로 감사합니다.

"그리고 네가 걱정할 법한 일은 아마 일어나지 않을 거야."

"네?"

"메구 말이야. 그 애는 마왕의 위압감에 영향을 받지 않을걸."

"그건 무슨……."

영향을 안 받는다? 말이 끝나기 전에 저는 스스로 대답을 찾고 말았습니다.

"서, 설마, 그런……."

"영향을 받지 않는다면 그게 확고한 증거가 되겠지. 그걸 확인하기 위해서도 아슈는 위압감을 뿌리며 길드에 방문할 거야. 하지만 나는 틀림없이 맞을 거라고 봐."

말도 안 됩니다. 대체 얼마나 많은 기적이 겹쳐져야 그런 일이 일어날 수 있는 거죠?! 하지만 두목은 확신을 갖고 단언했습니다.

"그 아이는, 메구는…… 마왕의 피를 이은 아이야."

충격적인 진실을 들은 저는 잠시 어안이 벙벙해졌지만, 두목의 이야기는 계속 이어졌기 때문에 가까스로 머리에 채찍질했습니다.

"네게 조사를 부탁하고 싶은 건 어떤 하이 엘프에 대해서야."

"네……?"

"메구는 아마도 하이 엘프야. 그건 알지? 어머니가 하이 엘프니까 확실해."

"네, 가능성은 크다고 생각했지만…… 그렇군요. 하지만 그렇기 때문에 더욱 마왕의 아이라니……. 믿어지지 않아요."

아무리 그래도 너무 꿈같은 이야기입니다. 그런 가능성이 두드러졌다고 해도 바로 아니라고 의심했겠죠. 하지만 실제로 메구는 하이 엘프일 가능성이 큽니다. 게다가 두목이 단언했다는 건 마왕에게서 그렇게 들었다는 거죠. 틀림없을 겁니다.

"메구의 어머니에 대해서, 메구에 대해서. 우선은 네 나름대로 조사해서 대답을 내려봐. 그 후 의뢰내용에 대해 말해줄게."

"아, 알겠습니다."

"아무리 나라고 해도 엘프의 비장 서고까지는 조사할 수 없으니까. 내가 모르는 무언가 새로운 정보가 나오길 기대할게."

시험받는 걸까요? 기합을 단단히 넣고 임해야겠습니다. 반드시 두목조차 입수하지 못했던 정보를 끌어내겠어요. 그리고 설령 어떤 결론이 나온다고 한들 혼란에 빠지지 않도록 마음을 굳게 먹어야겠네요.

남은 여행은 여느 때처럼 평온했습니다. 두목은 제가 생각을 정리하기 쉽도록 그 이상 자세한 이야기를 피했던 것 같습니다. 때때로 요즘 길드 상황이 어떤지 대화한 게 전부네요. 이렇게 순

조롭게 여행을 계속한 우리는 마침내 엘프 마을에 도착했습니다.

동료들에게 가볍게 인사를 마친 뒤 바로 족장에게 오래된 문헌을 열람할 수 있는 허가를 받으러 갔습니다. 오르투스의 일원인 덕분에 허가는 즉시 떨어졌습니다. 저는 아직 인사 중인 두목과 그곳에서 헤어진 뒤 빠르게 문헌을 조사하러 갔습니다.

"이것이군요……."

원하던 책을 발견한 저는 페이지를 넘겼습니다. 심장 소리가 시끄럽군요…….

『하이 엘프는 신이었다가 격하된 존재. 지상에 사는 자 중에서 가장 신에 가깝다고 여겨진다.』

이건 세간에서도 유명한 이야기입니다. 어린 시절에 옛날이야기를 듣다가 알게 되는 경우가 많죠. 따라서 진위는 불투명하다는 인식이 퍼져 있지만, 대체로 사실입니다. 그건 아마 다른 책에…… 아, 이 그림책이군요.

『먼 옛날, 신이었던 하이 엘프는 배신자 한 명 때문에 신 자리에서 내려오게 되었습니다.

사람을 사랑해버렸기 때문입니다. 그걸 안 신들은 불같이 화를 냈습니다.

이렇게 땅으로 추락한 신은 하이 엘프라는 이름을 갖게 되었습니다.

하이 엘프는 언젠가 신으로 돌아가고자 노력했습니다. 하지만 그 중엔 이대로 사람으로 살고 싶어 하는 자도 나타났습니다. 사람으로 살아가는 길을 선택해버린 하이 엘프는 죄인이 되어

고향에서 쫓겨났습니다. 그 죄인이 엘프가 되었습니다.

신처럼 긴 시간을 살며 세상을 지켜보고, 언젠가 신의 세계로 돌아가길 바랄 것인가. 힘이 사라지고 다른 종족과 같은 시간을 살아갈 것인가. 그들은 선택해야만 했습니다.

하이 엘프는 왜 다른 자들과 같은 시간을 살고 싶어 하는지 이해할 수 없었습니다. 이렇게나 막대한 힘을 잃게 되는데도. 그리고 죽음과 가까워지는데도.

두 개 있던 선택지는 어느새 전자만이 용납되었고, 하이 엘프는 독자적인 규칙을 만들어냈습니다.』

이런 이야기였군요. 저도 어릴 때 들은 게 전부이기 때문에 내용을 거의 잊고 있었습니다.

그림책이라고 해도 이 내용은 전부 사실입니다. 오히려 그림책으로 만들어서 후손에게 전해지기 쉽도록 했다고 할 수 있죠. 저는 계속해서 완전히 잊어버렸던 그림책의 뒷이야기를 읽었습니다. 독자적인 규칙이라는 게 몇 가지 실려있는데, 그중 하나에 시선을 빼앗겼습니다.

『하이 엘프는 하이 엘프의 아이만을 낳아야 합니다. 만약 다른 종족의 아이를 낳았을 경우 그 아이에겐 영혼이 없습니다.』

영혼이 없다? 그건 대체 무슨 소리일까요. 저는 다른 문헌을 찾아 페이지를 넘겼습니다.

『다른 종족과의 사이에서 태어난 하이 엘프 아동은 저주로 인해 영혼 없이 태어난다. 의사가 없고, 아무것도 이해하지 못하고, 오직 지시된 것만 따르며 그저 살아만 있다. 그런 상태는 마치 움직이는 인형 같다고 한다.』

이, 이건 대체……! 메구가 마왕과 하이 엘프 사이에서 태어난 아이라면 메구는 영혼이 없는 인형 같은 상태로 살면서 자신의 이름조차 자각하지 못했던 셈입니다. 즉 기억상실이 아니라 그때까지 있었던 일을 이해하지 못했던 것뿐이죠.

하지만 제가 아는 그 아이에게는 분명히 영혼이 있었습니다. 그렇게 다양한 표정을 보여주며 다양한 반응을 보이는 그 아이가 영혼이 없는 상태로 보이진 않습니다. 확실히 본인의 뜻으로 생각하고 행동했습니다.

"최근에 영혼이 깃든 건가요……?"

황당무계하지만, 그렇게 생각하면 각종 의문의 앞뒤가 들어맞습니다. 어느 날, 어떠한 계기로 그 아이에게 영혼이 깃들었다고 가정하면. 여태까지 살아온 인생에서 몸에 익힌 기억은 분명 그대로 이어받았겠지만, 애초에 아무것도 이해하지 못했을 겁니다. 그렇기에 기억상실처럼 보였던 건지도 모릅니다.

그리고 연령상 그렇게까지 부자연스러운 건 아니지만, 유독 발음이 어설펐던 이유는 아마도.

"말할 기회가 전혀 없었기 때문, 인 거군요……."

하지만 그렇게 생각하면 왜 갑자기 영혼이 깃들게 되었는지 의문입니다. 하이 엘프의 규칙이라는 이름의 저주가 그리 쉽게 풀릴 것 같진 않은데요.

"! 그리고 보면……."

불현듯 그 아이의 몽유병이 머리를 스쳤습니다. 눈동자에 빛이 없고, 무표정하고, 그저 묵묵하게 그림을 그리던 그 모습. 그 모습이야말로 메구의 본래 모습이었던 것 아닐까요?

각종 가능성이 머릿속을 떠다니다가 사라지고, 가장 확률이 커 보이는 대답을 끌어냅니다. 다른 문헌을 고속으로 파라락 넘겨 정보를 찾았습니다.

『하이 엘프는 드물게 나타나는 엘프와는 달리 전원 특수체질을 지니고 태어난다.』

즉 하이 엘프인 메구 또한 특수체질을 갖고 있다는 뜻입니다. 본인에게 물어보지 않았으니 확실하진 않지만, 제가 봤을 때 메구는 그런 능력은 없어 보였습니다. 혹은 제가 그랬던 것처럼 알아차리지 못했거나요.

하지만 몽유병 상태일 때. 본래의 메구가 그 능력을 사용했다면요? 우리에게 무언가를 전하려고 한 거였다면요?

『능력은 유전되는 사례가 많다.』

먼 옛날, 다른 문헌에서 본 적이 있습니다. 분홍색으로 빛나는 머리카락을 지니고 태어난 하이 엘프의 이야기를.

『다른 종족에게 흥미를 느끼고 고향을 떠난 중죄인.』

그녀의 특수체질은, 분명——.

『미래 예지 능력을 지닌 하이 엘프. 옌나리에아르.』

그녀라면 타종족과 아이를 가졌어도 이상하지 않습니다. 그리고 실제로, 심지어 마왕과 아이를 만든 거죠. 그 아이가 아마도…….

"메구…….."

그렇게 메구도 미래 예지나 유사한 능력을 지니고 태어난 겁니다. 그리고 영혼이 없을 때의 메구는 그 능력을 발휘했던 거겠죠. 말을 하지 못했던 그 아이가 유일하게 할 수 있었던 게, 머릿속에 떠오른 이미지를 그림으로 그리는 거였다면. 본래의 메구가 미래를 예지하고 그걸 그림으로 그린 거라면.

　그 아이는 우리에게 무언가를 전하고 싶었던 건지도 모릅니다.

　"그림을……, 그림을 확인해야만 해요……!"

　저는 펼쳐놓은 수많은 문헌을 빠르게 정리한 다음, 서둘러 두목에게 향했습니다. 하지만 몇 가지 의문은 남았습니다. 두목에게 가기 전에 병렬사고를 일단 멈추고, 두뇌 전체를 가동해 고찰했습니다.

　여태까지 텅 비어있던 메구에게 영혼이 깃들었다는 것까지는 알았지만…… 아마도 그건 새로운 영혼은 아닐 겁니다. 그 아이가 지나치게 총명하기 때문입니다. 지금까지 살면서 축적해온 몸의 기억이라고 할 수 없는 건 아니지만, 아무리 그래도 타인과의 커뮤니케이션 능력이 너무 뛰어납니다. 폐쇄된 장소에서 자란 메구. 그 아이에게 관여했던 사람도 한정된 몇 명 정도였겠죠. 그런데도 조직의 규칙에 적응하고 처음 만나는 사람과도 자연스럽게 대응합니다.

　따라서 저는 이렇게 결론을 내렸습니다. 분명 몸에 깃든 영혼은 본래 '누군가'의 영혼이었던 겁니다. 그리고 그 '누군가'의 기억이 그대로 남은 거죠. 그렇기 때문에 무지한 몸에 깃들었는데도 평범하게 생활할 수 있는 겁니다.

그렇게 생각했을 때 가장 처음 떠오른 건 그 아이의 심정이었습니다. 새로운 몸에 깃든다는 걸 알고 있었던 걸까요? 동의한 후에 옮겨온 거라면 괜찮습니다. 하지만 그렇지 않았다면? 그 아이의 혼란은 가늠할 수 없습니다. 그리고 분명 그걸 누구에게도 말하지 못하겠죠. 너무도 비현실적이라 말해도 믿어주지 않으리라 생각하는 모습이 쉽게 상상할 수 있었습니다.

본래의 메구의 몸과 새로 깃든 영혼의 정신이 적절히 뒤섞여 지금의 메구가 만들어진 건지도 모릅니다. 어른스러운 사고방식을 보이는가 하면 천진난만하게 웃기도 하는 언밸런스한 면모도 수긍이 갑니다. 어쩌면 영혼은 몸보다 나이가 더 많을 수도 있겠네요.

잠시 멈춰 서서 멍하니 있었던 모양입니다. 정말이지, 이런 일은 처음이라고요. 하지만 그래도 어쩔 수 없죠.

모든 생명체 중에서도 가장 아이를 낳을 가능성이 희박한 마왕과 마찬가지로 가능성이 적은 하이 엘프 사이에서 아이가 생겼다는 사실. 그리고 상대가 마왕인데도 모친이 무사히 출산했다는 점. 아니, 이쪽은 오히려 하이 엘프인 옌나리에아르이기 때문에 버틸 수 있었던 거겠지만요.

자, 두목과 답을 맞히러 가볼까요.

"역시 슈리에야. 내가 원했던 정보도 함께 조사해주다니 대단한데."

두목을 찾아가자 그는 '일찍 왔네?' 하고 씩 웃었습니다. 그 후 제가 여태까지 다듬은 고찰을 설명했더니 바로 이런 대답이 돌아왔습니다. 아무래도 합격한 모양이네요. 오랜만에 긴장했습니다.

"내가 아슈에게 받은 의뢰는 옌나리에아르를 찾는 것. 그리고 그 능력을 조사하는 거야. 설마 아이가 태어났을 줄은 몰랐지만."

마왕도 자신에게 아이가 생겼을 줄은 상상하지 못했다고 합니다. 예전에 두목이 길드에 돌아왔던 건 길드에서 보호 중인 아이가 하이 엘프였다는 보고를 들었기 때문이라고 했습니다.

"그때는 황당한 가능성이라고 생각했지만…… 한눈에 보고 알았어. 그 아이는 어머니를 쏙 빼닮았거든. 눈동자는 감색이랬지? 그건 아슈를 닮은 건지도."

가까스로 찾아낸 단서. 바로 의뢰인인 마왕에게 알렸으나, 마왕 본인조차 쉽게 믿지 못했다고 합니다. 그 마음은 이해합니다. 저도 이렇게까지 정황증거가 모이지 않았다면 말도 안 된다고 생각했을 테니까요.

"그리고 이름도."

"이름? 메구의 이름 말인가요?"

"그래. 예전에 상상을 늘어놓으며 떠든 적이 있거든. 마왕도 옌나도, 만약 여자아이가 태어난다면 '메구'라는 이름을 붙이고 싶다고 했었지. 그걸 기억하고 있던 옌나가 그런 이름을 붙였어도 이상하지 않아."

그런 경위가 있었군요. 그러고 보면 두목은 '메구'라는 이름을 지닌 꽃의 꽃말도 알고 있었죠. 마왕과 그런 이야기를 나눴던 모양입니다.

"그럼 문제는 마왕에게 아이가 있었다는 것과 그 아이가 하이 엘프라는 점이겠군. 그리고 메구의 능력도."

"말 그대로 문제가 산더미 같네요."

"그래. 메구는 핏줄을 따져 봐도 숨겨진 능력을 생각해도 차기 마왕감이야. 이건 틀림없어. 하지만 미래 예지라는 능력에 더해 장차 마물을 통솔하는 힘을 지니게 될 메구를 하이 엘프가 내버려 둘 리 없지. 마물과 마족을 거느릴 그릇을 지닌 하이 엘프라고. ……가장 신에 가까운 존재란 생각 안 들어?"

두목의 말에 숨을 삼켰습니다. 확실히 그렇군요. 하이 엘프가 지금도 언젠가 신으로 돌아가겠다는 목표를 내세우고 있다면. 가장 신에 가까운 능력을 지닌 메구를 놓고 싶지 않을 겁니다. 메구를 이용하려 하겠죠.

미래 예지 능력은 보유하고 있는지 불확실하지만, 마물과 마족을 거느리는 그릇은 마왕의 피를 이어받은 아이라면 반드시 물려받게 되니까요. 현 마왕의 위압감이 통하지 않는다는 게 그 증거가 됩니다. 그 마왕의 그릇만으로도 하이 엘프가 노리기에는 충분합니다.

"하이 엘프가 메구에 대해 어디까지 알고 있는지가 중요해지겠군요……."

"그래. 하하, 슈리에는 척하면 척이라서 좋다니까. 일일이 설명하지 않아도 되잖아."

저는 종족적 특징 때문에 깊이 고찰하는 게 특기일 뿐이지만, 그런 말을 들으면 기분이 나쁘지 않습니다. 아주 조금 어깨를 들썩이며 웃었습니다. 그 후 그대로 서로 추측한 상황을 꼽아갔습니다.

"왜 옌나가 옆에 없는가. 왜 메구만 던전에서 발견되었는가. 옌나는 십중팔구 하이 엘프의 마을에 있겠지. 그리고 자유를 빼앗긴 상태일 거야."

"메구의 미래를 본 건지도 모르겠네요. 그래서 어떻게든 메구만이라도 빼돌렸을 가능성이 있습니다."

그렇게 생각하면 역시 메구의 신변이 위험에 노출되어있다는 결론이 나오므로 불안이 커졌습니다. 지금은 기르가 늘 곁에 있으니 괜찮아도 상대가 하이 엘프라면 사정이 달라지죠. 마왕이 길드에 와 있는 동안엔 안전할지도 모르지만……. 친아버지라는 이유로 메구를 데려가는 것도 수긍할 수 없습니다. 이것만큼은 감정적인 문제지만요.

"슈리에의 고찰이 맞다고 치면, 메구는 미래 예지 능력으로 알아낸 미래의 그림을 그리는 거겠지. 본격적으로 옌나를 찾기 전에 길드 차원에서 그 점에 대해 조사하자."

"아직 메구의 능력이 미래 예지라고 정해진 건 아니지만, 조사해보지 않으면 아무것도 모르니까요."

의외로 금방 엘프 마을에서 할 일이 끝났으므로 우리는 앞으로의 계획에 대해 대화하기 시작했습니다. 잠시 침묵이 흐른 뒤 두목이 목소리를 조금 낮추고 고했습니다.

"그리고 메구의 몸에 깃든 걸로 추정되는 영혼이 있다면 그 점에 대해 본인에게 직접 물어보자. 어디까지 인식하고 있는지. 전혀 모른다는 가능성도 있지만…… 말하지 못해서 고민한다면, 말해도 괜찮다고 안심시켜줘야지."

"그러게요……."

그렇게 말하는 두목의 얼굴은 왠지 면목 없어 하면서도 자애로 가득해서, 메구의 존재만이 아니라 새로 깃든 영혼도 걱정한다는 게 전해졌습니다.

영문도 모른 채 메구라는 그릇에 들어와 버린 방황하는 영혼. 그 사람이 극악무도한 자라면 다른 의미로 성가셨겠지만 염려하지도 않았겠죠. 정령들의 반응을 봐도 제 눈으로 봐도 그 영혼이 순수하다는 건 명백합니다.

저나 기르, 다른 길드원들 역시 메구의 외모만이 아니라 내면도 포함해서 좋아하니까요. 영혼이 본인이 아니라는 걸 알았을 때도 신기하게도 메구에게 느끼는 감정은 변하지 않았습니다. 어떤 인물이라 한들, 영혼이 다른 사람이라 한들 메구는 메구. 그 아이로서 받아들이고 싶습니다.

마왕과 하이 엘프 사이에서 아이가 태어날 리 없는데도 태어난 아이. 그래서 텅 비어버린 그릇이었는데도 어느 날 깃든 영혼.

메구는 말 그대로 기적 같은 아이입니다. 그 사실에 몸이 떨렸습니다.

Welcome
to the
Special
Guild

4 마왕

【메구】

"자, 잠깐만. 그건 즉 메구가 다음 마왕이라는, 뜻……?"

사우라 씨가 당황하며 말했다. 저도 같은 기분입니다. 마왕님의 이야기는 뭔가, 너무 다른 세상 이야기라서 전혀 이해하지 못했어. 내 일인데도!

그렇지만! 그야 그렇잖아? 갑자기 길드에 마왕이 찾아와서 '아이여. 그대는 나의 피를 이어받은 딸이다.'라는 선언하네? 어머니는 하이 엘프 죄인이다? 아니 그 전에 나 엘프 아니었어? 하이 엘프와는 대체 뭐가 다른 건데? 등등. 의문을 꼽으면 끝이 없다는 상태거든요! 심지어 내가 차기 마왕이래.

아니지. 완전 헛소리지. 나는 마땅한 특기도 없고 알맹이는 전직 사축인 어린아이일 뿐인걸? 그런 아이가 마왕이 되어봐. 카오스 오브 카오스한 미래밖에 상상하지 못하겠어. ……하아. 배고프다. 잠시 현실 도피하게 해주세요.

"음, 나는 앞으로 살날이 많이 남아있긴 하다만!"

"장수하지 않으시면 곤란합니다, 자하리아슈 님!"

아니 진짜로. 뭣하면 나보다 오래 살아줬으면 하는데. 그럼 내가 마왕이 되지 않아도 되잖아!

"나에게 아이가 있을지도 모른다는 이야기를 들었을 때는 재미없는 농담인 줄 알았다. 하지만 실제로 눈앞에 있다고 생각하니 나의 아이라는 확신이 드는구나. 그대는 옌나를 많이 닮았다. 그리고 그 몸에 흐르는 마력에는 나와 같은 기운이 느껴진다."

하지만 그 말을 듣고, 그 자상한 눈을 보고, 지금 들은 이야기가 전부 진실이라는 실감이 서서히 솟아났다. 정말, 뭐냐고……. 계속 신원불명이었던 '메구'의 부모님이 누군지 알게 되어서 기쁘고 안심한 듯한 기분도 든다. 하지만 동시에 형언할 수 없는 불안을 느끼는 이유는 뭘까. 친부모가 나타났으니 나는 이제 길드에 있지 못하게 되는 걸까. 불안한 원인은 아마 이거다.

아아. 나는 여기에 있고 싶은 거야. 드디어 내가 있을 곳을 찾아냈다고 좋아한 타이밍에 친부모가 나타났는걸. 잘된 일인데도…… 슬픔이 더 컸다. 나도 모르게 기르 씨의 팔에 꼭 매달렸다.

"……메구. 잠시 나와 이야기해주지 않겠나?"

마왕님이 그렇게 말을 걸자, 무시할 수도 없었기 때문에 기르 씨의 팔 뒤로 반쯤 숨어있던 나는 살며시 얼굴을 내밀고 마왕님을 물끄러미 쳐다보며 입을 열었다.

"마왕, 님……?"

어떻게 불러야 하는지 알 수 없었기 때문에 일단 고개를 옆으로 까딱 기울이면서 그렇게 말하자, 당사자인 마왕님은 어째서인지 경악한 듯 눈을 부릅뜨고는 그 자리에서 잠시 굳어버렸다. ……얼레?

"크, 크론……. 나는, 나는 이제 틀린 건지도 모르겠다……!"

이어서 떨리는 목소리로 그렇게 말하는 마왕님. 무, 무슨 일

인가요. 지병으로 발작하기라도 했나?

"이, 이 아이는 지금 어마어마한 마법을 걸었다! 나는, 나는 이, 눈에 보이지 않는 충격에 심장이 버틸 수 없는 타격을 입었도다!"

"진정하십시오, 자하리아슈 님. 그건 마법이 아닙니다."

"마법이 아니라고……?! 이토록 심장이 세게 짓눌린 것 같은 감각에 휩싸였는데도 말인가!"

"자하리아슈 님, 그게 '심쿵'입니다."

"'심쿵'이라니, 참으로 무시무시하구나……! 가슴이 괴롭다. 나는 저주나 병에 걸린 건가……?"

"굳이 분류하자면 병입니다. 자하리아슈 님. 중증입니다."

아, 이 사람 얼굴값 못하는 사람이다. 그 사실을 이해하자마자 나는 어깨에서 힘이 쭉 빠졌다. 휴.

"아아, 크흠. 메구여. 나의 질문에 대답해주지 않겠나?"

정신을 차린 마왕님이 자세를 바로잡고 다시 나에게 질문했다. 이미 나는 쓸데없는 힘이 빠져나간 덕분에 편한 상태로 마왕님과 대치했다.

"말씀하세요."

"'말씀'이라니 귀엽지 않은가! 크론!"

"그만 정신 차리십시오, 자하리아슈 님."

또다시 흥분할 뻔한 마왕님에게 크론 씨의 얼음장 같은 칼날이 푹 꽂혔다. 물론 물리적으로 찌른 건 아니고 말이라는 이름의 흉기를 가리킨다. 그래도 괜찮은 거냐, 상사.

"으음……, 그대의 사정은 그 녀석에게 들었지만. 일단 확인을 위해 물어보마. 옌나의, 그대의 어머니가 지금 어떻게 되었는지 아는가?"

어머니라. 그 옌나 씨라는 사람을 찾다가 나에게 도착한 거였지. 하지만 안타깝게도 나는 어머니가 어떤 사람인지도 모르고, 이름도 지금 처음 들었다.

"모르게써요……. 제송함미다."

"아니! 괜찮다! 내가 불편한 질문을 했구나! 괘념치 마라!"

당황하는 마왕님을 보자 조금 웃음이 나왔다. 따뜻한 사람이구나. 그런데 자기 때문에 전쟁이 일어났다니, 이 사람은 마음에 얼마나 큰 상처를 입었을까. 수많은 사람에게 원망받고 있을지도 모른다. 욕설을 들은 적도 있을 것이다. 그게 얼마나 가슴을 후벼파는지, 나는 상상으로밖에 모르지만……. 다시는 전쟁을 일으키고 싶지 않다고 바라리라는 것 정도는 묻지 않아도 알 수 있었다.

꿈 이야기를 하려면 지금이 좋을지도 모른다. 마왕님이 있다면 협력해줄 가능성도 있으니까. 하지만 앞선 이유 때문에 이 질문을 하는 게 망설여졌다. 그래도 물어봐야 한다.

"이짜나요, 마왕님."

"크헉! 아니, 그래. 왜 불렀는가, 메구."

자꾸만 몸부림치는 건 어떻게 안 되는 걸까. 뭐, 됐다. 익숙해지세요.

"안 조은 질문일지도 모르는데요……."

"괜찮다. 말해보아라."

내 분위기를 알아차린 마왕님은 제대로 진지하게 이야기를 듣겠다는 자세를 보였다. 불쾌해하지 않았으면 좋겠는데. 두근두근.

"이제 다시는 전쟁이 안 일어나쓰면 하는 거죠……?"

"!"

내 질문에 마왕님만이 아니라 이 자리에 있는 모든 사람이 숨을 삼켰다. 으윽, 민망해. 하지만 필요한 질문이라고!

"……그래. 나는 평화를 선호한다. 내가 마왕인 한 전쟁을 회피하고 싶다."

그 오묘한 분위기를 깨뜨려준 사람은 마왕님이었다. 부드러운 미소를 지으며 그렇게 대답하는 마왕님은 역시 군주라고 하기엔 무르다고 평할 수 있겠지만, 그 사고방식에는 호감을 느꼈다. 그리고 내 예상과 일치하는 대답에 진심으로 안도했다. 그렇다면 이건 마왕님에게도 알려줘야 한다.

"그럼 도와주세요."

"도와달라?"

"무슨 소리니? 메구."

계속 상황을 지켜보던 사우라 씨가 끼어들었다. 음, 사우라 씨나 기르 씨에게도 알려야 한다. 제발 믿어주길.

"저 꿈을 꿔써요. 아주 중요한 꿈이요. 그치만 매번 그걸 까먹어서……. 그래서 아까 생각나써요."

"아까 말하려고 했던 거 말이지? 지금 여기서 말할 필요가 있는 거고."

역시 사우라 씨. 눈치가 정말 빠르네요. 나는 고개를 한 번 끄덕인 다음 뒷말을 이었다.

"엘프가, 아니, 아마 마왕님 이야기가 마따면 하이 엘프일 거예요. 아마도…… 하이 엘프가 공격할 거예요."

"무슨……, 어떻게 된 일이죠?!"

한발 먼저 반응한 크론 씨. 그래, 그렇겠지. 이 자리에 있는 전원이 눈이 휘둥그레져서 나를 주목하고 있다. 침착하자. 제대로 전달해야 해.

"자세한 건 모르게써요. 그치만 무서운 엘프가…… 아니지, 하이 엘프가 공격하는 걸 아라써요. 이대로면 전쟁이 일어날찌도 몰라요."

타인에게 내가 전하고 싶은 걸 정확하게 전달하는 건 어렵다. 특히 지금은 어린아이라서 신빙성이 떨어지다 보니 자꾸 마음이 초조했다. 꿈속에서 메구가 그렸던 무시무시한 얼굴. 그걸 본 순간 하이 엘프가 공격해오는 이미지가 떠올랐다. 괜찮아, 틀린 건 아닐 테니까 자신감을 갖자. 스읍, 하아.

"꿈이지만 진짜 이러나는 일이에요. 그런 느낌이 드는 것뿐니지만……."

뒤로 갈수록 목소리가 기어들어 가는 건 자신이 없기 때문이다. 아무런 근거도 없는, 그냥 꿈 이야기. 하지만 '메구'가 알려주려고 했던 중요한 정보니까. 게다가 이게 사실이라는 묘한 확신이 있었으니까.

"특수체질인가."

"네?"

사우라 씨가 작게 중얼거렸다. 그 낯선 단어에 무심코 의아해하는 목소리가 튀어나왔다.

"전에 슈리에게 들은 적이 있어. 엘프 중에는 때때로 특수 체질을 지니고 태어나는 개체가 있다고. 능력은 다양하지만, 어쨌거나 편리하고 다른 사람에겐 없는 힘이 많다고 해."

그런 거야?! 엘프는 대단하구나. 그런 생각에 혼자 감탄하고 있었더니 마왕님에게서 보충 설명이 들어왔다.

"음, 그 말이 맞다. 능력이 뛰어난 옌나와 나의 아이니 그런 힘이 있어도 이상하지 않지. 즉 메구, 그대의 그 꿈도 특수체질이 영향을 준 건지도 모른다."

"네?!"

그러고 보면 내 얘기였지! 깜빡 남 일처럼 느끼고 있었던 바람에 괴상한 소리가 나왔다.

"나는 그 녀석에게 옌나의 특수체질이 무엇인지 조사해달라고 부탁했다. 능력이 있다는 건 알고 있었지만, 어떤 능력인지는 듣지 못했으니 말이다."

옌나 씨의 특수체질은 아마도 미래 예지인 것 같다는 것까진 조사했다고 한다. 근거가 없으니 추측일 뿐이지만, 어쩌면 나의 특수체질도 미래 예지가 아니냐는 이야기였다. 내 능력이라기보다는 메구의 능력이라는 느낌이 드니까 실감은 안 나지만. 꿈속에서도 메구가 알려준 거였고.

"옌나의 능력에 대해서는 바로 짐작이 갔다만. 또 하나의 의뢰인, 가장 중요한 옌나의 행방을 알 수 없었다. ……추측의 영역에서 벗어나지 못했다고도 할 수 있지."

"그건 혹시, 하이 엘프의 마을……?"

하이 엘프의 마을? 사우라 씨의 한마디에 마왕님은 놀라는 기색도 없이 '그렇겠지'라며 동의했다. 어? 장소는 아는 거야?

"어디 있는지 아는데 머가 문제인 거예요?"

내가 그렇게 고개를 갸웃거리자 다들 난처한 듯 웃었다. 어라? 무슨 이상한 걸 물어본 건가?

"아마 메구도 계속 하이 엘프 마을에 있었을 거야."

"네? 저도요? ……몰라써요."

"역시 기억하지 못하는 건가."

으음, 즉 내가 메구가 되어 눈을 뜨기 전이라는 건가? 던전 안에 있기 전인지도 모른다. 그렇다면 내가 모를 만도 하지.

"하이 엘프의 마을은 폐쇄적인 땅이야. 하이 엘프는…… 그게, 외부인을 절대 받아들이지 않거든. 즉, 외부인이 침입하면 가차 없이 배제하는 위험한 종족이라고 해."

사우라 씨가 조금 머뭇거리면서 설명해주었다. 분명 나나 어머니가 하이 엘프이기 때문에 염려해준 거겠지. 내가 지닌 배타적인 엘프 이미지에 딱 들어맞는 건 하이 엘프 쪽이었던 거구나.

"하이 엘프는 가장 신에 가까운 종족이라 불린다. 능력도 다른 종족으로서는 도저히 따라잡을 수 없을 만큼 강한 자가 많고, 무엇보다 오래 살지. 10,000년이라는 세월을 살아가니까."

거북이냐! 헉, 그렇게 장수하는 거야? 나도?! 싫어! 그렇게까지 오래 갈고 싶진 않아! 먼 옛날에 하이 엘프 사이에서 의견이 갈려 타 종족과 어울려 가는 삶을 선택한 게 엘프의 시조였다고 한다. 그런 역사가 있었구나. 나도 그렇게 살고 싶어…….

"그래서 모든 종족 중에서 가장 아이가 적게 태어나. 우리보다 더 희귀하거든. 그렇다 보니 하이 엘프가 메구를 포기할 것 같지 않아."

"그렇겠지. 게다가 하이 엘프의 마을은 수비가 대단히 공고하다. 옌나가 그곳에 있다는 걸 알아도 그리 쉽게 손을 댈 수 없지."

마왕님은 하이 엘프에게 손을 댔다간 자칫 잘못하면 전 세계를 끌어들인 전쟁이 일어난다고 설명했다. 그렇구나. 다들 그걸 아는 거야. 그래서 어디 있는지 알면서도 찾으러 갈 수 없고, 두목도 오랫동안 찾지 못했던 거지. 확실히 그렇다면 찾을 수 없을 뿐 살아있을 가능성이 크다.

그런 와중에 내가 나타났다. 어째서 나만 그 던전에 있었는지는 모르지만, 그 옌나 씨라는 사람이 나를 도망치게 해준 건지도 모른다. 하지만 그렇다면 하이 엘프인 나에게도 위험한 장소라는 뜻인가?

그러고 보면 꿈에 나왔었지. 그 사람이 옌나 씨인가? 뭐라고 말했던 것 같다. 그러니까…….

"반드시 빛이 드리운다…….'

"뭐라고?"

"꿈에서 드러써요. 아마 엄마가."

"?! 뭐, 뭐라고 했지?"

마왕님이 나에게 얼굴을 불쑥 들이대고 캐물었기 때문에 나도 모르게 몸을 뒤로 뺐다. 자신이 미형이라는 걸 조금 더 자각해 주시죠! 크론 씨에게 잡혀서 질질 끌려간 걸 지켜본 뒤 다시 입을 열었다.

　"그러니까, 낳아서 미안하대써요. 전부 자기 잘못이라고……. 그리고 빛이 드리울 테니까 살래써요."

　"옌나……."

　'살아주세요'라고 했었지……. 내가 살아도 괜찮은 걸까? 그런 망설임이 있다. 하지만 적어도 지금은 내가 살아야만 한다. 메구를 위해서도. 그리고 메구도 나도 마음은 같다.

　"태어나길 잘 해따고 생각해요. 낳아줘서 고마워요. ……사과 안 해도 대는데……."

　엄마가 사과하면 안 되지. 낳아서 미안하다니, 사실은 낳고 싶지 않았다는 걸까? 아마 그런 게 아닐 테지만, 그렇게 들렸다. 태어나서 행복한지 아닌지는 아이 본인이 정하는 법이다. 아무리 엄마라고 해도 그런 걸 정할 수는 없다.

　"흐어?"

　시무룩해 하고 있었더니 몸이 허공으로 붕 뜨는 느낌이 들었다. 이 손은 기르 씨도 아닌데……. 문득 얼굴을 들자 눈앞에 마왕님이 계셨습니다. 반사적으로 비명을 지를 뻔했지만, 마왕님이 반쯤 우는 듯한 얼굴로 웃었기 때문에 입을 꾹 다물었다.

　"메구. ……그대는 행복한가?"

　아마도 아버지로서 하는 질문이다. 그래, 적어도 나는…….

"행복해요. 착한 사람들이랑 마니 만나쓰니까요."

쓸쓸함을 받아주고, 기쁨을 나눠주고, 내가 있어도 되는 장소를 주었다. 메구도 행복하다고 느낄까?

"그래……, 다행이구나. 고맙다, 메구."

"네!"

부모님이 가슴 아파하는 건 보고 싶지 않다. 아이가 할 수 있는 가장 큰 효도는 행복해지는 것이다.

그렇게 따지면 나는 불효자였던 건지도 모른다는 생각이 스쳤다. 악착같이 살다 보니 행복하다고 느낀 적은 없었던 것 같다. 그냥 사는 것조차 힘든 사람이 있는 세상에서 행복하게 사는 사람이 대체 얼마나 있을까? 그건 어느 의미 기적이다. 그렇게 다소 철학적인 생각에 잠겨있을 때, 마왕님이 나를 껴안은 채로 그 자리에 있는 사람들을 향해 말했다.

"괜한 전쟁을 일으킬 수는 없지. 다만 메구가 보았다면, 그 미래가 현실이 될 가능성이 크다. 최대한 피하고 싶다만 만약 예지했던 대로 전쟁이 일어났을 시엔……."

거의 전쟁이 일어난다고 확정하는 게 맞다는 거겠지. 으, 무서워라. 하지만 그걸 어떻게든 하기 위해서도 지금부터 움직여야 한다. 다들 진지한 눈빛으로 마왕님의 말을 기다렸다.

"조속히 전쟁을 끝내기 위해 모든 힘을 다할 생각이다. 그러기 위해서도 나는 특급 길드 오르투스에게 협력을 청한다."

마왕님의 의뢰를 받은 사우라 씨가 잠시 시간이 필요하다고 대답했다. 물론 그 의뢰는 받아들일 테지만, 의뢰라기보다는 전쟁을 회피하고 싶은 마음이 같기 때문에 같은 목적을 위해 협력하는 형태가 될 것이라면서. 하지만 사태가 사태이므로 두목이 돌아오는 걸 기다린 다음 다시 대화해보자는 것으로 정리되었다.

"두목과 슈리에는 일주일 내로 돌아올 테지만……, 지금은 그보다 북쪽 산에 간 길드원이 더 걱정이야."

사우라 씨의 말대로 북쪽 산은 그 하이 엘프의 마을과 가깝다고 했다. 하이 엘프가 언제 공격할지 모르는 현 상황에서 적의 본거지 근처에 있는 건 위험하다. 우리가 지금 할 수 있는 건 부디 무사히 돌아오길 기도하는 것뿐. 다른 누군가나 정령을 보내지 못하는 건 아니지만…… 상대가 하이 엘프라면 이 이상 이쪽에서 북쪽 산으로 누군가를 보내는 건 자중하는 게 좋다는 결론이 나왔다. 지금은 조금이라도 자극을 주고 싶지 않으니 역시 그냥 기다릴 수밖에 없다나. 으으, 걱정이네.

"쥬마만 발견되면 괜찮아. 니카, 케이, 메어리라가 있으니 이상적인 파티니까."

"합류만 성공하면 케이가 있으니 얌전히 귀환할 수 있을 거야. 하지만…… 아직 아무것도 모르는 쥬마 혼자서, 심지어 어지간히 스트레스가 쌓인 상태인데 얌전히 귀환할까?"

"……빨리 발견되길 기도해야겠군."

"그렇지?! 기르, 그 세 사람에게 딸려 보낸 그림자 새를 써서 이번 일을 전달할 수 있을까?"

"지금은 조금 멀리 있는 모양이다만……, 그 정도라면 불가능하진 않아. 연락해두지."

음, 그러니까. 쥬마가 스트레스를 발산하기 위해 성대히 날뛰고 있을 가능성이 크다는 거구나. 그래서 하이 엘프에게 존재를 들키게 된다는 거고. 케이 씨 일행에게 전달해봤자 이미 늦었다는 느낌이지만, 아무것도 모르는 것보다는 낫겠지. 상당히 멀리 있는 모양인데 거기까지 도달한다는 점에서 기르 씨의 뛰어난 스펙을 엿본 기분이다. 대단해라.

하이 엘프가 얼마나 정보를 확보했는지도 알 수 없으니 뭐라 말할 순 없지만, 오르투스가 나를 보호한다는 걸 알고 있다면 신나게 날뛰는 오르투스의 길드원은 딱 좋은 먹잇감이다. 제발 큰일이 벌어지지 않기를!

"하아……. 네모도 메구를 노렸는데, 그게 문제가 아니게 되었어. 하지만 이 틈을 타서 데려가려 할 가능성도 있으니 기르는 철저히 경계해줘."

"어떤 상황이든 방심할 마음은 없다."

"기르라면 그렇겠지. 맡길게!"

뭔가, 정말 왜 나를 노리는 건지 알 수 없단 말이지. 아니, 이유는 알긴 해. 내가 희귀한 하이 엘프 아이이자 미래 예지라는 특수체질을 지녔으며 마왕의 아이이기도 하니까. 우와, 진짜로 기적적인 조건을 갖췄군요.

하지만 나 자신은 평범한 전직 사축인걸. 마법도 전혀 못 쓰고, 운동신경도…… 아장아장 걷는 걸 보면 평범한 어린아이보다 더 떨어지는 것 같고. 똑똑해 보이는 건 알맹이가 성인이라 그런 것뿐이지, 유달리 뛰어난 게 아니다. 정말로 평범하고, 어쩌면 온갖 능력이 평범보다 못한 어린아이라고. 그래서 아무리 귀중한 스펙이라 해도 그것만 보고 노린다는 게 어쩐지 석연치 않다. 아니, 그럴 만한 인물이었다고 해도 노려지는 건 싫지만.

"그럼 마왕님. 두목이 돌아오면 연락드릴 생각인데……, 마왕 성으로 알리면 되겠습니까?"

우리의 이야기가 일단락되자 사우라 씨가 마무리를 위해 마왕님에게 물었다. 뭐, 일주일 정도 걸린다면 돌아가는 게 좋겠지. 일도 쌓일 테고. 마왕성으로 연락하면 되냐는 걸 보면 편지를 보내기라도 하는 건가? 그런 생각을 하고 있었는데 머리 위에서 내려온 마왕님의 대답은 상상도 못 한 내용이었다.

"아니. 당분간 여기서 신세 질 생각이다."

"자하리아슈 님?!"

어? 여기서?! 즉 두목이 돌아올 때까지 길드에 있겠다고?! 다들 어안이 벙벙해진 가운데 가장 먼저 크론 씨가 반응했다.

"무슨 말씀입니까! 일이 쌓였……."

"여기 오기 전에 전부 처리해두었다. 돌아가서 다시 한꺼번에 처리하면 일주일 정도는 어떻게든 된다."

"그, 그 의욕을 평소에도 끌어내 주세요……!"

고개를 축 떨구는 크론 씨. 왠지 평소 고생하는 게 얼핏 보인다. 수고가 많으십니다.

"하지만 갑작스러운 요청은 삼가십시오, 자하리아슈 님. 길드 분들도 준비해야 하는 게 있을 테니까요. 죄송합니다, 여러분. 방을 빌려주실 수 있겠습니까? 이분께선 한 번 이렇게 정하시면, 더는……."

크론 씨가 정말정말 면목이 없다는 얼굴로 머리를 숙였다. 아하, 고집이 세구나. 의사를 굽히지 않는 거구나. 길드에 머무르는 건 결정 사항이다, 이거지? 그걸 순식간에 파악한 우리. 잠시 경직된 표정을 굳어있던 사우라 씨도 심기일전한 건지 헛기침을 한 번 하고 대답했다. 여전히 빠른 전환에 경의를 표합니다.

"괜찮습니다. 방은 언제든 비어있고, 손님용 방도 있으니까요! 다만 마왕님께서 머무르시기엔 좁을지도 모르지만요."

"아뇨, 괜찮습니다! 뭣하면 금수사(禽獸舍)여도 괜찮으니까요!"

"크론. 아무리 그래도 금수사는 싫다."

단어와 대화 흐름을 보건대 금수사는 마구간 같은 느낌인 걸까? 왠지 마왕님의 위엄이 흐릿해져 가는데…….

"무슨 말씀입니까! 사람들에게 폐를 끼치는 것이니 설령 노숙한다 해도 불평 한마디 할 수 없습니다!"

"불평할 마음은 전혀 없다만, 그렇게까지 말하지 않아도 되지 않나."

아름답기 그지없는 마왕님이 혼나서 삐진 모습이라니 참으로 정신이 아득해지는 광경이다. 하지만 느낌상 평소에도 이런 식인 거겠지. 처음 등장했을 때 받았던 위엄이 흔적도 없이 사라졌다. 분명 이 모습이 본래의 모습인 거다. 조금 친근감이 솟는다.

"모처럼 딸을 만났으니 조금 정도는 딸과의 시간을 즐기고 싶었다만……."

이어서 나오는 말에는 반사적으로 가슴이 찡 울렸다. 어떡해, 순수한 아버지의 마음이었구나! ……어? 잠깐. 그 말은 그러니까.

"저, 마왕님? 메구를 데려가시려는 건 아닌 겁니까……?"

그래, 바로 이거다. 개인적으로는 굉장히 마음에 걸렸던 부분이고 그런 줄 알고 체념하기도 했다. 하지만 허를 찔린 듯한 표정인 마왕님은 당연하다는 양 사우라 씨의 말을 부정했다.

"방금 전에 만난 낯선 사람이 별안간 아버지라 주장해도 당황하기 마련. 오히려 지금도 나에게 얌전히 안겨있다는 사실에 놀라움을 금치 못하고 있다. 그런 아이의 마음을 무시하는 행위를 저지를 수는 없지 않은가."

마왕님, 의외로 상식인이었다! 아니, 갑자기 자기 신분을 고려하지도 않고 사전 연락 없이 방문하는 점에서는 상식인이라 할 수 없지만!

"확실히 나는 딸을 데리고 돌아가고 싶다. 언젠가 한 번 정도는 나의 성을 보여주고 싶구나. 하지만 그건 지금이 아니다. 그리고 자신이 어디 있을지 정하는 건 메구 본인이지. 나는 아이에게 강요하고 싶지 않구나."

마왕님……! 단숨에 호감도가 쭉 올라갔어요! 와, 다행이다. 안심했어! 몸에서 힘이 탁 풀렸지 뭐야. 휴우.

"하지만 가능하다면 자주 만나고 싶고……, 그, 나를, 아버지라 불러주길 바라는 마음도, 있다."

어떡해. 이 마왕님 내 히트 포인트를 적확하게 찌르신다! 으음, 그렇겠지. 나한테 아빠는 한 명뿐이고, 파파는 기르 씨고. 그렇다면 역시 이쪽?

"아부지?"

"크헉……!!"

"자하리아슈 님! 정신 차리십시오!!"

앗, 프리티한 애기가 고개를 옆으로 갸웃거리며 말하는 '아부지'는 자극이 너무 강했던 모양이다. 죄송합니다. 저는 아직도 이 몸의 얼굴이 어떤지 자각이 부족하거든요.

마왕님, 아니, 아버지가 발작을 일으키는 바람에 뭐라 말할 수 없는 분위기가 되고 말았다. 그래도 나를 떨어뜨리지 않았다는 점에서는 역시 마왕이라고 생각했습니다. 어? 그게 아니라고?

5 마왕의 과거 이야기

이리하여 당분간 길드에 머무르게 된 마왕 아버지. 그야 길드 안에서는 대소동이 벌어지겠지…… 했는데, 의외로 다들 선선히 받아들여서 그 넓은 도량에 놀랐다. 역시 특급 길드는 다르구나. 물론 여기저기서 수군거리거나 마왕님을 힐끔힐끔 쳐다보곤 했지만. 일반손님 쪽은 매우 놀랐고. 그 정도는 어쩔 수 없다고 할 수 있으리라. 위압감만 없으면 그냥 무지막지하게 잘생긴 남자니까. 음, 그냥 끝내주는 미남. 메구가 예쁘게 생길 만도 하지. 어라? 그렇지만 어머니를 닮았다고 했던가.

그런 화제의 중심인 마왕님이었지만 며칠 정도 지나자 길드에도 적절히 녹아들었다. 원래 각양각색의 미형을 갖춘 오르투스니까. 어? 그게 아니라고? 하지만 적응하기 마련인걸. 미인은 금방 질린다는 말이 나온 이유도 알 것 같았다. 보기엔 흐뭇하지만!

아무튼 오늘도 마이 카운터에서 마스코트로 일하는 중입니다! 최근엔 이름을 부르며 인사할 수 있게 되었지!

"아, 잠깐 도구점 다녀올게."

"여기 열을 내려주는 약도 파나요?!"

"전에 부탁했던 무기를 정비하고 싶은데, 담당자의 이름이 뭐였더라……?"

"어? 쿠르트는 어디 갔어?!"

다양한 목소리가 오가는 길드 홀. 오전 이 시간대는 대체로 이런 느낌이다. 좋아, 그럼 일하자!

"해열쩨는 어제 잔뜩 들어와쓰니까 저쪽에 있는 약 매대에 가주시면 대요. 아, 그 담당자는 게일 씨예요. 접쑤처에서 불러주세요! 쿠르트 씨라면 방금 막 도구점 간다고 하고 나가셔써요!"

내가 아는 범위에서 착착 정보를 전달했다. 한꺼번에 말하는 걸 구분하는 것도 오랜만이구나. 굳이 따지라면 지금은 듣는 것보다는 말하는 게 더 어렵지만. 혀가 제대로 안 돌아가니까.

"호오, 메구는 대단하구나. 얼굴과 이름을 외우고 상황도 파악하지 않으면 대답할 수 없는 일이거늘."

일단락되자 그렇게 말을 건 목소리의 주인은 마왕님. 잠시 쉬지 않겠냐고 권하면서 웃었다. 확실히 슬슬 쉬는 게 좋을지도 모른다. 체감상 아직 더 일할 수 있지만, 몸을 아껴줘야지! 따라서 마왕님의 말을 받아들여 잠시 카페로 이동했다. 아버지와의 교류도 필요한 시간이니까!

필요한, 시간, 이지만.

"…………."

"…………."

그 뭐냐, 대화는 하고 싶은데 말이지. 그리고 아마 마왕님도 뭔가 말하고 싶은 분위기지만. 입을 열었다가 다물기를 반복하는 중이다. 따라서 나도 끼어들지 못해서 거북한 시간이 흘러갔다.

아니, 그래도 뭔가 말을 해야 하잖아! 전직 사축의 커뮤니케이션 능력을 지금 발휘해 보이겠습니다!

"이짜나요, 아부지."

"! 무, 무슨 일이냐."

내가 말을 걸자 마왕님은 꽃이 피어나듯 환하게 웃었다. ······참 알기 쉬운 사람이다.

"으음, 어무니는 어떤 사람이어써요?"

역시 이걸 물어봐야겠지. 실제로도 궁금하고. 게다가 공통 화제라고 하면 이 정도밖에 생각나는 게 없었다.

"흐음, 메구는 기억하지 못한다고 했지. 좋다, 그렇다면 내가 옌나와 어떻게 만났는지부터 이야기하마. ······싫은가?"

"! 듣고 시퍼요!"

과거 회상은 길어지기 마련이라는 법칙이 있지만, 메구의 어머니는 하이 엘프이다 보니 애초에 어째서 마왕님과 만나게 되었는지 개인적으로 궁금했다. 어떤 로맨스가 있었을까? 앗, 아니. 어머니가 어떤 사람인지도 궁금하거든? 콩닥콩닥.

"그래. 그럼 이야기하마. 그건 210년쯤 전의 일이다. 그리 상세하게 기억하지 못한다만, 대략 그 정도지. 전쟁이 격화되기 직전이었다. 나는 때때로 힘에 삼켜지면서 의식을 잃을 때가 많아졌고, 그게 두려웠다."

마왕님 왈, 의식을 잃었을 때 마왕의 힘이 의사를 지니고 멋대로 날뛰거나, 마물을 사람들을 공격하도록 부추기기도 했다고 한다. 그리고 가혹하게도 마왕님은······ 의식을 잃었던 동안 일어난 일을 기억한다고 했다. 처음에는 꿈인 줄 알았지만, 그게 반복될 때마다 이변을 깨닫고 자신이 힘에 삼켜지고 있다는 걸 알았다.

"나는 힘은 있어도 사실은 겁쟁이였단다. 현실을 받아들이지 못하고 그저 두려워했지. 자신이 자신이 아니게 되는 공포에 견디지 못하고 성에서 뛰쳐나갔다."

설마 했던 가출?! 놀라서 눈이 휘둥그레지자 '나도 아직 100대의 젊은 나이였으니 말이다' 하며 웃는 마왕님. 100대라면 사춘기인 건가? 기준이 너무 달라서 영 헷갈린다.

"정처 없이 방황하면서 마물을 퇴치하던 나날이었지. 그러던 어느 날 만난 이가 네 어머니, 옌나였다."

옌나 씨는 당시 유진이라는 남성과 함께 여행하고 있었다고 한다. 여기에 마왕님도 어쩌다 보니 의기투합해 셋이서 행동하게 되었다나. 오오, 이세계의 모험자 느낌이 난다!

세 사람은 각지에서 벌어지는 마물 피해를 최소한으로 억누르면서 여행했었다. 둘 다 여행의 목적은 딱히 없다든가 세상을 구경하고 싶다든가 하는 거였기 때문에 마왕님도 비슷한 이유라고 넘겼다고. 그야 자기가 마왕이자 가출청소년이라고는 말할 수 없었겠지.

하지만 세 사람은 다 서로의 사정을 깊게 파고들지 않고 적절한 관계를 유지했다. 각자 상당한 실력자였기 때문에 가는 곳마다 활약했고, 소문이 소문을 불러와 어느새 영웅으로서 이름을 날리게 되었다. 이거 세 사람의 모험담을 묶어 한 권의 책으로 만들 수 있을 것 같은데……!

"그래, 옌나가 어떤 사람인지 궁금하다 했지. 그만 탈선해버렸구나. 옌나는 대단한 미인이었다. 종족 특성상 당연하지만, 그중에서도 특히 아름다웠다고 본다. 아마도 심지가 단단하고 올곧은 성격이 그 아름다움을 빛나게 해준 거였겠지. 옌나는 내면도 아름다운 여성이다."

자연스럽게 자랑하는 마왕님. 너무나 자연스러운 칭찬이었기 때문에 부끄럽다거나 그런 마음도 들지 않았다. 그거다. 외국인은 자기 가족이나 아내를 폭풍 칭찬한다고 하는 그런 감각인 건지도. 아마 일본인이 너무 수줍어하는 거야!

"다만 다소 승부욕이 강하고 실력이 뛰어나다 보니, 주먹이 빠른 폭력적인 면모가 있는 말괄량이였지."

그렇게 말하면서 부르르 떠는 마왕님. 마왕을 떨게 만들다니 얼마나 무시무시했던 거야?

"내가 유진과 헛짓거리를 할 때마다 철권제재가 날아왔는데도 용케 무사했다는 생각이 드는구나. 젊음이었던 거겠지."

참으로 흉흉한 뉘앙스이긴 하지만, 그리운 듯 눈을 가늘게 휘며 말하는 마왕님이 너무도 기뻐 보여서…… 마치 학창 시절을 추억하는 어른의 모습이라 나도 왠지 즐거운 기분이 들었다.

"나는 그때까지 이런 식으로 거리낌 없이 대해주는 상대가 없었다. 유진과 옌나, 두 사람과의 관계가 무척 편안했지. ……내가 마왕이라는 사실을 잊어버릴 정도로."

그때 갑자기 마왕님의 표정이 일그러졌다. 여기서부터는 전쟁이 격화된 시대로 이야기가 넘어간다는 걸 분위기로 알아차렸다. 나는 침을 꼴깍 삼키고 다음 이야기를 기다렸다.

【자하리아슈】

어느 날 마침내 두려워하던 일이 벌어졌다. 두 사람 앞에서……
의식을 잃고 힘에 삼켜진 것이다.

"옌나! 지금의 이 녀석은 아슈가 아니라고 생각해!"

"알아요! 힘을 뺄 수 있는 상대가 아니, 니까요!!"

두 사람이 한꺼번에 달려들어 전력으로 나를 막아주지 않았다면 나는 이때 망가졌을지도 모른다. 셋 다 몸이 엉망이 되었지만 두 사람은 가까스로 나를 쓰러뜨려 주었다. 그때의 일은 평생 잊을 수 없으리라. 아무리 감사해도 모자랄 정도다.

불현듯 정신을 차리자 날이 저물어 있었다. 나는 치료를 받고 모닥불 근처에 누워 있었다. 난동을 부렸을 때의 일을 기억하는 나로서는 무어라 말해야 할지 알 수 없어, 가능하다면 이대로 계속 의식을 잃고 싶었다.

"……언제까지 누워있을 거야? 아슈."

"……들켰나."

하지만 유진은 속이지 못했다. 나는 마지못해 일어났다.

"윽……. 오랜만에 몸이 아프군."

"당연하죠. 우리가 전력을 다해 때려눕혔는걸요. 그랬는데 멀쩡했다면 당신은 완전히 괴물이에요."

말투 자체는 부드러운데도 이따금 단어 선정이 난폭해지는 이유는 유진의 영향이었다. 옌나는 제법 드센 여자다.

"우리, 이제 비밀을 털어놓지 않을래요? 각각 숨기는 게 있죠? 오늘은 그걸 말해보는 게 어때요?"

"폭로대회라. 재미있겠는데!"

두 사람은 그런 식으로 화제를 꺼냈다. 눈을 뜬 순간 심한 추궁을 받을 것을 각오했는데, 뜻밖의 반응에 놀랐다.

"……나를 추궁하는 게 아닌가."

그렇기에 생각했던 바를 그대로 두 사람에게 물었다. 나를 미워할 것을 각오하고 전부 자백할 생각이었다. 두 사람이 무언가를 숨기고 있다는 건 어렴풋하게 느끼고 있었으나, 교환조건으로 끌어내겠다는 생각은 조금도 하지 못했기 때문이다.

"그야 추궁은 할 건데. 너만 말하는 건 좀 불공평하잖아?"

"마침 좋은 기회니까요. 셋 다 자백해버려요."

마치 재미있는 장난을 치는 듯한 미소였다. 그 순간, 이 두 사람에게는 모든 것을 털어놓아도 괜찮으리라고 깨달았다.

"그, 그럼 나부터 말하도록 하지."

"아니, 그냥 나부터 해도 되는데."

"어머, 저부터 해도 괜찮아요."

어째서인지 누가 먼저 말할 지로 싸웠다. 다들 자기가 먼저 말하려고 생각했기 때문이다. 보통은 반대일 테지만, 우리는 다들 빨리 털어놓고 싶다고 생각한 모양이었다. 어느 의미 유유상종이리라.

"이러다가 날 새겠다. 좋아, 동시에 말해볼까?"

"……그러면 못 알아듣지 않을까요?"

"하지만 끝이 없잖아."

유진의 제안으로 인해 동시에 말하게 되었다. 지금 생각해 보면 어리석은 선택이었으나, 중대한 사태였던 만큼 이렇게 유머러스한 요소를 섞어서 긴장을 풀려는 의도도 있었으리라.

"그럼 준비됐지? 간다? 하나, 둘…….'

우리는 동시에 외쳤다.

"나는 마왕이다!"

"저는 엘프가 아니라 하이 엘프예요!"

"나 사실 이세계에서 왔어!"

세 사람의 외침이 여운을 남기며 울리다가 침묵이 흘렀다. ……솔직히 귀를 의심했다. 그리고 제대로 이해할 수 없었다.

"너, 너희들. 거짓말을 하려면 더 그럴싸한 거짓말을 하라고."

"자네가 할 말인가!!"

"당신이 할 소리인가요!!"

가장 먼저 입을 연 자는 유진이었다. 하나 그 말에는 한마디 해주지 않을 수 없었기에, 의도치 않게 옌나와 입을 한데 모으게 되었다.

"마왕도 하이 엘프도 이 세계에 존재하지만, 이세계인은 존재한 적도 없잖아요!"

"하지만 이 세상이 전란에 휩싸인 원흉인 마왕이 아슈라는 게 제일 황당하지 않아?!"

"아니, 나는 존재 자체라면 많은 자에게 알려져 있다. 하이 엘프 역시 동화 속 세계 아닌가!"

우리는 한동안 계속 꼴사납게 언성을 높였다. 그러나 점차 그게 우스꽝스럽다고 느끼게 되어, 누가 먼저랄 것 없이 크게 웃음을 터트렸다.

"흐음, 그럼 네 의사가 아니라는 거구나. 너도 참 고생이다."

내가 모든 이야기를 마쳤을 때, 유진은 가장 먼저 그렇게 말했다. 그 가볍기 그지없는 반응에 어안이 벙벙해졌다.

"⋯⋯그래, 고생이다. 너무 고생이라 슬슬 나는 내가 아니게 되어가고 있지."

그래서 나도 마찬가지로 가볍게 대답했다. 그러자 옌나는 이렇게 말했다.

"괜찮아요. 괜찮아요, 아슈. 앞으로 어떤 역경이 온다고 해도 반드시 빛이 드리울 테니까요."

추측이지만, 아마 이때 그녀는 나의 미래를 봤던 거겠지. 하나 그때는 특수체질이 무엇인지 몰랐기에 그저 격려의 말이라 받아들였다. 실제로 그 말은 나에게 큰 격려가 되었다.

"그래, 아슈. 너 이탈할 생각 하면 안 된다? 괜찮아! 또 정신을 잃으면 우리가 때려눕혀 줄게."

"네. 맡겨주세요."

"홋⋯⋯. 참 무섭군."

이렇게 모든 이야기를 끝낸 나는 마음이 가벼워진 걸 느꼈다.

스스럼없이 대할 수 있는 존재가 얼마나 감사한 건지 난생처음 알았다. 그렇기에 이번에는 내가 물어볼 차례라며 두 사람에게도 말을 재촉했다. 이 두 사람도 나와 마찬가지로 비밀을 털어놓아 마음이 편안해지는 기분을 맛보길 바랐기 때문이다.

"저는…… 아까 말한 게 전부예요. 다만 하이 엘프의 사상에 의문을 느끼고 고향에서 뛰쳐나온 중죄인이라서 그렇죠."

옌나는 아주 어릴 적부터 하이 엘프들의 교육에 의문을 느꼈다고 했다. 왜 마을 밖으로 나가면 안 되는가. 왜 다른 생물을 열등한 존재라고 단언할 수 있는가. 제 눈으로 직접 보고 알고 싶어 하는 호기심 왕성한 성격이었기에 의문을 품었으리라.

조금씩 그런 의문이 싹튼 옌나는 얌전히 시키는 대로 따르는 척하면서 마을에서 나갈 계획을 세우고, 몇 년 전 마침내 뛰쳐나왔다고 말했다. 그러기 위해 들어간 시간이 500년 정도였다고 듣고 하이 엘프가 얼마나 오래 사는지 실감했다.

"옌나……, 그대는 대체 몇 살인 거지……?"

"여자에게 나이를 물어보지 말라고 구박하고 싶지만, 솔직하게 말씀드리자면 기억나지 않네요. 일일이 셀 수 없으니까요. 하지만, 그래요……. 대충 2,000에서 3,000년 정도 살지 않았을까요?"

"……아득해지는군."

하이 엘프는 나이를 의식하지 않는다는 걸 그때 처음 알았다. 성장도 아인보다 한참 느릴 것이다.

"마을에서 뛰쳐나온 뒤로 머리에 끼어있던 안개 같은 게 걷힌 기분이에요. 그 하이 엘프 마을이 있는 공간이 특수했던 건지도 모르죠. 전혀 후회하지 않는답니다."

옌나는 그렇게 말하며 웃었다. 확실히 흔히 듣는 하이 엘프의 사상과는 정반대이다. 어쩌면 하이 엘프에서 엘프라는 종족이 파생된 것도 옌나 같은 사고방식을 지닌 자가 돌연변이처럼 태어났기 때문인지도 모른다.

"그런 관계로 저는 가족과 연을 끊었어요. 제가 하이 엘프라는 것도 지금은 다를지도 모르니, 역시 별 내용은 아니었죠?"

그렇게 말하며 쿡쿡 웃은 옌나는 다음은 유진 차례라며 자신의 이야기를 끝냈다. 왠지 개운한 듯, 산뜻한 표정을 보면 그녀 또한 우리에게 비밀을 털어놓고 마음이 가벼워졌으리라. 나는 그 모습을 보고 안심했다. 이제 유진도 마음이 가벼워지면 좋으련만. 다만 유진은 무슨 이야기를 할지 상상도 가지 않았다.

그럴 수밖에 없다. 이세계라는 게 존재한다는 것조차 쉬이 믿어지지 않았으니까.

"나도 말 그대로야. 다른 세계에서 이쪽 세계로 넘어온 것뿐이거든."

"아니, 그렇게 간단한 이야기가 아니다. 자세히 말해."

늘 초연한 유진이지만 이야기를 시작하자 다양한 표정을 보여주었다. 그 이야기를 듣고 처음으로 유진이라는 사람에 대해 안 셈이다.

"나는 다른 세계의 일본이라는 나라에서 태어나고, 자랐어. 지극히 평범한 인간 남자지. 결혼해서 아이도 낳았고. 하지만 아내를 일찍 떠나보낸 뒤 내 부모님도 돌아가셔서 나는 딸과 단둘이 살았어."

먼저 유진이 결혼했고 아이도 있다는 사실에 놀랐다. 그리고 '인간'이었다는 점도.

"거, 거짓말이죠……? 당신이 인간이라니!"

"하하하. 아무리 그래도 그 거짓말은 너무 허무맹랑하지 않은가, 유진. 네가 평범한 인간일 리가."

유진의 실력은 그냥 강하다는 수준을 넘어섰다. 전투 시의 움직임은 세련되었고, 나와 대등하게 겨룰 수 있다. 또한 마법 실력도 자연 마법을 구사하는 옌나가 위력에서 밀릴 때도 있을 만큼 어마어마한 마력량. 어지간한 재능을 지닌 희소종 아인이 아닌 한 설명할 수 없다. 상대가 방심하도록 인간형을 취하고 있는 줄 알았으나…….

"평범한 인간이야. 나는 올해로 45살이거든."

그 말을 듣고 우리는 그의 말이 진실임을 이해했다. 정확하게는 말이 아니라, 진지한 눈동자가 거짓이 아니라고 외치는 것처럼 보였다.

유진은 어느 날 일을 마치고 집으로 돌아가던 도중 사고로 인해 타고 있던 이동 수단과 함께 벼랑에서 추락했다고 한다. 죽음을 각오했으나 정신을 차렸을 때는 이 세계에 있었다고 설명했다.

"이 힘에 대해서는 나도 뜻밖이야. 설마 게임 속 스테이터스가 그대로 계승되었을 줄은 몰랐거든……."

유진이 말하는 게임이 어떤 것인지 우리는 전혀 상상하지 못했으나, 이 세계로 넘어온 뒤에 별안간 여태껏 없었던 능력이 생겼다고 한다. 유진은 너무도 강한 힘에 당황하고 두려웠다고 털어놓았다.

"그래서 아슈. 네 마음도 조금은 이해해. 뭐, 힘에 삼켜져서 자아를 잃는 공포까지는 모르지만."

그렇게 말하며 흐릿하게 쓴웃음을 지은 유진은 다시 이야기를 이어갔다.

유진은 자신이 놓인 처지에 혼란스러워하고 과도한 힘에 두려워했으나, 그 힘 덕분이 이 세계에서 살아남을 수 있었다고 한다. 마물이 횡행하는 시대에 적어도 몸을 지킬 수단은 반드시 필요했기 때문이다.

그런 도중에 우연히 마물 무리와 함께 싸웠던 옌나와 만나 의기투합했고, 같이 행동하게 되었다. 시골뜨기로 위장한 유진은 옌나에게 이 세계에 대해 배우면서 함께 여행하기 시작했다.

"……음? 잠시만. 옌나에게 배운 건가?"

"그래. 나와 비슷한 수준으로 세상 물정 모르는 옌나에게 배웠지."

오랜 시간 동안 하이 엘프 마을에서 살며 바깥 세계에 나오지 못했던 옌나는 유진과 비슷하게 시골뜨기라고 해도 과언이 아니었을 터.

"그, 그야 확실히 제가 직접 보고 들은 건 아니지만 정보만이라면 얼마든지 조사할 수 있었는걸요! 유진보다는 훨씬 더 잘 알아요!"

"하아, 어쩐지 때때로 일반상식과 엇나가있다 싶더라니……. 내 착각이 아니었던 거군."

"어, 어쩔 수 없잖아요! 그래도 도움은 되었죠?"

"음, 그건 그래."

이리하여 두 사람은 정처 없이 여행을 계속했다. 원래 행선지가 없는 유진과 아무튼 하이 엘프 마을에서 도망치고 싶었던 옌나. 두 사람에겐 목적이 없었기 때문이다.

뛰어난 실력 때문에 두 사람은 이때부터 이미 이름이 널리 알려져 있었다. 그러던 도중에 나와 만났다.

"한 가지, 물어봐도 괜찮겠나?"

"뭔데?"

거기까지 이야기를 들은 나는 마음에 걸리던 것을 물었다.

"……이세계에 딸을 두고 온 거지? 심지어 들어보니 딸 혼자밖에 없는 것 같다만."

"…………하아아아아."

나의 이야기에 기나긴 한숨을 쉬며 머리를 부여잡고 고개를 떨군 유진은 그 후 작은 목소리로 '맞아' 하고 중얼거렸다. 당장에라도 사그라들 것 같은 목소리였다. 늘 강하고 든든한 유진에게선 상상도 할 수 없는 모습이었다. 나와 옌나는 얼굴을 마주보며 경악을 공유했다.

"……앞으로 2년 뒤면 성인이 되니까, 생활 자체는 아마 괜찮을 거야. 그전에도 내가 일 때문에 며칠씩 집을 비우곤 했거든.

하지만……."

머리카락을 난폭하게 쓸어넘긴 유진은 울상을 지으며 딸에 대해 이야기했다.

"나는 아주 못된 부모야. 가장 소중한 딸을 혼자 남겨두고 이런 곳에 있다니. 하지만 돌아갈 방법을 못 찾겠어. 하다못해 딸이 무사하게, 행복하게 살기를 기도할 수밖에 없지."

————이런 힘이 있어봤자 나는 무력해.

순간 눈물을 흘리는 줄로만 알았다. 하나 그건 착각이었으리라.

"……따님은 어떤 아이였나요?"

분위기를 바꾸기 위해서라도 옌나가 온화하게 물었다. 유진은 피식 웃은 다음 기쁜 얼굴로 딸 이야기를 하기 시작했다. 그런 얼굴은 오직 그때밖에 본 적이 없었다.

"애 엄마를 닮아서 귀엽게 생긴 데다 머리도 좋고 배려심도 넘치는 착한 아이야. 운동신경이 좀 안 좋고 지나치게 배려하는 면이 있지만……."

"무척 자랑스러운 따님이군요. 이름은요?"

"메구(環)라고 해. 내가 살던 나라의 말로 고리를 뜻하지. 설령 앞으로 나아갈 길이 어긋나버려도 원래의 자리로 돌아올 수 있길 바라는 마음을 담아서. 사람들을 이어주는 고리를 만들어낼 수 있는 아이로 자라도록. 그리고 꽃 이름이기도 해. '애정'이라는 꽃말이 있지."

좋은 이름이다. 분명 그 딸은 이름에 담긴 바람대로 애정이 넘치는 착한 아이로 자랄 것이라고 느꼈다.

"좋구나. 그럼 나에게 아이가 생기면 그 아이에게도 메구라는 이름을 붙이마."

"어머나, 멋져요! 저도 그 이름을 쓰고 싶네요."

"……너희들, 그 전에 출생률이 한없이 0에 수렴하지 않냐. 하이 엘프는 어떤지 모르지만, 엘프도 마왕도 가장 아이가 생기기 어려운 종족의 대표주자면서."

그런 건 우리도 익히 아는 사실이다. 하나 나도 옌나도 밝은 기분이 들도록 그런 이야기를 했다.

지금 생각해 보면 설마 그때 했던 말이 진짜가 될 줄은 상상도 하지 못했다. 게다가 상대가 옌나라니. 서로 예상하지 못했으리라.

그러나 내가 가까스로 힘의 제어에 성공하고 전쟁이 종식된 후. 우리의 사이는 급속도로 가까워졌다. 옌나는 나에게 진심으로 소중한 사람임을 깨달았다. 감사하게도 옌나 또한 같은 마음이라 말해주었다.

행복했다. 하나 어느 날 갑자기 옌나가 조사하고 싶은 게 있다면서 하이 엘프 마을에 가겠다고 했다.

"굉장히 중요한 일이에요. 괜찮아요. 저는 하이 엘프 사이에선 범죄자지만, 족장의 외동딸인걸요. 심각한 처분은 받지 않을 테죠. 조사한 뒤에 바로 돌아올게요."

그게 내가 본 옌나의 마지막 모습이었다. 마왕으로서도, 속죄를 위해서도 나의 나라에서 벗어날 수 없었기에 걱정되긴 하였으나 옌나와 같이 갈 수 없었다. 유진 또한 전쟁 후에 할 일이 있다며 헤어진 뒤로 만나지 않았으므로 옌나는 혼자서 떠났다. 나는 지금도 그때 억지로라도 따라갔어야 했다며 후회한다.

……많이 길어졌지만, 이 정도일까. 음? 왜 그러냐, 메구. 놀란 표정이구나. 나의 이야기에 이상한 부분이 있었나?

【메구】

잠깐. 어떻게 된 일이야? 아니, 그런 거겠지. 아, 아빠가 마왕의 동료였다고?! 게다가 메구의 어머니와도?! 심지어 메구의 이름의 유래가 설마 옌나였다는 충격적인 사실! 세상 참 좁다…….
이세계에 넘어왔는데도 좁다니 대체.
"메구? 왜 그러냐. 어디 아프기라도 한 건가?"
내가 너무 영혼이 나가 있어서 그런가, 마왕님이 걱정했다.
"으으응, 그런 건 아닌데요……."
그리고 마음에 걸리는 게 있었다. 이름! 내 이름 말고, 아빠의 이름. 아빠는 왜 유진이라는 이름을 쓴 걸까? 의아해하던 도중 아주 오래된 일상의 한 장면이 문득 떠올랐다.

『유진? 그게 뭐야?』
『게임 속에서 쓰는 내 이름이지!』
『왜 그 이름이야? 토모히로면 안 돼?』

『메구, 넌 잘 모르는구나……. 이런 세계관에서 토모히로면 분위기가 안 살잖아! 하지만 이름을 읽는 법을 바꾸기만 해도(友尋은 일본선 토모히로로 읽을 수도 있고 유진으로 읽을 수도 있다.) 제법 그럴싸하게 어울리지 않아?』

『어, 그래. 그러네. 밥 빨리 안 먹으면 지각한다?』

『헉, 큰일이다!』

……맞다. 그런 대화도 했었지. 하지만 그때는 아침밥을 치우고 싶었기 때문에 제대로 귀담아듣지 않았다. 하지만 설마 아빠가 이세계로 넘어와서 그 이름을 쓰며 살았을 줄은 몰랐다고!

"유진……."

으음, 하지만 이 답답함은 그게 아니란 말이지. 또 뭔가 있다. 아니, 애초에 이 이름을 또 어디선가 들어본 적이 있는 것 같은데……. 끄응, 어디서지?

"그래, 메구는 유진을 만난 적이 있었지."

"헤?"

생각에 잠겨있던 도중에 뜻밖의 말이 들리는 바람에 괴상한 소리가 새어 나갔다. 만난 적이 있었다면 아무리 그래도 안단 말이야! 나는 모습이 바뀌었지만, 아빠는 아빠인 그대로일 테니까 분명 알아볼 수 있을 텐데.

"만난 적 업는데요?"

"음? 그런가? 그 녀석에게 메구의 이야기를 듣고 여기에 온 거다만."

·················어? 생각이 정지할 뻔했다.

"아아, 그러고 보면 그때 메구는 자는 중이었다고 했지. 그렇다면 메구 쪽에선 유진을 만나지 않았다고 볼 수 있겠구나."

자, 잠깐만. 왜? 왜 그렇게, 지금도 살아있는 것처럼······.

쿵, 쿵. 심장이 크게 뛰었다. 이 이상 더 크게 뛰었다간 이 심장은 터져버리는 게 아닐까.

"저, 저기. 유진이라는 샤람은, 인간인데······. 어떠케, 지금도, 그게······."

──살아있는 거야?

"음? 그래, 메구는 아직 어리니까 모르는 것도 이상하진 않겠군. 유진은 나와 영혼을 반씩 교환했다. 덕분에 나는 힘에 삼켜지지 않게 되었고, 유진은 수명이 길어졌지. 나는 그만큼 수명이 줄어들었고 유진은 더 강해졌다만, 어느 쪽이든 큰 문제는 없는 범위였다."

마왕은 아인보다 훨씬 오래 산다. 하지만 마왕님은 수명이 줄어서 평범한 아인과 비슷해졌다고 한다. 그리고 100년도 살지 못하는 인간인 아빠는 반대로 아인과 비슷한 수명을 지니게 되었다고 한다.

아빠가 지금도 살아있다고?

"지, 지금 어디 이써요? 어디서, 어떠케 사는지 아세요?"

"이상한 걸 묻는구나. 설마 이름을 몰랐나?"

나는, 그 대답을 알고 있다─────.

『아무튼 아주 험악하던 격동의 시대였죠……. 그 시절엔 그날 먹을 것을 확보하는 것도 버거운 나날이 계속 이어졌고요.』

『하지만 그런 시대를 바꾼 인물이 있다.』

길드에 온 직후에, 슈리에 씨와 기르 씨가 말했었잖아.

『그 사람의 이름은 유진. 이 길드의 창시자이자 우리의 두목입니다.』

그래. 그때 유진이라는 이름을 들었다. 그때 눈치챘으면 좋았을걸. 하지만 꽤 흔한 이름이라고 생각했으니까……!

"유진은 특급 길드 오르투스의 두목이다."

아아……. 거짓말이지? 진짜야? 정말?

"두목이 돌아왔어!"

그때 길드에 울려 퍼진 목소리. 아하하, 타이밍 너무 좋은 거 아니야? 뭐야 이게.

"다녀오셨어요! 두목!"

"슈리에 씨도 잘 돌아오셨어요!"

"수고하셨습니다! 어디 다치신 곳도 없어 보이네요!"

나는 천천히, 길드 입구로 눈을 돌렸다.

"그래, 다녀왔어. 착하게 잘 있었냐."

"무슨 어린아이에게 하는 말도 아니고!"

길드 안에 웃음소리가 퍼졌다.

『다녀왔어, 메구. 착하게 잘 있었니?』

······아빠. 아빠다.

"훗. 유진은 역시 변하지 않는구나. 길드원들에게도 사랑받고."

"응? 뭐야, 아슈. 설마 계속 여기 있었어? 그렇다면 역시?"

아빠가 마왕님이 있다는 걸 알아차리고 말을 걸면서 이쪽으로 다가왔다. 부드러운 눈빛, 단정한 자세. 기억 속에 있는 아빠보다는 조금 나이가 있어 보이지만······. 그래도 제법 멋지게 늙었잖아, 아빠.

그리고 그 파란 넥타이. 회색 정장은 그때와는 달리 이쪽 세계에서 만든 옷일지도 모르지만, 저 파란 넥타이는 출장 가기 전에 돌아올 때는 이걸 매고 오겠다면서 보여줬으니까 틀림없다.

『아빠! 생일 축하해!』

『어?! 메, 메구······. 이건 어떻게······.』

『헤헤헤. 용돈 모아서 샀어! 전부 내 돈으로 산 거야. 아빠에게 뭐라도 꼭 선물하고 싶었거든!』

『메구······, 너. 아니, 네가 사고 싶은 걸 사야지······.』

『아빠에게 줄 선물을 사고 싶어서 산 건데?』

『그, 그래······. 그렇구나! 고맙다, 메구. 네가 처음 사준 선물인걸. 평생 소중히 할게!』

초등학생 때, 할머니 심부름을 하면서 조금씩 모은 용돈으로 아빠에게 줄 생일 선물을 샀다. 난생처음 내 돈으로 산 물건이었다. 무언가를 사는 것 자체가 처음이었다. 그때까지 준 선물은 편지나 종이접기 같은 거였지만, 조금 어른이 된 느낌이 들어서 기뻤다는 걸 지금도 기억한다.

그때 선물한 파란 넥타이는 지금은 구깃구깃해져서 그동안 계속 매고 있었다는 게 한눈에 보였다. 저쪽 세계에 있을 때는 아껴야 한다면서 특별한 날에만 맸으면서.

이 세계에 와서 혼자 영문도 모르는 상태였을 것이다. 어쩌면 저 넥타이가 아빠에게 기운을 준 건지도 모른다고 생각하는 건 자의식 과잉일까?

"그래. 네 말대로 메구는 나와 엔나의 딸이 맞다."

"……그렇군. 어때? 딸이 있으니까 참 좋지?"

"아직 함께 지낸 기간이 짧기에 잘은 모르겠다만……, 벌써 몇 번이나 '심쿵'이라는 것을 체험했다!"

"뭐? 뭔 소리야."

아아, 하지만. 아무리 내가 아빠의 딸이라고 해도 지금은 마왕님의 딸이다.

──어떻게 밝힐 수 있을까.

"여어, 메구. 너와 이렇게 대화하는 건 처음이지? 안녕. 나는 이 길드의 두목이자 네 아버지인 아슈와는 친구야. 잘 부탁해."

두목이, 아빠가, 내 키에 맞춰서 몸을 숙인 뒤 내 머리에 손을 올리고 쓰다듬었다. '처음'이라는 말이 가슴을 푹 찔렀다.

"어…… 으, 으……."

아니야. 처음이 아니라고. 계속, 계속 보고 싶었어. 혼자서 계속 외로웠어. 아빠는 죽지 않았다고 믿었어. 언젠가 돌아올 거라고.

또 만날 날이 올 거라고.

"안녀, 하세여……. 메구, 임미다."

하지만 나는 그 모든 말을 삼켰다. 달리 할 수 있는 말을 찾지 못했다.

"음? 왜 그런 거냐, 메구. 역시 몸이 아픈 건가?"

"그게, 머리가 쪼끔 아파요. 방에서 쉬어도 댈까요?"

"뭣이라!? 괘, 괜찮은 거냐?! 의무실에……."

"갠차나요! 쉬면 금방 건강해져요."

당황하는 주위의 반응을 어떻게든 달래려고 해봤지만 좀처럼 받아들여 주지 않았기 때문에, 필살기 '내 방 침대가 좋아요'를 거듭 시전해서 가까스로 방에 돌아오게 되었다. 솔직히 지금은 그런 거에 신경 쓸 때가 아니라 빨리 혼자가 되고 싶었던 것뿐이지만.

"푹 쉬어야 한다? 나도 한동안 길드에 있을 테니까 다음에 또 대화하자."

"네……."

두목의 그 말을 들은 나는 걱정하며 나를 안아 든 기르 씨와 함께 방으로 돌아왔다. 마왕님은 두목과 좀 더 대화한다며 다른 방으로 향한 것 같았다.

"괜찮아? 메구."

나는 그저 기르 씨의 가슴에 매달려 터질 것 같은 눈물을 필사
적으로 참았다.

6 마음 정리

"정말 괜찮아?"

기르 씨의 말에 나는 이불에 파고들면서 고개를 끄덕였다. 지금 입을 열었다간 목이 멘 소리가 나올 것 같았기 때문이다.

"……무슨 일이 있으면 바로 불러."

잠시 침묵이 흐른 뒤, 기르 씨는 그렇게 말한 뒤 방에서 나갔다. 아마 내 상태가 이상하다는 건 알아차렸겠지. 어디가 아픈 게 아니라는 것도. 마음속으로 미안하다고 사과하면서 방이 조용해진 걸 느꼈다.

"흐…… 어허어어엉!!"

울었다. 밖에 조금이라도 소리가 새어 나가지 않도록, 베개에 얼굴을 파묻고 큰 소리로 울었다.

아빠가 살아 있었다.

아빠를 만났다.

하지만 나는? 하세가와 메구가 아니다. 어째서? 왜 이렇게 꼬인 걸까. 내가 아빠 딸 메구라고 전할 수 있다며 얼마나 편할까. 하지만 아빠도 혼란스러울 것이다. 원래의 몸은 어떻게 된 거냐고. 너는 내 딸이 아니라고, 거부하면 어떡하지.

그런 생각이 머릿속에서 빙빙 돌다가 어떻게 해야 하는지 알 수 없어져서 계속 울었다. 펑펑 울었다.

그렇게 나는 울다 지쳐서…….

『하세가와 씨 이야기 들었어?』

저건 회사 동료인가……? 왠지 굉장히 오랜만에 보는 느낌.

『그래. 급성 심부전이래. 아무리 생각해봐도 과로사지…….』

어? 무슨 소리야?

『이 회사는 진짜 사람을 소모품으로 본다니까. 이번 일로 잘 알았어.』

『그러게……. 머리로는 블랙 회사라는 걸 알고 있었지만, 어딘가에서 어디든 비슷하다고 싸잡고 있었는데.』

『점점 세상은 이게 평범한 거라고 생각하기 시작한 거야. 자기도 모르는 사이에.』

『감각이 마비되는 건 무섭다니까. 매일 녹초가 될 때까지 일하느라 그런 당연한 것조차 생각하지 못하게 된다니.』

『맞아……. 나 다음에 병원 가보려고.』

무슨 이야기를 하는 거야? 이 사람들은, 무슨……?

『이틀 정도 무단결근하길래 결국 앓아누웠나 했더니……. 그 것조차 눈치채지 못했던 거 아닐까? 하세가와 씨.』

『자는 사이에 간 건가. 아직 젊은데. 속상해. 좀 더 신경 써줄 걸 그랬어.』

『뭐든 척척 해치우고 이 사람이라면 뭐든 할 수 있을 거라면서 너무 의지했던 거야. 조금만 생각해보면 일을 지나치게 많이 맡겼다는 걸 알 수 있었는데. 흔쾌히 받아들여 준다고 다들 너무 기댔어.』

싫어, 세상에, 나……!

『하세가와 씨의 죽음을 무의미하게 만들 수는 없지. 우리도 좀 움직여야겠어.』

『그래. 같은 피해자가 늘어나지 않도록 막기 위해서도.』

나, 죽은, 거야……?

"……!"

벌떡 일어났다. 심장이 시끄럽게 두근거렸다.

"꿈……? 아니, 하지만. 지금 그건."

실제로 있었던 일이다. 그런 확신이 든다.

나는 죽었다. 과로사. 아빠가 없어진 뒤로 뭘 했었던 거지. 스스로를 마구 채찍질하면서 그저 악착같이 살아왔다. 그리고, 그 때문에 죽었다.

괜히 더 말할 수 없게 되었잖아. 아빠에게, 내가 아빠 딸 메구라고. 그런데 이런 초라한 이유로 죽어버리다니. 아빠에게 대체 뭐라고 말해야 하는 거야?

"힉……, 아…… 아."

별안간 숨을 제대로 쉴 수 없어졌다. 어라? 어떻게 호흡하면 되는 거더라? 지금까지 아무 생각 없이 해왔던 건데, 어떻게 하는지 모르겠다.

"으…… 아."

호흡이 거칠어졌다. 머리가 새하얘지는 걸 느끼면서 이러다 큰일 날 것 같아 필사적으로 후우를 불렀다.

『부르셨어요? 주인님. 어? 주인님?!』

안 돼. 부른 것까진 좋지만 괴로워서 아무런 지시도 못 내리겠어. 시야가 흐려지는 게 눈물 때문인 건지 의식이 멀어져서 그런 건지 분간할 수 없다.

『기, 기다려 주인님! 네프리 씨 불러올 테니까!!』

하지만 내 모습을 보고 알아차린 건지 후우가 정확한 판단을 내리고 움직였다. 역시 바람의 정령답게 순식간에 전달한 건지 바로 누군가가 방 안으로 달려들어 왔다.

"메구?!"

아, 이 목소리는 슈리에 씨다. 오랜만에 듣네. 슈리에 씨의 목소리.

"기르! 바로 루드 불러!"

"이미 불렀어!"

아아, 또 걱정 끼쳤잖아. 나 진짜 귀찮다. 미안해, 메구. 네 몸에 부담을 줘서. 하지만 미안해. 나는 내가 죽었다는 게 도저히 믿을 수 없어서 상당히 큰 충격을 받았나 봐. 괴로워. 괴로워. 숨도 막히지만 가슴이 아파.

실내가 허둥지둥 부산해지는 기척을 느꼈다. 내가 알아들을 수 있었던 건 슈리에 씨와 기르 씨, 그리고 조금 늦게 온 루드 선생님의 목소리. 그 외에도 몇 명 더 있었던 것 같지만 지금의 나는 알 수 없었다. 누가 이 몸을 안고 입에 뭔가를 대고 있나? 하지만 여전히 괴로웠다.

————누가 좀, 도와줘.

지금까지 계속, 아무에게도 하지 못했던 말을 마음속으로 거듭 소리쳤다.

시간이 얼마나 지났는지는 모른다. 아주 길게 느껴졌지만 그건 내가 괴로웠기 때문인지도 모르고. 고작 수십 분 정도였을 가능성도 있다.

"그래, 그래. 괜찮아, 메구. 다들 옆에 있으니까."

지금은 아무래도 루드 선생님의 무릎 위에 누워있는 모양이었다. 장소는 여전히 내 방. 루드 선생님이 바닥에 책상다리로 앉은 걸 보면 나는 바닥에 쓰러져있었나? 멍하니 그런 생각을 하면서 가물가물한 의식을 잡고 있었다.

"진정됐나……."

"메구는 괜찮은 건가요?"

어딘지 안도한 듯한 기르 씨와 슈리에 씨의 목소리. 나는 기진맥진한 상태였기 때문에 눈을 감고 그 목소리만 들었다.

"무언가가 메구의 기억을 자극한 건지도 몰라. 과거의 어떤 일을 떠올렸거나, 아니면 또 다른 원인이 있는 건지는 모르겠지만. 과호흡은 고통스러운 증상이긴 하지만 괜찮아."

"다행이다……. 원인은 짐작 가는 게 이것저것 있습니다. 제가 조사한 것과 관련이 있을지도 몰라요."

"하이 엘프에 대해서?"

"네. 오늘 밤에라도 두목과 함께 여러분에게 이야기할 생각이에요."

오늘 밤? 나와 관련이 있는 건가. 그렇다면 나도 듣고 싶다. 하지만 내 마음이 감당할 수 있을까. ……아니. 내가 이미 죽었다는 사실에 비하면 다른 건 사소한 일이지. 무슨 말을 듣는다고 해도 괜찮을 거다.

결심했으니까. 메구를, 이 몸을 지키겠다고. 나는 눈을 가늘게 떴다.

"……도. 저도, 듣고 시퍼요……."

"메구……."

사람들의 미간에 주름이 파이고 눈썹이 다들 팔자로 휘어졌다. 후후, 웃겨라. 이런 상황에서 무슨 소릴 하는 거냐고 걱정해준다는 게 잘 보였다. 나도 반대 입장이었다면 걱정했겠지. 하지만 딱 잘라 거절하지 않는 건 다들 알기 때문이다.

나와 관련된 이야기니까. 어린아이라는 이유로 당사자인데도 숨기는 건 좋지 않다고 생각하는 거다.

"밤에는 기운 차릴 꺼에요. 지금 마니 잘게요."

낮잠 잔 지 얼마 지나지 않은 시각이니 오늘은 계속 자면서 보내겠네. 밤에 있을 중요한 회합에 참가할 걸 고려하면 지금 또 자 둬야 한다. 과호흡으로 고생한 뒤로 피곤하기도 하고.

"……알겠습니다. 두목이나 다른 사람들에게도 전해둘게요. 하지만 약속한 대로 푹 쉬어야 하고, 하나 더."

슈리에 씨가 한번 말을 끊은 다음 나에게 가까이 다가와 몸을 숙여 눈높이를 맞추고 웃으며 말했다.

"자연 마법에 대해, 제가 없는 동안에 있었던 일을 들려주세요."

아, 맞다. 그래야지. 호무라를 소개해주고 지금은 첫 임무를 받아 쇼가 네모에 갔다는 것도 알려줘야 한다. 일부러 화제를 바꿔준 슈리에 씨에게 절절한 감사가 퐁퐁 샘솟았다.

자상하게 눈을 휘면서 머리를 쓰다듬어주는 슈리에 씨. 그 향기와 안심감에 나도 덩달아 표정이 풀리는 걸 느꼈다.

"드디어 웃어주었네요. 괜찮아요, 메구. ……무슨 일이 있어도 우리는 당신의 아군이니까요."

슈리에 씨가 엘프 마을에서 어떤 정보를 얻었는지는 모르지만, 그 한마디에 나는 진심으로 안심할 수 있었다. 분명 괜찮을 것이다. 그건 진짜 나를 드러내도 괜찮을지도 모른다는 생각이 들게 해주는 미소였다.

【메어리라】

정말이지. 빨간 오니는 이래서 싫다니까요!

"쥬마! 어이, 멈춰!"

"소용없어, 니카. 저 상태의 쥬마에겐 주위의 목소리가 들리지 않아!"

오랜만에 불사조 모습이 된 저는 니카 씨와 케이 씨를 태우고 북쪽 산까지 왔습니다. 저는 전투력이 없기 때문에 북쪽 산에 있는 건 꽤 무섭다고요……! 물론 그렇게 쉽게 죽지는 않지만요. 죽을 것 같을 때는 한 번 싹 불태운 뒤에 다시 태어나거든요! 하지만 무서운 건 무섭습니다. 부활한 순간에는 힘이 약해지고 무방비해지니까요. 아니, 지금은 그게 중요한 게 아니었죠!

"큭, 나도 힘을 해방해야겠어! 케이, 내가 제압하면 바로 구속해줘!"

"알았어. 맡겨줘."

마물형이 된 빨간 오니는 아무튼 큽니다. 저도 상당히 크지만요! 하지만 저런 식으로 거칠게 날뛰는 건 경망스럽잖아요! 자아를 잃은 건 아니라 이쪽을 공격하진 않지만, 저 상태인 빨간 오니는 먹이의 숨통을 끊을 때까지 주위가 보이지 않게 됩니다. 지금 당장 멈추고 길드에 돌아가야 한다거나, 자세한 설명을 해봤자 듣지 않는 거죠. 성가셔요!

타오르는 태양 같은 사자로 모습을 바꾼 니카 씨가 앞발로 지면을 콱 밟았습니다. 달려들기 전의 예비 동작이네요! 아아, 아름다운 모습이에요. 빨간 오니와는 달리 이글이글 불타는 모습이 정말 태양을 닮아서 고고해 보입니다. 같은 불을 휘감은 자로서 자랑스러워요!

그런 니카 씨가 달려 나갔습니다. 드래곤을 처치하기 위해 최후의 공격을 가한 직후의 순간을 노려서요. 숨통을 끊은 감각을 맛보았을 빨간 오니에게는 빈틈이 생겼습니다. 빨간 오니의 목을 물어뜯은 니카 씨. 저 정도로는 목에 상처가 생기지도 않지만, 오히려 구멍이 뚫리면 좋겠다고 생각하니 전혀 걱정되지 않습니다. 한편 깨물린 빨간 오니는 새로운 적인 줄 알고 긴장했지만 즉시 니카 씨라는 걸 알아차리고 약간 힘을 뺀 모양이네요.

"오케이. 니카, 떨어져."

거기서 바로 케이 씨의 구속마법이 발동되었습니다. 케이 씨가 앞으로 팔을 내밀자 무수히 많은 백사가 날아갑니다. 꽃무늬가 얼핏얼핏 보이는 게 아주 예뻐요. 여자를 닥치는 대로 홀려대는 부분만 없다면 동경했을 텐데, 아깝다니까요. 본인에게 자각이 없다고 해도 케이 씨는 여러모로 파, 파, 파렴치하다고요!

"끄헉?!"

하얀 뱀에게 구속된 빨간 오니는 순간 그런 비명을 지르더니 황급히 인간형으로 모습을 바꿨습니다. 하지만 하얀 뱀들은 그 변화에 맞춰서 구속을 바꿨기 때문에 도망갈 수 없습니다. 빨간 오니의 꿍꿍이도 날아간 셈이죠!

"잠깐, 만, 니카! 케이?! 왜 이런 곳에, 우웁!"

시끄러워지려던 차에 케이 씨가 보낸 백사 중 제일 큰 백사가 빨간 오니의 입을 틀어막았습니다. 어떻게든 벗어나기 위해 발버둥 쳤지만 백사들은 꿈쩍도 하지 않네요. 대단해요!

"발버둥 쳐봤자 빠져나오지 못할 거야. 구속력의 강도는 마력과 비례하니까. 쥬마의 마력량으로는 풀 수 없어."

케이 씨는 호리호리해서 근력 자체는 별로 없지만, 마력량은 길드 안에서도 다섯 손가락에 꼽힌답니다! 빨간 오니는 굳이 따지라면 육체파이기 때문에 마력으로 케이 씨를 이기는 건 불가능하죠!

"좋았어. 고맙다, 케이."

"니카도 수고했어. 아, 쥬마. 이렇게 잡아가서 미안하지만, 지금은 당장 여기서 떠나야 해. 길드에 도착하면 제대로 설명을 들을 수 있을 테니까 당분간 그대로 있어."

"간단하게 말하자면, 쥬마 너는 너무 시끄러워!"

케이 씨가 모처럼 우회적으로 전했는데 니카 씨가 직구를 던져버렸습니다. 하지만 이 단순무식 빨간 오니에게는 그 정도가 딱 좋아요!

"우웁……."

막상 빨간 오니는 버둥거려봤자 소용없다는 걸 알아차린 건지 별안간 얌전해졌습니다. 나중에 알려준다면 됐다고 생각하는 건지도 모르겠네요. 이 빨간 오니는 태평한 바보이기도 하니까요!

"……우우웁."

그리고 순식간에 잠들어버린 빨간 오니. 너무 태평한 거 아닌가요! 잠든 얼굴은…… 분하지만 머, 머, 멋있어요! 아뇨! 좋아한다거나 그런 건 아니고요! 그건 그, 어릴 때의 흑역사 같은 거예요!

처음 빨간 오니를 봤을 때 아직 어렸던 저는 그저 얼굴만 밝히던 시절이라 빨간 오니에게 첫눈에 반했었답니다. 잘 알기도 전에 빨간 오니에게 '남자친구가 되어주세요!'라고 말해버린 게 문제였죠. '그래, 좋아'라는 즉답을 들었을 때는 잔뜩 들떴답니다. 저는 바보였어요! 그 후 일주일 정도는 저 자식과 연인이라고 생각했는데…… 저 자식은 그런 생각이 눈곱만큼도 없었던 거예요! '근데 굳이 친구가 되어달란 말을 하냐?'라는 말을 들었을 때는 수치와 분노와 실망 등등 온갖 감정이 마구 뒤엉켜서 뺨을 때려버렸죠! 그런데도 전혀 동요하지 않지 신경 쓰지도 않지……!!

순정이 처참하게 짓밟힌 원한은 평생 잊을 수 없습니다! 저는 불사조니까요. 다시 태어나도 잊지 않아요! 그런데 원통하게도 빨간 오니의 얼굴은 취향이거든요! 얼굴만 뜯어서 예쁘게 걸어 놓고 싶어요!

"……메어리라? 슬슬 출발하고 싶은데 괜찮을까?"

"왜 그렇게 흉흉한 표정으로 쥬마를 노려보는 거야? 메어리라."

아차, 실수. 그때의 굴욕을 떠올렸더니 그만. 가볍게 심호흡한 다음 입을 열었습니다.

"괜찮아요. 갑시다! 하지만…… 부탁 하나만 들어주실 수 있을까요?"

제가 그렇게 말하자 두 사람 다 흔쾌히 허락해주었습니다. 이 선배들은 정말 친절해요! 사알짝 파렴치하고 사알짝 너무 호쾌해서 그렇지. 하지만 그것도 개성이죠!

"이 빨간 오니는 태우고 싶지 않아요! 매달고 가게 해주세요!"

두 주먹을 불끈 쥐고 외치자 둘 다 쓴웃음을 지었습니다. 무슨 말씀을 하고 싶으신지는 그야 이해하는데요! 그래도 그 굴욕을 떠올리면 제정신을 유지할 수 있을 것 같지 않으니까 위험하다고요!

"어쩔 수 없네. 메어리라는 쥬마를 좋아했으니까."

"복잡한 여심이다, 이건가. 그렇다면 어쩔 수 없지."

"아, 아니거든요!"

으윽. 케이 씨에게는 어째서인지 다 들킨다니까요. 하지만 부정해놓아야죠!

"아, 미안. 지금은 오웬이었지?"

"누, 누누누누누가 그런! 바람둥이 오웬을!!"

그, 그야 빨간 오니만큼은 아니지만 와일드한 개구쟁이 스타일인 오웬은 제 취향의 얼굴이긴 해요! 하지만 그건 외모만 봤을 때 그렇다는 거고요! 아니, 근데 왜 케이 씨는 그런 걸 이렇게 예리하게 알아보시는 거죠?!

"케이……. 너무 놀리면 불쌍하지 않냐."

"쿡쿡. 미안해, 반응이 하도 귀여워서 그만."

"귀, 귀엽……?!"

"이봐, 케이……. 하아, 이건 무자각인가. 성가시네."

잡담하고 있을 때가 아니에요! 그렇게 외친 뒤 저는 불사조 모습으로 변했습니다. 아직 조금 더 토라져 있고 싶었지만, 부탁을 들어준 케이 씨가 백사를 이용해 빨간 오니를 매달아주었거든요. 그래서 놀림당한 문제는 용서해드리기로 했습니다! 저는 어른이고 메구의 본보기가 될 만한 멋진 숙녀니까요!

【메구】

"으응……."

꿈도 꾸지 않고 푹 잔 것 같다. 실컷 울고 자서 그런지 마음이 가벼워진 듯한 느낌이 들었다.

"일어났나? 조금 더 자도 괜찮아."

바로 옆에서 기르 씨의 목소리가 들렸기 때문에 상반신을 일으켜 목소리가 난 쪽을 돌아보자, 걱정스러운 표정인 기르 씨와 눈이 마주쳤다.

"갠차나요! 이제 건강해요!"

웃으면서 두 주먹을 꼭 쥐고 선언했다. 이건 허세도 뭣도 아닌 진심이다. 그야 아직 완전히 받아들이지 못한 사실이지만, 조급해할 필요는 없을 테니까. 실컷 울었고, 발광도 하고, 그 후 짧지만 푹 자기도 했다. 오랜만에 감정을 폭발시킨 덕분에 정말로 개운해졌다.

"……하아. 정말이지."

어쩔 수 없다는 말이 이어질 법한 기르 씨의 한숨이었다. 난처한 듯 웃으면서 여느 때처럼 내 머리를 토닥토닥 쓰다듬어주었다.

하세가와 메구였을 때는 일이 너무 바빠서 슬슬 기절하고 싶은데도 기절하지 못할 만큼 튼튼했지만, 이 몸은 어린아이라서 그런지 정말로 금방 기절한다. 조심해야 한다고 여러 번 다짐했는데 말이지. 하지만 이렇게 마음에 부담을 주는 사실이 퐁퐁 솟아나니 않아눕는 것도 어쩔 수 없잖아! 그래, 나는 나쁘지 않아! 아마도!

"파파, 배고파요."

타이밍 좋게 배에서 꼬르륵 소리가 났다. 마음이 개운해져서 그런가? 이 김에 기르 파파에게 어리광부려야지.

"파파라. 너에겐 진짜 아버지가 살아계신데, 아직 내가 아버지여도 괜찮겠어?"

아, 그렇구나. 기르 씨도 신경 쓰고 있었구나. 조금 불안한 듯 쓸쓸해 보이는 표정은 처음 봤다. 하지만 그게 왠지 기쁘기도 했다.

"기르 씨는 파파예요. 아부지는 아부지예요."

어라? 뭔가 말로 했더니 영 횡설수설하는 느낌이 되어버렸는데…… 전해졌을까?

"……훗, 그래. 그럼 됐다."

전해진 건지 아닌지는 모르겠지만 기르 씨가 웃어주었으니 된 걸로 치자. 음.

"땅콩, 이리 와."

기르 씨와 함께 조금 이른 저녁을 먹으러 홀로 내려가자 팔짱을 끼고 의자에 앉아있던 레키가 나를 불러 세웠다. 너는 대체 왜 그렇게 못마땅한 표정인 거니. 디폴트?

"레키?"

"간단한 진찰이야. 루드 선생님은 지금 바쁘니까. 빨리 와."

아하, 그렇구나. 내가 과호흡을 일으켰기 때문인가. 하지만 이제 괜찮은 것 같은데……. 그런 생각이 얼굴에 드러난 건지 레키는 한층 못마땅한 듯 눈썹을 찡그렸다.

"……괜찮은지 아닌지는 내가 판단한다."

"윽, 네. 잘 부탁함미다……."

그, 그렇게 얼굴에 다 드러나나? 표정 근육 님, 일 좀 하시죠. 쭈물쭈물.

레키의 진찰은 금방 끝났다. 눈에 띄는 이상은 없다고 한다. 괜찮을 거라고 생각은 했지만 그런 진단을 받으면 역시 안심하게 되지!

"하지만 정신적으로는 좀 지쳤군. ……어쩔 수 없지."

그 말이 끝나자마자 레키는 그 자리에서 갑자기 마물형으로 변화하기 시작했다. 으어어어억?! 아담한 소년이었던 모습은 무지개색으로 빛나는 털을 지닌, 아주 아름다운 늑대의 모습으로 바뀌었다. 레키의 무지개색 머리카락이 전신으로 퍼졌어! 게다가 폭신폭신해 보여……!

『이리 와. 마물형일 때의 내 모피는 마음의 상처를 달래주는 힘이 있어. 한동안 나에게 기대고 앉아.』

뭐, 뭐, 뭐라고? 그거 엄청나게 멋진 생체 소파 아니야? 지금 당장 다이빙해서 뛰어들고 싶은 충동을 가까스로 억누르며 조심조심 레키에게 다가갔다. 인간형일 때는 아담한 소년이지만 마물형이 되면 역시 크구나. 내가 레키 옆에 앉으면 폭 가려져서 안 보이게 될 것 같다.

"시, 실례함미다……."

『그래.』

카펫이 깔린 바닥에 엎드린 레키의 옆구리 부근에 앉아 레키

의 몸에 기댔다.

"흐어어어어……!!"

『……이상한 소리 내지 마.』

하지만! 그렇지만! 참을 수 없어! 따뜻하고 부드러워서 마음속 깊은 곳에서부터 치유되는 느낌. 분명 뭔가 그런 아우라 같은 게 발산되고 있는 거겠지. 하아아아, 보들보들 천국……!

"행보케요……."

『……그러냐.』

퉁명스러운 레키의 대꾸도 전혀 신경 쓰이지 않았다. 나는 한 동안 레키의 무지개색 털을 만끽했다. 하아. 하아아.

"어? 레키가 마물형으로 변하다니 별일이네요. 게다가 자발적으로 침대가 되다니. 성장했군요, 레키."

『시, 시끄러워!』

때마침 지나가던 슈리에 씨가 레키를 살짝 놀리는 목소리. 슈리에 씨는 키득키득 웃으면서 내 옆으로 와 한쪽 무릎을 꿇었다.

"메구, 몸은 좀 어떤가요?"

"갠차나요. 걱정 끼쳐서 제송함미다."

"사과할 이유는 전혀 없답니다. 레키의 모피 효과는 진짜예요. 게다가 이건 무척 귀중한 체험이니, 마음껏 즐기세요."

『이봐, 멋대로 무슨 소리야. 조금 지나면 떨어지라고 할 거니까!』

오오, 슈리에 씨가 보장해주었다. 확실히 기분이 참 좋다. 폭신폭신한 감촉에서 오는 효과도 있을 테고. 무엇보다 고운 털을 가까이서 볼 수 있다는 것도 사치다. 나도 모르게 비비적거렸다.

『어, 어이. 얌전히 있어.』

"그치만 예쁘고 푹씨나고 짱짱."

덕분에 보시다시피 어휘력도 저하되었습니다. 뭐, 지금은 어린아이니까 별문제는 없겠지.

"그러고 보면 메구, 정령과는 어떻게 지냈나요? 친해지셨어요?"

"네! 다들 친구예요! 커터 씨랑 만나서 불의 정령님과도 계약해써요."

"커터의 계약 정령인 지그루가 소개해준 건가요? 그렇다면 믿을 수 있겠군요. 그 아이는 좀…… 너무 기운이 넘치긴 하지만 힘은 강하니까요."

음, 확실히 지그루는 기운이 넘친달까 비글 같은 아이였지. 하지만 슈리에 씨가 그렇게 말하는 걸 보면 힘은 확실한 모양이다. 애초에 커터 씨의 계약 정령이니까 당연하겠지만.

"그리고 쇼는 지금 조사하러 가써요."

"네, 사우라에게 들었습니다. 대단하네요, 메구. 네모 조사 임무도 받게 되었다니."

아뇨, 그런 거창한 건 아니고요! 대단한 건 내가 아니라 쇼인걸. 그렇게 대답하자 슈리에 씨는 '그건 그렇지만, 조금 달라요' 하고 고개를 저었다. 다르다고?

"자연 마법은 얼핏 정령의 힘으로 보이죠. 실제로도 그렇고, 술자는 마력을 나눠주기만 한다고 생각하기 십상이지만요."

그렇게 말한 슈리에 씨는 살짝 팔자 눈썹을 만들며 쓴웃음을 지었다. 자주 비슷한 말을 들었던 모양이다. 그중 한 명이 나인 셈이지만.

"술자가 목적을 정확하게 파악하고, 이미지하고, 정령을 믿고 양질의 마력을 나눠주는 것. 이건 사실 아주 어려운 일이랍니다."

"어, 그던 거예요?"

"네. 마력을 주고 지시를 내려도 이미지대로 되지 않거나, 애초에 말하는 걸 듣지 않기도 하는 일이 자주 일어나죠. 특히 초보자는 8할 정도의 확률로 실패한답니다."

헉, 8할이나? 나도 초보자지만 아직 실패한 적이 없는 것 같은데.

"그런데 메구는 아직 익숙해지지 않았는데도 정확하게 마법을 구사하잖아요. 본인이 이미지한 그대로. 듣자 하니 필요한 정보를 정령이 독단으로 알려주기도 했다면서요. 보통은 숙련된 술자가 아니면 그런 일은 무리예요."

지금 쇼에게 부탁한 장기 원정 조사도 난이도가 확 올라간다고 한다. 어, 하지만 어쩌면 중간에 까먹고 다른 걸 하고 있을지도 모르는데? 나도 모르게 그런 의문이 입 밖으로 나왔다.

"목소리의 정령을 보낸 뒤로 무언가 느낀 적은 없습니까? 없다면 문제없이 지시대로 수행하는 거예요. 정령이 지시에 맞지 않는 행동을 하면 술자가 알 수 있거든요. 첫 계약 정령이라면 더욱더 그렇죠."

음, 확실히 아무런 이상은 느껴지지 않는다. 그렇구나. 쇼, 오랫동안 계속 열심히 하고 있구나!

그렇게 생각했더니 갑자기 쇼가 걱정되었다. 외롭지는 않을까. 위험한 일을 겪진 않았을까. 빨리 만나고 싶다. 하지만 아마 괜찮을 거다. 내가 쇼를 믿어줘야지!

그런 대화를 하고 있었더니 레키가 '이제 됐지?' 하고 일어나 인간형으로 돌아가 버렸다. 아얏, 보송이가!

"자, 그럼 식당에라도 갈까요? 조금 이른 시간이지만 오늘은 별로 못 먹었죠?"

"배고파요!!"

폭신폭신 천국은 아쉽지만, 지금은 공복도 채우고 싶다! 슈리에 씨의 제안에 바로 찬성하자 슈리에 씨가 쿡쿡 웃었다. 뭐 어때!

"오, 밥 먹게? 나도 같이 가도 돼?"

"나도 동행을 청한다."

기르 씨, 슈리에 씨와 함께 식당에 가려던 차에 등 뒤에서 그런 목소리가. 아아, 이 목소리는 잘못 들을 리 없는 그 사람의 목소리다.

"두목과 마왕이요? 아주 눈에 띄는 조합이 되었군요."

뒤를 돌아보자 예상했던 두 사람의 얼굴이 보였다. 아빠와 마왕님이다.

"메구, 괜찮겠어?"

물끄러미 두 사람을 바라보자 기르 씨가 그렇게 물었기에 고개를 끄덕였다. 확실히 호화로운 멤버지만 거절할 이유도 없으니까.

"고맙다."

그렇게 말하며 웃는 아빠. 가슴이 꽉 조였다. 그리워라. 머리부터 발끝까지 전부 다 그립다. 응, 괜찮아. 지금은 이렇게 아빠를 만난 걸 몰래 기뻐하자. 레키의 모피 효과인 걸까? 내 마음은 지금 평화로웠다.

아빠를 빤히 쳐다보면서 햄버그를 우물우물 먹었다. 맛있어라. 역시 햄버그는 데미글라스 소스지! 그리고 아빠가 있다는 것만으로도 그리워서 눈물이 나올 것 같다. 이제 안 울 거지만!

"후후, 두목. 뜨거운 시선을 받고 계시네요."

"이런 귀여운 아이의 시선이라면 대환영이지."

그래, 아빠는 어린아이를 참 좋아했었다. 딱히 잘생긴 건 아니지만 아빠의 미소는 아이들에게 잘 먹힌다. 왠지 편안해진다고 해야 하나. 실제로 나도 덩달아 헤실 웃어버렸다.

"……귀여운데."

"나와 옌나의 피를 이었으니 귀여운 게 당연하다."

"너 얼굴 하나는 잘 생겼으니까. 얼간이인 주제에."

"무슨 말을 하는 거냐. 아버지로서의 위엄이!"

이 두 사람, 만담이라도 하는 걸까. 뭐 그만큼 사이가 좋다는 거겠지. 그렇지 않으면 영혼을 나눠 갖지도 않았을 거야. 사이가 좋은 수준을 넘어서서 마음이 통하는 지기인 거겠지. 하지만 영혼을 나눈다니, 어떤 느낌일까. 표현만 놓고 보면 뭔가, 운명의 상대랄까 연인 같은데. ……아무리 그래도 그쪽 망상은 안

할 거거든! 둘 다 내 아버지니까!

그건 그렇고, 그만큼 가까운 사이인데 싸워야만 했던 상황이라니 얼마나 괴로웠을까. 영락없이 원래 적이었다가 화해해서 친해진 줄 알았는데. 친구끼리 진심으로 싸우는 건 아무리 상대방을 위해서라고 해도 가슴이 아팠을 것이다. 그렇기 때문에 지금 이 두 사람이 친근하게 대화하는 모습을 보는 게 왠지 기뻤다.

"두 분의 대화를 들으면 맥이 풀려요⋯⋯."

"아⋯⋯, 미안해, 슈리에. 배려가 부족했지."

"아뇨. 오히려 그게 저로서도 마음이 편하니까요."

응? 혹시 슈리에 씨는 전쟁 때 피해를 받은 사람인 건가? 왠지 마왕님에게서 시선을 피하는 듯한 분위기를 느꼈는데. 마왕님을 보면 속이 심란해지는 걸지도. 마왕님과도 함께 먹기로 했을 때 얼굴이 조금 딱딱했던 것 같기도 하다. 이래 봬도 잘 지켜보고 있거든! 제자니까!

"그, 음⋯⋯. 미안하구나."

"사과하지 마세요. 정말로 신경 쓰지 않으니까요. 하지만 심술은 좀 부릴지도 모르겠네요."

"⋯⋯훗, 무섭군."

농담 섞인 슈리에 씨의 말에 묘하게 거북해하는 표정이었던 마왕님의 얼굴이 풀어졌다. 음, 다행이다. 벽이 허물어지진 않겠지만, 과거를 과거로 정리한 모양이야. 으음, 까다롭고 섬세한 문제니까 나는 얌전히 지켜봐야지.

"다소 과격하게 해도 죽지만 않는다면 마음대로 해도 돼."

"오호라? 그럼 사양하지 않겠습니다."

"자, 잠깐만! 자네들, 조금은 사양하도록!"

마왕님의 위엄은 어디로 간 걸까. 하지만 나는 이렇게 휘둘리는 마왕님이 더 좋다.

그렇게 멍하니 대화를 듣다가 문득 떠올렸다. 그러고 보면 쇼와 처음 만났을 때 아빠의 목소리로 말을 걸었지? 내 관심을 끌기 위해 그 목소리를 고른 모양이지만, 들은 적 없는 목소리까진 재현하지 못하는 걸로 기억한다. 그래서 이상했었다. 쇼는 언제, 어디서 그 목소리를 들었던 걸까. 아빠가 200년 전에 여기에 있었다고 들었을 때는 쇼도 200년 전에 들은 걸 기억하는 거구나, 기억력이 대단한데? 하고 받아들였지만……. 그냥 이 길드에 있다 보면 들을 기회가 많은 거였어! 지금 생각해 보니 앞뒤가 맞는구나. 일식이나 기모노도 그렇고.

처음엔 긴장감이 감도는 저녁 식사 자리였지만, 자연스럽게 화기애애한 분위기로 흘러가 안심했다. 나는 그 광경을 훈훈하게 지켜보면서 햄버그를 먹었다. 꿀맛!

식사 후엔 주요 길드원을 모은 회의를 하기 때문에 여느 때처럼 응접실이 아닌 회의실로 향했다. 그러고 보면 회의실이 있었지. 편하게 대화할 수 있으니까, 익숙한 공간이니까 등의 이유로 늘 응접실을 사용한다는 모양이지만 이번에는 두목도 마왕님도 있기 때문에 회의실을 쓴다고 했다. 뭐, 그도 그렇겠지. 응접실이 편하다는 건 깊이 공감하지만.

"좋아, 그럼 슈리에. 보고 부탁할게."

"전부 다 떠넘기는 겁니까…… 딱히 상관없지만요."

이렇게 먼저 슈리에 씨 팀이 조사해온 내용부터 보고하기 시작했다. 그 보고는 또다시 충격적인 사실을 알려주었다. 하이 엘프는 다른 종족과의 사이에서 아이가 생기면 영혼이 없다고? 심지어 그게 하이 엘프가 내린 저주의 일종이라니. 하이 엘프들 미친 거 아니야? 아니, 어머니도 메구도 하이 엘프이긴 한데.

그래서 꿈속의 메구는 그런 상태였던 거구나. 하지만 뭔가, 영혼이 없다는 건 아닌 느낌도 드는데. 메구에게는 미약하지만 의사가 있는 것처럼 보였는걸. 어쩌면 메구로서 자란 약 30년의 세월에서 아주 조금이나마 싹튼 건지도 모른다. 영혼의 기반이 될 법한 무언가. 으음, 잘 설명할 수는 없는데 뭔가가 있는 것 같아.

『메구, 보통 사람과는 달라. 하지만 몸도 마음도 메구 거야. 그래도 자세한 건 계약하지 않으면 몰라!』

문득 계약하기 전, 처음 쇼와 대화했을 때 들은 말을 떠올렸다. 그러고 보면 계약한 뒤에 물어보려고 생각했다가 계속 타이밍을 놓쳤었다. 몸도 마음도 메구(하이 엘프) 것. 몸도 마음도 메구(인간) 것……. 하이 엘프인 메구에게는 마음이 없고, 나에게는 몸이 없다. 아, 그런가.

나는 메구고 메구는 나다. 우리는 말하자면 몸과 마음. 그러니까 둘이서 간신히 하나의 메구가 되는 거다.

슈리에 씨의 이야기를 기반으로 생각해보면, 메구의 몸은 계속 마음을 갈망했는데 우연히 이 몸에 맞는 영혼이 나타났다. 다른 세계에 존재하던 영혼이 이 세계에까지 넘어와 메구의 몸에 깃들었다. 다양한 조건에 딱 들어맞은 게 바로 나. ……대단한 기적이다. 아니, 마왕님의 피를 이어받은 아이의 몸이기 때문에 마왕님과 영혼을 나눈 아빠의 피를 이어받은 나를 선택한 거다. 기적처럼 보이지만 필연이었던 건지도 모른다.

"그러니까 메구. 당신은 지금 아마 영혼의 의사로 움직이고 있는 거죠? 당신이 어디까지 이해했는지는 모르지만…… 만약 아는 게 있고, 전하고 싶은 게 있다면 말해주시겠어요?"

당신이 어떤 사람이라고 해도 우리는 받아들이겠습니다. 슈리에 씨가 그 말을 남기자 다들 나를 주목했다.

어? 잠깐. 너무 갑작스러워. 뭐라고 대답해야 하지? 어떻게 해야 전해질까. 말이 나오지 않는다.

"미안해. 갑자기 이런 말을 들어도 당황스럽겠지. 게다가 다들 쳐다보기까지 하고. 하지만 이것만큼은 알아줘."

난처해하고 있었더니 아빠가 진지한 눈빛으로 나를 바라보았다.

"여기 있는 사람들은 네가 어떤 사람이든 지금까지 보였던 태도를 바꾸지 않을 거야. 왜냐하면 지금까지도 계속 '너'와 함께 지내왔으니까."

아빠가 살짝 웃었다. 그 미소를 잘 알고 있다. 내가 아주 좋아하는 미소다.

"나는 널 믿어."

『아빠는 메구를 믿어.』

언제였더라. 내가 들었던 말과 겹쳐졌다. 정말이지. 이렇게 안이하게 믿었다가 내가 악당이면 어떡할 거야? 뭐, 그게 아빠이긴 해. 늘 그렇게 직감으로 사람을 선택하는데도 빗나간 적이 거의 없었지.

어떻게든 말을 하려고 입을 벌린 순간. 루드 선생님이 면목 없다는 듯 발언했다.

"갑자기 끼어들어서 미안하지만……, 두목. 쥬마 일행이 돌아온 모양이야."

"타이밍 한 번. 뭐, 기왕이면 전원이 모였을 때 이야기하는 게 낫고, 그 녀석들의 보고도 들어야지."

어? 어라? 완전히 밝힐 기회를 놓쳐버린 느낌이 든다. 내가 한동안 침묵했기 때문에 루드 선생님도 의도적으로 끊은 거겠지. 하지만 덕분에 안심했다. 뭐라고 할까, 아직 마음의 준비가 덜 된 상태였거든. 작게 숨을 내뱉자 그걸 본 건지 아빠가 몸을 숙이고 내 머리 위에 손을 올려놓았다.

"어째 그럴 분위기가 아니게 되었네. 천천히 이야기를 들어주고 싶었는데……."

미안하다며 팔자 눈썹으로 말하는 아빠를 향해 나는 허둥지둥 고개를 저었다.

"갠차나요. 그치만 다음에 또, 들어주세요……."

"당연하지. 약속할게."

이렇게 나는 아빠와 얼굴을 마주 보며 후후후 웃었다.

응, 조금만 더 이대로 있을래.

"다녀왔습니다."

"오오, 다들 모여 있잖아? 마왕님도 오랜만이야!"

"으읍, 읍! 읍!"

잠시 후, 회의실에 케이 씨, 니카 씨, 그리고 어째서인지 커다란 백사에 입을 틀어 막히고 수많은 백사에 온몸이 칭칭 휘감긴 쥬마가 찾아왔다. 뭐, 뭐지?! 경악하고 있었더니 케이 씨와 눈이 마주쳤다. 부드럽게 웃는 케이 씨의 미소가 조금 무서워 보였다.

"메어리라는 그대로 의무실에 갔는데, 괜찮지? 루드."

"그래. 나중에 이야기를 들을 거니까."

말하는 걸 보니 메어리라 씨도 무사한 모양이다. 척 보기엔 아무도 다치지 않은 것 같아 안심이다. 쥬마? 아니, 음. 무사한 것 같아서 다행이네!

"오, 어째 오랜만인데? 이런 광경. 풀어줘, 케이. 하지만 쥬마. 내가 말을 걸 때까지 발언권 없다. 회의가 막혀버리니까. 무슨 일에든 순서라는 게 있잖아."

아빠가 그렇게 말하자 쥬마는 고개를 힘차게 끄덕였다.

"알았어, 두목. 자, 쥬마. 거칠게 대해서 미안해. 하지만 그렇게 하지 않으면 난동 중인 널 제압할 수 없었고, 넌 진정하기 전엔 우리 이야기에 귀를 안 기울이잖아?"

"하하, 얼마나 신속하고 조용히 폭주 오니를 포획할 수 있는가. 제법 보람 있는 일이었다니까. 발견 자체는 약초보다 더 쉬웠지만!"

"기척을 찾고 뭐고, 전투하는 소리를 듣고 바로 알았으니까."

난동을 부리는 쥬마. 무, 무서울 것 같다. 진짜 모습이 되었다거나 한 걸까? 그걸 제압한 두 사람도 대단하다.

"둘 다 수고했어. ……들키진 않았고?"

"으음, 그건 무리일걸. 그쪽도 그쪽대로 제법 포위망을 펴고 있었을 테니까 전혀 모르진 않았을 거야."

"감시하고 있다는 느낌은 없었지만, 눈치는 챘겠지. 쥬마가 얌전히 있었다고 해도 그 근방은 그 녀석들의 앞마당 같은 구역이니까. 알다마다."

사우라 씨의 질문에 두 사람은 생각한 걸 그대로 대답한 모양이다. 그 녀석이라거나 그쪽이라는 건 아마 하이 엘프를 말하는 거겠지. 북쪽 산은 하이 엘프의 앞마당 같은 곳이라.

"뭐, 그건 어쩔 수 없지. 그리고 상관없어. 어차피 조만간 쳐들어갈 예정이었거든."

아빠의 발언에 다들 숨을 삼켰다. 옌나 씨를 찾기 위해선 그럴 수밖에 없긴 한데…… 하지만 그렇게 되면.

"전쟁입니까?"

날카로운 눈빛으로 그렇게 물은 사람은 마왕님의 자칭 오른팔, 크론 씨였다. 그 눈초리와 목소리가 전쟁을 반대한다고 주장하고 있다.

"나는 대화로 해결하고 싶은데…… 그쪽에서 버러지와 대화할 것 같지 않다는 게 문제지."

버러지……. 하이 엘프가 다른 종족을 그렇게 생각한다는 건가? 이건 내가 생각했던 것보다 훨씬 심각한 사태인 것 같다.

"뭐, 그 점도 포함해서 처음부터 이야기하자고. 우선 내가 최근 20년 동안 어떤 일을 했는지 보고해야지."

아빠는 귀환한 세 사람에게 일단 앉으라고 권한 다음 본인도 자세를 고쳐앉은 뒤 말하기 시작했다.

"나는 아슈에게 의뢰를 받은 뒤 어떻게든 옌나가 어디 있는지 알아내기 위해…… 우선 하이 엘프 마을로 향했어. 거기가 제일 가능성이 크니까. 하지만 내 모든 힘을 구사해도 마을 입구를 건드리지도 못했지. 그건 같은 하이 엘프가 아닌 한 무리야. 입구 자체를 찾아낼 수 없거든."

다른 길드원들의 이야기나 마왕님에게 들은 이야기를 봐서 아빠는 상당히 강하고 뭐든 할 수 있는 사람이라는 느낌이었는데, 그런 사람이라고 해도 입구도 찾을 수 없다니……. 어지간히 강한 마법으로 보호받고 있는 건지도 모른다. 아니, 나에게는 아빠는 아빠니까 별로 대단한 사람이라는 실감이 안 난단 말이지. 뭐 업무처리 실력이 뛰어난 회사원이긴 했던 걸로 기억하지만 이렇게까지 완벽한 초인이냐면, 진짜? 라는 느낌.

아빠의 이야기는 계속 이어졌다. 불가능하다는 생각은 했지만 어떻게든 실마리 정도는 잡고 싶어서 다양한 방향으로 조사했다고 한다. 하지만 결과적으로 알아낸 건 하이 엘프가 아니면 불가능하다는 사실이었다. 아무래도 혈통 같은 걸 감지하는 구조인 모양이다. 대량의 마력으로 하이 엘프의 마법을 파괴해서 밀어버리려고 해도, 그 마력을 에너지로 바꿔 더 강한 결계가 된다고 한다. 누가 시도해본 건가?

그만큼 하이 엘프는 마력을 다루는 기술이 뛰어나다나. 자연 마법보다 한 단계 위에 있는 마법을 사용한다는 모양이지만 상세한 내용은 알려지지 않았다고 한다. 그야 그렇겠지. 하이 엘프가 선뜻 알려줄 것 같지도 않고. 하이 엘프를 자극하지 않도록 조심하고 동시에 조사한다는 것조차 알려지지 않도록 세심한 주의를 기울였기 때문에 조사에 상당한 시간이 들어갔다.

"그래서, 최근엔 하이 엘프 마을 공략은 반쯤 포기하고 한 조각 희망에 걸어 전세계를 찾아다녔지. 이쪽에도 시간은 걸렸지만. 결과는 아니나 다를까, 옌나는 어디에도 없다는 결론이었어. 어둠의 세계에서 사는 녀석들을 털어서 전국 구석구석까지 꼼꼼히 찾게 했으니까. 옌나는 다양한 의미에서 눈에 띄는 사람이니까 놓치진 않았을 거야."

어둠의 세계에서 사는 사람들을 털어버렸다고?! 자연스럽게 터무니없는 짓을 했잖아, 아빠!

"그때 사우라에게 연락이 들어온 거야. 신원불명의 엘프 아동을 보호했다고. 게다가 던전 안에서라잖아. 말도 안 된다고 생각했지만, 그때부터 머리 한구석에 가능성은 있었어. 나중에 그 아이가 하이 엘프라는 걸 들은 나는 황당한 추측이 사실일지도 모른다고 확인하러 길드에 돌아온 거야. 그랬더니 설마설마했던 빙고. 놀랐지."

네, 저도 아주 놀랐습죠. 처음 만났을 때는 자는 중이었지만! 오히려 지금 생각해 보면 자고 있어서 다행이다. 그때 만났다면 혼란의 폭풍 속에서 이상한 소릴 뱉었을 것 같은 느낌이 드니까. 굿 잡, 마이셀프. 폼은 안 나지만.

"뭐, 이 정도야. 이다음은 아까 슈리에가 보고한 내용으로 이어지지. 좋아, 다음은 쥬마. 네 차례다. 잘 참았어."

"그 정도는 참을 수 있거든! 그보다 나는 애초에 무슨 상황인 건지 이해 못 하겠는데. 뭐 됐어. 까먹기 전에 보고할게!"

참으로 가차 없는 대우를 받는데도 전혀 개의치 않는 건지 쥬마가 씩 웃으며 입을 열었다. 그 강철 합금 같은 정신력에 오히려 내가 수수께끼의 죄책감을 느낄 정도야! 묘한 존경심을 느끼면서 쥬마의 보고를 듣게 되었다.

"그러니까, 에핑크 녀석이 마을 앞에서 위험한 놈이랑 만나는 걸 봤는데, 뭔가 짐승이 어쩌고 하는 말을 들었어. 난 짐승이 아니야! 오니지! 짜증 났는데 참았다고! 그래서 싸우기 전에 넌 방해된다고 했던 것 같아. 아마도? 그러더니 날려 보냈어! 회오리 바람으로!"

"아아, 진짜. 이래서 쥬마의 보고는 듣기 싫어. 완전히 0점이야!!"

쥬마의 보고는 뭔가 참, 유치원생의 일기 수준이었습니다. 사우라 씨가 반쯤 분노 중이네요. 하지만 정작 쥬마는 보고하는 게 신난 건지 시종 싱글벙글. 좀 귀엽다. 오니 맞지? 지금만큼은 커다란 멍멍이로 보여!

"너무 그러지 마, 사우라. 이 녀석은 쥬마잖아."

"그렇긴 하지만!"

'이 녀석은 쥬마'라는 말만으로 수긍하게 된다. 내 안에서 설명이 개판일 때 쓸 수 있는 '쥬마하다'라는 새로운 단어가 탄생했다.

"알았어, 보고는 거기까지! 그 외에 뭔가 알아낸 건 없어?"

"아, 맞아. 깜빡했다. 그 위험한 놈이 예의 전쟁 때 만난 적 있는 녀석이었어!"

"그거야! 바로 그거! 중요한 건 그런 거라고!"

사우라 씨가 '피곤해……'라며 이마에 손을 짚었다. 격하게 공감하며 크론 씨가 어깨에 손을 올렸다. 아아, 이 두 사람은 고생의 질이 비슷한 거구나. 음, 거 뭐냐. 화이팅!

"그리고 드래곤 잡았어! 오랜만에 스트레스도 풀어서 진짜 재미있었어!"

"아니야! 그거 말고! 위험한 놈에 대해 더 자세히!"

쥬마, 너무 고잉마이웨이다. 남의 말을 안 듣는다는 것도 쥬마하다의 뜻에 넣어둬야지. 그리고 사우라 씨, 캄 다운……! 혈압이 올라가는 건 아닌지 걱정된다.

"알았어. 으음, 전쟁 때 우리가 날뛰고 있는 걸 보고 쓰레기

청소를 해야 한다면서, 뭐라 반박하기도 전에 회오리바람을 뿌려서 거기에 휩쓸려 날아간 적이 있었어. 나중에 할아버지에게 물어봤더니 엄청난 녀석이라는 거야. 그 녀석에게서 그때와 완전히 똑같은 아우라를 느꼈거든. 틀림없어. 그때 그 녀석이야."

쥬마의 눈이 매섭게 빛났다. 혈기 왕성한 오니의 눈이다. 나도 모르게 몸을 부르르 떨었더니 기르 씨가 등을 문질러주었다. 고마워요, 파파!

"아, 미안. 피가 끓어서 그만. 으음, 이름이 뭐더라. 되게 긴 이름이었는데. 셸? 셀룰루?"

룰루라니 즐거워 보이는 이름이네요? 참 수상하다.

"오, 오니여. 그건 설마 셰르멜호른이 아닌가……?"

"오, 맞아. 그거야! 셰르멜뭐시기! 알아?"

셀룰루에서 용케 알아차렸구나, 마왕님. 감탄하긴 했지만, 너무나 진지하게 놀라는 표정이었기 때문에 딴죽을 걸 만한 분위기는 아니었다. 잘 보니 아빠와 사우라 씨, 그리고 그 외에도 몇 명 정도 눈을 부릅뜨고 있었다. ……그, 그렇게 대단한 사람인 거야?

"……하이 엘프 족장의 이름이지. 셰르멜호른."

아빠가 입을 열었다. 어? 뭐?! 족장?! 하이 엘프 중에서 제일 높으신 분이라는 거지? 그리고 옌나 씨가 족장의 외동딸이라고 했으니까…… 메구의 할아버지이기도 하다는 거야?!

"자, 잠깐만. 전에 메구의 정령이 조사했을 때 이렇게 말하지 않았어……?"

아빠의 한마디를 계기로 재기동한 사우라 씨가 허둥지둥 끼어들었다. 쇼가 쥬마의 행방을 찾을 때 말하는 건가. 음, 뭐라고 했더라? 맞아. 분명.

"'저건 네모의 보스야', 라고……."

회의실에 침묵이 흘렀다. 잠깐, 잠깐만. 하이 엘프에다 족장이잖아? 타종족을 쓰레기처럼 대하는 사람이 왜 길드 보스를 하는 건데? 이해할 수 없다.

"흐음. 네모의 보스가 하이 엘프 족장이란 건가. 문제없네."

다들 입을 열지 못하고 침묵을 지키는 가운데 아빠가 가볍게 말을 던졌다. 어? 왜?! 문제 넘치지 않아?!

"홋, 역시 유진. 자네는 그렇겠지."

그러자 마왕님마저 뭔가 이해했다는 듯한 반응이다. 따라가지 못하는 건 길드원들뿐이다. 크론 씨는 마왕님의 말이 전부라는 듯 무반응을 관철하고 있다. 속마음까지 읽지는 못하니까 사실은 놀랐을지도 모르지만.

"하아. 두목, 받아들이는 게 너무 빠른 거 아니야? 대충 무슨 말을 하고 싶은지는 알지만……."

"으음? 나는 잘 모르겠는데. 사우라디테, 자세히 알려주지 않겠어?"

또다시 이마에 손을 짚고 고개를 젓는 사우라 씨. 두통거리가 많군요……! 하지만 본래의 성격 덕분에 빠르게 태세를 전환하여 정신을 차린 뒤 어쩔 수 없다는 듯 웃었다. 어? 나? 케이 씨의 의견에 100% 동의합니다! 영문을 모르겠네!

"나도 모르겠어. 사우라, 설명 좀 해줘."

"케이, 니카마저……. 왜 두목 본인에게는 안 물어보고?"

"그야 두목은 설명이 귀찮아서 싹둑싹둑 생략해버리기 때문이지. 자세히 알고 싶단 말이야."

아, 그 심정 이해 간다. 아빠는 옛날부터 그런 경향이 있었다. 어릴 때는 자주 싸우기까지 했다. 어린아이 특유의 '왜? 왜?' 하는 호기심이 발동했을 때, 적당히 대답해주는 바람에 나중에 학교에서 망신을 당하는 일이 자주 있었기 때문이다. 그걸 여러 번 반복하다 보니 아빠가 하는 말은 8할이 거짓말이라고 인식하게 됐다고! 때때로 사실을 섞어서 말하는 게 또 악질이다. 즉 아빠는 너무 건성이야!

"……그건 그래. 좋아. 확실히 네모의 보스가 하이 엘프 족장이라는 사실에 경악했고, 왜 그런지 의문도 느껴. 하지만 잘 생각해 보면 메구를 노리는 흑막은 그 녀석 한 명이라는 거야."

"아, 그렇구나. 하이 엘프와 네모를 따로 생각하지 않아도 된다는 거지? 표적이 하나면 이해하기도 쉽고 해결하기도 편하니까."

아하. 확실히 그렇다. 여기저기에 다른 흑막이 포진해있으면 이쪽의 전력도 분산되기 마련. 문제없다고 말하지 못할 정도는 아닌 건가? 아니, 그래도.

"하지만 셰르멜호른이 하이 엘프와 네모를 좌우한다면 각각 지시를 내려서 움직일 수 있지. 역시 양쪽 다 대책이 필요해."

지금까지 묵묵히 듣고 있던 루드 선생님이 그런 의견을 제시했다. 그렇다. 흑막이 한 명이어도 적은 하나가 아니란 말이지. 끄으응.

"신속하게 해결해야 합니다. 상대의 목적은 메구 한 명뿐이겠죠. 우리는 그걸 용납할 수 없고요. 여기까지는 다들 동의합니까?"

슈리에 씨가 정리하듯 그렇게 말하자 다들 고개를 끄덕였다. 윽, 기뻐서 눈물이 날 것 같아.

"그걸 저지하기 위해서는 역시…… 싸워야만 할 겁니다. 상대방이 목적을 달성하거나, 이쪽이 상대방을 처리하지 않는 한 싸움은 끝나지 않아요. 그 결과…… 전쟁이 일어납니다."

전쟁. 그 단어의 울림이 무겁게 짓눌렀다. 역시 예상했던 미래가 찾아오게 되는 걸까.

"셰르멜호른이 물러날 것 같진 않아. 쓰레기 같은 존재를 상대로 왜 물러나야 하냐고 생각하겠지."

"그리고 침공을 기다렸다간 늦을 것이다. 이쪽이 방아쇠가 되는 건 다소 단점이 있으나, 그걸 고려할 때가 아니지."

아빠와 마왕님이 의견을 냈다. 즉 이쪽에서 전쟁을 선포해야 한다는 건가? 뭐라 말할 수 없는 기분이 든다. 하지만 아마 다들 같은 기분이겠지.

"저쪽에 정보가 어디까지 갔는지도 몰라. 그렇다면 정보가 넘어가기 전에 먼저 쳐야지. 방심이나 동정은 전부 치명상이라고 생각해. 무른 마음은 버려. 지금부터 대략적인 작전을 세우겠어. 귀 활짝 열고 잘 들으라고."

전쟁을 경험한 적이 있었기 때문에 나오는 엄격한 말. 동료를 지키기 위해서는 그런 비정함도 필요하겠지. 슬슬 본격적인 작전 회의가 시작되는 걸까. 우리는 얌전히 아빠의 입에서 나오는 간단한 작전을 들었다.

나도 뭔가 할 수 있는 일은 없을까. 내 일이니까 아무것도 하지 않는 건 싫다. 이번에야말로 열심히, 최선을 다해 살 거야. 내 행복을 내 손으로 잡고 지키기 위해서.

이렇게 나는 내 미래를 좌우할 분기점이라 할 수 있는 역경에 맞설 결의를 다졌다.

마왕님을 접대합시다

길드에 마왕님이 왔다. 그건 오르투스에겐 큰 사건이다. ……그런 것치고 다들 적응 속도가 빨랐지만! 마왕님은 그 미모도 더해져서 존재감이 발군이라 영 신경 쓰이지만, 그 점은 역시나 특급 길드. 일에 지장이 가지는 않는 모양이다. 정말 대단하다.

어? 나? 그야 나도 오르투스의 일원인걸. 이 정도의 일로 마음이 흐트러지지는……!

"메구, 위험해!"

"우엥?!"

……네, 죄송합니다. 오늘만 세 번째로 넘어졌습니다. 얼마나 굼뜬 거야?! 덕분에 길드원은 물론이고 손님들에게도 신나게 걱정 받았다. 하, 한심해라.

"자하리아슈 님? 알고 계시죠?"

"큭, 무, 물론이다……."

그리고 그때마다 메이드복을 입고 따라다니는 크론 씨에게 혼나는 마왕님. 이것도 다 이유가 있다.

"자하리아슈 님께서 그렇게 메구 님을 응시하시면 메구 님도 신경 쓰여서 저렇게 되시는 것 아닙니까. 보지 않으시거나 존재감을 지우시거나 눈알을 후벼파주시기를 바랍니다."

"크흐윽! 이렇게 가까이 있는데도 볼 수 없다니 무슨 고행이란 말인가! 알았다. 눈알을 뽑……."

"안 돼!!"

뭐 대충, 크론 씨가 한 말대로의 이유이긴 하지만 진짜로 눈알을 뽑으려 하지 말아줬으면 한다. 나도 모르게 울상이 되어 바들바들 떨었다.

"메구가 무서워하잖아. 마왕, 잠시 객실에 가 주지 않겠나?"

그때 느낀 부유감. 울상을 넘어서 이젠 훌쩍훌쩍 울어버린 나를 안아 든 기르 씨가 마왕님에게 차가운 눈빛을 보내며 그렇게 선언했다. 어, 어라? 화난 건가?

"아아, 메구! 정말 미안하구나. 그럴 의도는 아니었다. 하지만 이 이상 그대를 방해할 수도 없지⋯⋯. 그림자독수리의 말대로 나는 객실로 물러가 있으마. 크론, 가자."

그리고 마왕님 본인은 그 말을 듣고 진심으로 시무룩해서 터덜터덜 떠나가 버렸다. 앗, 애수가 담긴 등이다.

"어⋯⋯."

그 뒷모습이 하도 불쌍해 보였기 때문에 나도 모르게 작은 목소리가 흘러나왔다. 마왕님이 진지하게 눈을 도려낼 것 같아서 무서워서 운 것도 있지만, 그게 주된 이유는 아니다. 나는 내가 원하는 대로 움직이지 못해서 나 자신에게 화가 나 있었다. 즉 억울해서 운 거다. 확실히 계속 물끄러미 쳐다보는 바람에 압박감을 느끼긴 했지만, 그래도 마왕님이 시무룩해지는 건 원하지 않았는데.

"메구, 괜찮아? 조금 쉴까? 음? 메, 메구?!"

그래서 그렇게 염려하며 말을 걸어준 기르 씨를 올려다보며 눈물을 펑펑 쏟아내고 말았다.

"기, 기르 씨이이이이이!"

어린아이의 몸에 정신이 휘둘리곤 하는 나는 덧없이 오열했다. 그 후 한동안 기르 씨에게 매달려서 빼애앵 우는 바람에 기르 씨를 난감하게 했다. 나 정말 여기저기에 민폐만 끼치는 거 아니야?!

"······즉, 메구는 마왕을 접대하고 싶은 거지?"

"우우, 네······."

울면서 어떻게든 어설픈 말을 주워 담아 설명한 결과, 간신히 기르 씨에게 내 마음이 전해진 모양이다. 마왕님을 난처하게 하고 싶지 않다, 모처럼 왔으니 즐겁게 해주고 싶다, 잘하지 못하는 나 자신이 싫다 등등. 그런 단편적인 단어들 속에서 용케 알아챘구나. 역시 파파. 아, 차가운 수건? 얼굴에 덮으라고? 감사히 사용하겠습니다. 헌신적이어라······.

"그런 거라면······, 객실로 쫓아내다니 내가 잘못했군······."

"아, 아니야! 기르 씨는 안 나빠! 내, 내가."

"알았어. 알았으니까 진정해."

다시 울음을 터트리려는 내 등을 토닥토닥 두드려서 달래주는 기르 씨. 후우. 진정했다. 갓난아기도 아니고.

"그렇다면 다시 여기로 오라고 하면 된다. 메구가 부른다고 하면 바로 오겠지."

"으, 하지만 또 실패할지도······."

열심히 하려고, 조심하려고 생각할수록 이 몸은 원하는 대로 움직여지지 않는다. 원래 하세가와 메구일 때부터 나는 중요한 순간에 혀가 꼬이거나 넘어지곤 하는 타입이었다. 실전에 약하다.

"제가 도와드리겠습니다."

"흐억! 어, 앗, 크론, 씨?"

고개를 숙이고 침울해하고 있던 차에 등 뒤에서 뜻밖의 목소리가. 하아, 깜짝이야. 듣자 하니 마왕님에게 차를 드리기 위해 나왔던 모양이다.

"훔쳐 듣게 되어서 죄송합니다. 하지만 의도치 않게 들렸습니다. 메구 님, 자하리아슈 님을 접대하고 싶다는 게 사실입니까?"

"지, 진짜예요."

긴장되고 아직 조금 무섭다고 느낄 때도 있지만, 역시 친딸이니까? 가족이 받아들여 주지 않는다는 건 너무 슬픈 일이다. 게다가 순수하게 친해지고 싶다는 마음도 있다.

"그럼 자하리아슈 님께 멋진 티타임을 선물해주실 수 있겠습니까? 제가 지금부터 모셔오겠습니다."

티타임⋯⋯. 내가 차를 내오거나 과자를 나르거나 하는 거지? 자, 잘 할 수 있을까? 아니, 하는 거야. 나는 실전에 약한 타입이지만 그래도 끝까지 완수해왔다는 실적은 있다. 중간에 포기한 적은 한 번도 없다! 그 시절을 떠올리는 거야! 여자는 배짱이지!

"하, 하께요!"

"알겠습니다."

내 씩씩한 대답을 들은 뒤 크론 씨는 그 말만 남기고는 위풍당당하게 그 자리에서 떠나갔다. 아마 마왕님께 간 거겠지. 멋있다.

"들었어, 메구. 차 끓이는 법이라면 맡겨줘."

"단골 가게의 과자도 있답니다. 괜찮다면 사용하세요."

"케이 씨, 슈리에 씨! 그래도 대요?"

크론 씨가 떠나가자마자 바로 나에게 말을 걸어준 사람이 바로 이 둘. 내가 묻자 오히려 협력하는 게 당연하다는 가슴 설레는 대답이 돌아왔다. 어머머, 반하겠다.

"메구가 울면서 요청했으니까."

"누구나 힘이 되고 싶어 할 거예요."

바로 이거 말이야. 하아, 정말. 너무 좋아!

뭐 그런 고로! 마왕님이 오기 전에 착착 준비가 시작됐습니다. 크론 씨도 그 점을 이해한 건지 바로 데려올 생각은 아닌 듯했다. 눈치가 빠른 슈퍼 메이드다. 앗, 아니. 복장이 메이드복일 뿐 사실은 오른팔이었던가?

"······옷을 갈아이블 필요가 이쓸까요?"

그리고 현재. 나는 크론 씨처럼 메이드복을 입고 있습니다. 갈아입을 시간이 아깝지 않아?!

"필요하지. 아마 마왕님이 울면서 기뻐할걸?"

나에게 이 옷을 입으라며 건네준 장본인인 케이 씨가 당연하다는 듯 대답했다. 아무리 그래도 울진 않을 텐데······. 아니, 하지만 그 마왕님이라면 가능성은 있다는 생각이 든다.

"······왜 메구 사이즈가 있는 거지?"

"메구가 입으면 귀여울 법한 옷은 대충 다 있는데?"

기르 씨의 의문에는 전면적으로 동의한다. 그런데도 오히려 옷이 없는 게 더 이상하다는 양 대답하는 케이 씨. 어, 응. 그렇겠지. 란의 가게에 갔을 때 내 몸으로 직접 체험했으니까. 케이 씨는 본인도 남도 꾸미는 걸 좋아하는 사람이다. 하지만 그래, 각종 옷을 갖춰놓고 있는 건가……. 먼산을 보게 되는 건 용서해주시길.

"자리 확보 끝났습니다. 어? 메구, 이건…… 귀엽네요. 너무 귀여워요……. 음, 기르."

"주위는 철저히 감시하고 있다."

"역시 기르네요."

뭐지 그 흉흉한 대화는? 그런 게 필요해? 확실히 길이가 좀 짧은 것 같은 느낌이 들지만 치마 아래에도 잘 껴입었는데. 너무 과보호인 거 아닌가? 하며 고개를 갸웃거리면서 치맛자락을 잡아봤다. 그러자 슈리에 씨가 '안 됩니다' 하고 내 손을 부드럽게 떼어놓았다. 어라라?

어쨌거나 자리 확보도 끝났다고 하니 슈리에 씨에게 감사 인사를 한 뒤, 케이 씨와 함께 차를 끓이러 카페 카운터로 향했다. 카페를 운영하는 고양잇과 아인에게 양해를 구하고 지금부터 홍차 타기 시간! 나는 찻잎에 대해선 잘 모르기 때문에 전부 맡겼다. 지금부터 배우고 고르기에는 시간상 불가능하니까. 큿.

"크론이여, 내, 내가 정말 여기에 와도 괜찮은 건가?"

컵을 데우는 사이에 드디어 마왕님이 나타났다. 크론 씨의 안내를 받으며 어딘가 면목 없다는 듯 등을 둥글게 숙이고 걷는 모습에 가슴이 조금 따끔거렸다. 그렇게까지 신경 쓰였구나.

"네, 초대받았으니 괜찮습니다."

"초대……? 대체 누구에게?"

의아한 듯 주위를 둘러보는 마왕님. 그리고 나와 눈이 마주치자 굳어버렸다. 아앗, 괜찮으니까요!

"메구, 자리로 안내해주겠어? 이쪽은 아직 괜찮거든."

"아, 네! 알겠슴다!"

케이 씨의 권유에 나는 아장아장 마왕님을 향해 다가갔다. 마왕님 앞에 도착한 나는 머리를 힘껏 들어 올려 말을 걸었다. 어쩔 수 없다고. 마왕님의 키가 너무 크단 말이야!

"저기, 자리까지 안내하겠슴다!"

"어? 그, 나, 나를?"

내가 말을 걸자 재기동한 마왕님이 횡설수설하면서 물었다. 아직 영 긴장한 기색이다.

"네. 제가 아부지를 접때해드릴 거예요!"

"! 메구가 나를, 접대한다는 건가? 그런 사랑스럽기 그지없는 모습으로……?!"

나는 '가요'라고 말하며 마왕님의 손을 살포시 잡았다. 물론 나도 아주 긴장했지만, 여기서 내가 머뭇거렸다간 마왕님이 더 불쌍해질 것 같은 느낌이 들었거든!

"크론, 여기는 천국인가……."

그런데 왜 벌써 빈사 상태인 거지?! 놀라고 있자 크론 씨에게서 적절한 어시스트가 들어왔다.

"정신 차리시길. 여기서 의식을 놓으시면 평생 후회하실 겁니다."

"음, 그도 그렇군. 영혼에 단단히 새겨놓으마."

나이스 어시스트이긴 한데, 일일이 무거워지는 건 어떻게 좀 안 될까?! 머릿속으로 태클을 걸면서도 어떻게든 마왕님을 자리로 안내하는 데 성공했습니다. 휴.

"저기, 홍차를 타 올 테니까 쪼끔만 기다려주세요!"

"음, 천천히 와도 상관없다. 기다리는 시간 또한 즐거운 법이니."

그렇게 말하며 퇴장하는 나를 바라보는 마왕님의 눈빛은 정말로 자상해서 왠지 기뻐졌다. 눈꼬리가 살짝 내려가 진심으로 귀여워하는 게 전해진다. 에헤헤, 쑥스러워라. 좋아. 열심히 접대해야지! 나는 마왕님을 향해 머리를 한 번 꾸벅 숙인 다음 서둘러 케이 씨에게 돌아갔다.

"컵에 따르는 건 위험하니까 내가 할게. 메구는 홍차를 날라 줘. 할 수 있겠어?"

"할 수 이써요!"

케이 씨의 지시에 손을 번쩍 들고 대답했다. 홍차는 펄펄 끓는 물을 쓰는 게 아니라서 설령 손에 쏟았다고 해도 큰 화상을 입진 않겠지만, 여기선 얌전히 시키는 대로 하겠습니다. 물을 졸졸 따르는 소리가 왠지 듣기 좋았다. 향긋한 홍차 향기가 퍼지자 그것만으로도 왠지 행복한 기분이다. '끝나면 메구에게도 타 줄게.'라는 케이 씨의 제안을 듣고 기뻐했다. 에헤헤. 기대된다.

"자, 됐어. 그럼 가져가면 되는데…… 괘, 괜찮겠어?"

"네, 갠차나요……!"

그리고 드디어 내 차례. 내 손으로도 들 수 있는 크기의 쟁반에 소서와 홍차가 든 컵을 올린 뒤 살며시 운반했다. 한 손이면이 근육 없는 팔이 비명을 지르기 때문에 두 손으로 단단히 들었다. 한 걸음씩 신중하게, 흘리지 않도록……

그렇게 수십 초를 들이며 고작 몇 미터 떨어진 마왕님의 자리에 도착했다. 마왕님이 주먹을 꾹 쥐고 이쪽을 보고 있다. 그렇게 위태로운 걸까. 그런데 도착한 것까진 좋지만 컵을 어떻게 내려놔야 하나. 쟁반을 두 손으로 들고 있기 때문에 손을 뗄 수가 없다.

"저, 저기, 테이블에 쟁반을 한 번 내려놔도 갠차늘까요……?"

"무, 물론이다. 어서 내려놓거라."

테이블에 쟁반을 내려놓는 건 별로 좋지 않다고 생각하지만, 이번에는 어쩔 수 없다. 마왕님의 허락도 받았으니 감사해하면서 살며시 내려놓았다. 좋아. 첫 번째 관문은 돌파다.

"시, 실례함미다……."

"으, 으음……!"

이어서 홍차가 든 컵을 쟁반 위에서 마왕님 앞으로 이동시켰다. 소서를 두 손으로 조심조심 들어 올리긴 했는데.

달그락달그락달그락달그락달그락달그락.

손이 떨려서 컵이 신나게 달그락거리잖아! 하지만 어쩔 수 없다. 고요한 공간에서 컵이 떨리는 소리만 영롱하게 울려 퍼졌다. 으윽.

끝없이 길게 느껴졌지만, 마침내 마왕님 앞에 컵을 내려놓는 데 성공했다. 나도 모르게 '휴우우우' 하고 안도의 한숨을 흘렸다. 동시에 주위 사람들도 일제히 숨을 내쉬는 소리가 들렸다. 앗, 다들 긴장하셨군요, 그렇군요. 어째 죄송합니다. 하지만 나는 무사히 미션에 성공한 게 기쁘니까 만족!

"드세요! 아부지."

"크읔……! 눈이 부시도록 빛나는 홍차로구나……! 평생 이대로 보존해두고 싶을 정도다!"

"드십시오, 자하리아슈 님. 드셔야 메구 님께서 기뻐하실 겁니다."

네, 꼭 드세요. 마왕님의 기세에 약간 주춤거리긴 했으나, 이렇게까지 기뻐해 주었으니 잘 된 걸로 치기로 했다. 내가 한 거라곤 위태위태하게 가져온 게 전부지만!

"메구, 다음엔 이걸 날라주세요."

"네!"

슈리에 씨의 목소리를 듣고 퍼뜩 돌아봤다. 맞아, 아직 과자가 있었지. 하지만 액체보다는 가져오기 쉽겠지. 이번에는 편하게 나를 수 있을까? 그렇게 생각했으나 어리석은 판단이었다.

"앗."

빨리 가져다주고 싶어서 마음이 급했던 건지, 깜빡 다리가 꼬여서 넘어질 뻔했다. 아앗, 모처럼 가져온 과자가! 슬로우 모션으로 접시가 떨어지는 게 보였다. ……으아앙, 나는 바보야! 방심하다니! 이대로 함께 바닥으로 자빠질 것을 예상한 나는 눈을 질끈 감고서 곧 들이닥칠 충격을 각오했다.

"괜찮으냐? 메구."

"흐어?"

시간이 지나도 충격이 오기는커녕 따뜻하고 부드러운 감촉만 느껴서 눈을 떴다. 그랬더니 눈앞에는 무릎을 꿇고 한쪽 팔로 나를 받쳐준 마왕님의 모습이! 혹시 구해준 건가?

"앗! 과자!"

안도한 것도 잠시, 내가 나르던 과자의 행방이 궁금해서 주위를 두리번거렸다. 그러자 테이블에 접시를 놓는 소리가 들렸다. 그쪽으로 시선을 돌리자 그곳에는 천연덕스러운 얼굴로 테이블 옆에 서 있는 크론 씨의 모습이 보였다.

"이 접시 말씀입니까? 메구 님께서 마침 제게 **손수 건네**주셨지 않습니까. 여기에 내려놓으면 되는 거죠?"

"앗…….

아무래도 내가 넘어진 순간 마왕님과 크론 씨가 움직여서 바로 나와 접시를 보호해준 모양이다. 손수 건넸다니……. 마치 내가 전혀 실수한 게 없다는 듯한 말투다.

어쩜 이렇게 친절할까. 가슴이 찌이잉하고 따뜻해지는 걸 느꼈다. 여기서 나는 뭐라고 대답하는 게 정답일까?

"가, 감샤, 함미다. 그, 이거, 마싰게 드세요."

감동해서 쏟아지려는 눈물을 가까스로 붙잡아두고 애써 웃으며 말해봤다. 크론 씨가 살짝 웃은 게 보였다.

"고맙구나, 메구. 이렇게 멋진 접대는 처음 받았다. 잘 먹도록 하마."

그리고 눈앞의 마왕님은 역시 무척 기뻐하는 미소를 지으며 내 머리를 부드럽게 쓰다듬고 그렇게 말했다. 진짜 자상하다니까!

마왕님이 자리에 앉았으므로 가까이 서서 반응을 살폈다. 홍차도 과자도 케이 씨와 슈리에 씨가 준비해준 것이니 당연히 맛있겠지만! 홍차를 한 모금, 그리고 과자를 한 입 맛본 마왕님이 만족스럽게 고개를 끄덕인 뒤 입을 열었다.

"참으로 맛있구나. 메구의 마음이 잘 전해진다."

"다, 다행이다!"

맛있다는 한마디에 안도하며 한숨. 내가 마왕님을 접대하고 싶다는 마음도 전해졌다고 해서 더 기뻤다. 내가 한 일이라곤 별로 없고 오히려 폐만 끼쳤지만. 으음, 다음 기회가 오면 반드시 더 잘 접대하겠어!

"그나저나, 그 모습으로 크론과 나란히 서 있으니 자매처럼 보이는구나."

"네?"

"크론 씨랑요?"

이어지는 마왕님의 말에 옆에 서 있는 크론 씨를 올려다보았다. 확실히 지금 나는 치마가 짧은 메이드복 비슷한 차림새다.

치마가 긴 메이드복을 입은 크론 씨와 페어룩이라고 할 수 있을지도 모른다.

"크론 언니?"

"네? 앗, 네?!"

이렇게 된 거 언니라고 불러봤더니 크론 씨는 노골적으로 얼굴을 새빨갛게 물들이며 당황했다. 어, 어라? 싫었나? 불편했던 건지 불안해졌을 때였다.

"여, 영광입니다. 하, 하지만, 너무 황송하니, 그, 크론이라고…….."

아무래도 싫은 건 아닌 모양이다. 좀 부끄러운 것뿐인가? 억지로 밀어붙이는 것도 안 좋으니 앞으로도 계속 크론 씨라고 부르겠습니다! 나는 분위기를 파악할 줄 아는 어린이니까.

이렇게 마왕님 접대는 무사히 끝났다. 차를 내온 게 전부이니 썩 영양가 있는 건 아니었으나, 마왕님도 기뻐해 줬고 아주 조금 거리감이 줄어든 느낌도 드니까 대성공이라고 해도 괜찮겠지? 혼자 그런 생각을 하고 있었더니 머리 위에 커다란 손이 톡 올라온 걸 느꼈다.

"……잘했다."

"……에헤헤. 네!"

손의 주인인 기르 씨도 그렇게 말해주었으니 역시 대성공이 맞나 보다. 접대 성공해서 다행이다!

마왕님의 메구 관찰

귀엽다. 귀엽기 그지없도다. 이 사랑스러움은 대체 무엇일까.

나는 지위상 아름다운 자를 많이 보아왔다. 당연히 다들 아름답고 멋진 자들이었다. 하나, 이토록 마음이 요동을 치는 건 처음이다. 나의 사랑하는 옌나조차 보기만 해도 이렇게까지 마음을 뒤흔든 적이 없다. 아니, 연정을 깨달은 뒤에는 분명히 흔들렸지만, 그것과는 또 다른 감각이다.

"메구, 이걸 접수처까지 가져다줄 수 있을까?"

"! 네! 얼마든지요!"

아아아아아아아! 뭐냐, 저 기뻐하는 얼굴은! 심부름을 받고 저토록 기뻐할 수 있는가? 나는 늘 일에서 어떻게 도망갈지를 고민하는데, 천사인가. 천사인 건가. 받아든 서류를 소중히 품에 안고 아장아장 걸어가는 모습은 참으로 갸륵하고 사랑스럽다. 걸을 때마다 흔들리는 머리카락은 옌나보다 조금 짙은 분홍색이고, 반짝반짝 빛나는 눈동자는 바다를 떠올리게 하는 감색. 아아, 나를 조금 닮았구나. 그 생각에 얼굴이 풀어지는 걸 자제할 수 없다. 이목구비는 어머니인 옌나를 빼닮았으나 다소 강한 인상을 주는 미녀였던 그녀와 달리 메구는 부드럽고 포근한 얼굴이다. 둘 다 참을 수 없이 사랑스럽다.

얼마든지 계속 지켜볼 수 있다. 아니, 오히려 눈을 떼어놓는 게 아쉬울 지경이다. 한순간도 눈을 뗄 수 없다. 즉, 나는 메구를 그저 계속 지켜보았던 셈이다.

"메구, 위험해!"

"우엥?!"

이럴 수가! 내가 한시도 눈을 떼지 않았는데도 메구가 넘어지는 걸 방지하지 못했다니, 큰 실수로구나! 너무도 사랑스러워서 넋을 놓았다는 자각은 있다. 으음, 사랑스러움이란 판단력을 흐리게 만드는 무시무시한 효과도 존재하는군. 반성하자. 그건 그렇고, '우엥'이라니, 비명조차 귀엽다. 게다가 아무것도 없는 곳에서 넘어지다니 참으로 위험……, 아무것도 없는 곳? 서, 설마 내가 계속 쳐다보는 게 신경 쓰여서 주의력이 산만해졌던 것인가?!

"자하리아슈 님? 알고 계시죠?"

등 뒤에서 얼음보다 싸늘한 크론의 목소리가 떨어졌다. 크으윽. 역시 그런 것이었다. 나 때문에 귀여운 메구가 넘어지다니……! 크론의 말대로 눈을 도려낼 수밖에 없구나. 좋다. 이미 메구의 사랑스러운 모습은 뇌에 새겨두었다. 앞으로도 계속 보고 싶었으나, 메구가 위험해지는 것보다는 낫다.

"안 돼!!"

굳게 각오했으나 막상 메구 본인이 울상을 지으며 나를 말렸다. 으음?! 왜 눈물이 고인 게지?! 뭐냐. 겁을 준 건가? 그, 그렇군. 눈을 도려내는 행위가 무서웠던 거구나. 나에게는 그런 감각이 없으므로 눈치채지 못해 면목이 없다. 깊이 반성해야만 한다.

"그림자독수리의 말대로 나는 객실로 물러가 있으마."

지금의 내가 할 수 있는 일은 오직 하나. 메구의 시야에서 사라지는 것이다. 아아, 가슴이 찢어질 듯하다. 그 존재를 상상도 못 했던 자신의 딸. 그것도 옌나를 쏙 빼닮은 귀여운 딸. 이렇게 사랑스러운 아이가 있다는 걸 안 것만으로도 행복이다. 욕망은 끝이 없고 더 크게 부풀어 오르는 법. 자 나신을 억제하지 않으면 언젠가 정말로 메구가 큰 사고를 당하거나 다칠지도 모른다. 그건 내 몸이 뜯겨나가는 것보다 더 괴롭다.

그래, 이걸로 되었다. 나는 이 추억을 가슴에 품고 떠나갈 뿐. 아아, 천사 같은 메구여. 부디 행복하게 살려무나…….

"……자하리아슈 님, 너무 우울해하시는 것 아닙니까?"

객실에 돌아온 나는 침대에 누웠다. 이런 행동을 하는 건 처음이다. 지하 깊이 파묻히거나 바닷속에 가라앉기라도 하지 않는 한, 이 마음을 달랠 길이 없다. 하나 그것도 여기는 오르투스이니 자중하라는 크론의 말을 따라 어쩔 수 없이 이불에 들어가 몸을 가리는 것으로 대신하였다. 나는 없는 존재라 생각해다오.

대답도 하지 않고 그저 가만히 있자, 기가 막힌 듯한 크론의 한숨 소리가 들렸다. 어, 어쩔 수 없지 않으냐. 나 역시 남들처럼 우울해질 때도 있는 법. 게다가 사소한 일도 아니다. 메구와 관련된 일이니까.

"기분전환으로 차라도 마시겠습니까? 지금 물어보러 갈 테니까요."

그 말을 남긴 크론이 방에서 물러나는 기척을 느꼈다. 기분전환으로 차라. 배려는 감사하지만, 지금은 식사는 물론 마실 것조차 목에서 넘어갈 것 같지 않다. 아아, 나는 대체 어떻게 된 것인지. 역시 병에 걸린 건가…….

　……돌아오는 게 늦지 않은가? 의심스러워진 나는 이불을 두른 채 크론의 기척을 살폈다. 음, 방 밖에? 차를 가져오겠다고 했으면서 아무것도 들고 있지 않은 듯했다. 아니, 문 앞에서 아무것도 하지 않고 그저 우두커니 서 있는 것 같은데 대체 무얼 하는 걸까. 아무래도 걱정이 되었다.

　별수 없이 나는 이불 속에서 기어 나와 문 앞으로 갔다. 그 후 살며시 문을 열자 눈앞에 있는 크론과 시선이 마주쳤다.

　"……무얼 하고 있지?"

　"시간을 벌고 있습니다."

　나의 질문에 바로 대답을 돌려주는 크론. 마치 내가 이렇게 문을 열고 이 질문을 하리라고 예측한 사람 같다. 아니, 실제로 알았을 테지. 나를 이불 속에서 끌어내기 위함인가?! 돌아오는 게 늦어지면 내가 걱정해서 기척을 살피고, 그렇게 되면 문 앞에 서 있기만 해도 의아해하며 말을 걸리라는 것까지 전부 이 녀석의 계획대로 흘러갔다는 말인가……?! 마왕이라는 지위에 자신감이 사라져간다. 나는 크론의 손바닥 위에서 놀아나고 있었나?

　"무, 무슨 시간을 버는 것이지?"

　"슬슬 적당한 타이밍인 것 같습니다."

　"거기까지 계산한 건가?! 그리고 그건 대답이 아니다만!"

　'아무튼 따라오십시오.'라는 말만 남긴 크론이 위풍당당하게 걸어가기 시작했다. 나의 오른팔을 자칭하는 것 치고는 나를 너무 대충 대하는 것 아닌가? 예전부터 어렴풋하게 느끼고 있었다만, 오르투스에 온 뒤로 더욱 그렇게 느끼는 건 나의 착각일까.

우선 크론의 말대로 따라가지 않으면 뭐가 어떻게 된 일인지 알 수 없다. 어쩔 수 없이 크론의 뒤를 따라 발을 놀렸으나…… 그, 그쪽은 길드 홀이 아닌가! 내가 가면 또 메구를 방해하게 되지 않을까.

"크론이여, 내, 내가 정말 여기에 와도 괜찮은 건가?"

역시나 크론을 따라가자 길드 홀이 나타났다. 그리고 크론이 가는 방향을 고려했을 때 아무래도 카페로 향하는 모양이었다. 조금 전에 쫓겨난 직후이니 불안해서 견딜 수 없구나. 하나 크론은 당당하게 초대받았으니 괜찮다고 하였다. 초대? 대체 누가……? 그렇게 의아해하던 차에 카페의 부엌 쪽에서 무시무시하게 귀여운 천사가 달려 나오는 게 아닌가! 크론처럼 메이드복을 입었고, 하얀 앞치마엔 프릴이 달려서 다리를 움직일 때마다 팔랑팔랑 흔들렸다. 아아, 다리를 저렇게 드러내다니……! 너무 사랑스러워서 누군가가 유괴하기라도 하면 어쩔 셈인지! 하지만 보고 싶다! 계속 보고 싶다! 이 무슨 고뇌……. 보고 싶지만 다른 자들에겐 보여주고 싶지 않다는 갈등이 나를 괴롭혔다. 이런 고통은 여태껏 맛본 적이 없는 종류다!

"저기, 자리까지 안내하겠슴다!"

내 머릿속이 폭발하기 직전, 종이 울리는 듯한 목소리가 말을 걸어서 퍼뜩 정신을 차렸다. 이런. 무심코 마력을 해방해버릴 뻔했다. 다행이다.

"제가 아부지를 접대해드릴 꺼예요!"

하지만 이어지는 메구의 말과 자연스럽게 잡혀버린 손에 사고 회로가 정지했다. 그렇구나. 여기가 천국이었나. 의식을 놓아버리려 했으나 크론이 평생 후회할 것이라 조언해준 덕분에 모든 정신력을 끌어모았다. 확실히 크론의 말대로 이 순간을 기억하지 않는다는 건 평생의 후회다. 그럴 수는 없다. 한순간도 놓쳐선 아니 된다. 눈을 깜빡이는 것도 아쉬울 지경이다.

작은 손. 나의 손을 부드럽게 잡아당기며 자리로 이끄는 작고 부드러운 손. ……뭐지? 이 포근하고 따뜻한 무언가가 가슴에 흘러들어오는 감각은. 마력은 아니다. 메구가 흘려보내는 건 아니지만, 이걸 메구가 주고 있다는 것은 알았다. 처음 느끼는 감각이지만 대단히 기분 좋았다.

"쪼금만 기다려주세요!"

홍차를 가져오겠다는 메구의 말에 천천히 와도 상관없다고 알렸다. 서두르다가 화상을 입기라도 하면 큰일이다. 자연스럽게 얼굴이 풀어졌다. 그 말을 듣고 부드러운 미소를 지은 메구가 고개를 한 번 숙인 다음 부엌으로 향했다. 눈을 가늘게 휘며 그 모습을 바라보았다. 사랑스러움이 넘쳐흐르는 모습은 무엇 하나 달라진 게 없으나, 조금 전과는 달리 온화한 마음으로 볼 수 있었다. 그건 아마 메구가 나를 접대하고 싶다는 마음이 전해졌기 때문이리라. 열심히 노력하는 모습에 감명을 받지 않는 자는 없다. 무언가를 기다리는 시간이 이토록 가슴 설렌 적이 없었다.

잠시 후 부엌에서 메구가 천천히 걸어 나오는 모습을 확인했다. 쟁반에 컵을 올려놓고 조심조심 걷고 있다. 눈은 진지하기 그지없었다. 흘리지 않도록 상당히 조심하는 거겠지. 자연스럽게 주먹에 힘이 들어갔다. 아니, 나만이 아닌 모양이다. 이 상황을 지켜보는 모든 이가 군침을 삼키며 메구를 지켜보고 있다. 마음속으로 힘내라고 응원하는 소리가 들리는 듯했다.

참으로 긴 시간이 지나간 것 같았다. 마침내 내 자리에 온 메구가 걸음을 멈추더니 난처한 듯 눈썹을 휘었다. 음? 무슨 일이지?

"저, 저기, 테이블에 쟁반을 한 번 내려나도 갠찬을까요……?"

"무, 물론이다. 어서 내려놓거라."

이쪽을 올려다보며 그렇게 물으니 바로 허락했다. 그래, 두 손이 막혀있어서 컵을 내려놓지 못하고 난처했던 건가. 참으로 귀엽다. 그런 건 물어볼 필요도 없었는데, 기특한 아이구나……! 안도한 듯 쟁반을 테이블에 내려놓은 메구는, 이번엔 소서를 두 손으로 받치고 내 앞에 내려놓으려 했다. 하나 긴장해서 손이 떨리는지 끊임없이 달그락거리는 소리가 울렸다. 어, 어마어마한 긴장감! 마치 적대하는 상대와 대치 중일 때와 같았다. 일촉즉발의 그 분위기……. 아니, 그걸 넘어선 건지도 모른다. 다들 숨을 쉬는 것도 잊었는지, 컵을 내려놓는 작은 소리가 울리자마자 일제히 숨을 내쉬는 소리가 들렸다. 손에 땀을 쥐게 하는 전개였다.

"드세요! 아부지."

그런 가운데 메구가 두 손을 내밀고 환하게 웃었기에 나는 이번에야말로 실신할 뻔했다. 마, 마실 수 없다! 이건, 이 홍차는 너무나도 존귀하구나! 마셔야 메구가 기뻐한다는 크론의 말도 이해하지만, 어떤 고가의 영약이라 한들 이 홍차의 발끝만도 못 미친다. 이 홍차에는 그 정도의 가치가 존재한다!

그렇게 갈등하는 사이에 메구가 이번에는 의기양양하게 과자를 가져왔다. 액체인 홍차와 달리 나르기 쉬운 건지, 조금 전처럼 긴장하는 모습은 전혀 없이 기쁜 듯 경쾌한 발걸음으로 이쪽을 향해 다가왔다. 아아, 귀엽구나.

"앗."

그때, 메구가 다리가 꼬여서 균형이 무너졌다. 음, 이번에야말로 내가 나설 차례. 두 번이나 눈앞에서 넘어지게 하지는 않으리다. 빠르게 메구 옆으로 달려가 그 몸을 살며시 받아냈다. 깃털처럼 가볍구나. 게다가 은은하게 꽃향기가 난다.

과자는 크론이 안전하게 받아냈다. 역시 자칭 나의 오른팔이로군. 메구에게 괜찮은지 묻자 눈이 동그래져서 주위를 두리번거렸다. 무슨 일이 일어난 건지 모르겠다는 모습이군. 아아, 귀엽구나.

"메구 님께서 마침 제게 손수 건네주셨지 않습니까. 여기에 내려놓으면 되는 거죠?"

크론의 재치에 감탄했다. 메구가 실수를 의식하지 않아도 괜찮도록, 애초에 실수한 게 아니라는 뜻을 담아서 한 말이다. 영문을 모르는 상태인 메구라면 분명 그런 거였다고 받아들일 테지. 하나 나의 예측이 어설펐다.

"가, 감샤, 함미다!"

크론의 말을 듣고 눈물이 나오려는 걸 참으며 웃는 얼굴로 인사하는 메구. 이 아이는 크론의 의도도 전부 이해하고 고마워하고 있는 것이 아닌가. 타인의 배려를 이 정도까지 이해하는 건 어른이라 한들 어려운데도. 그렇구나, 이 아이는 귀엽기만 한 것이 아니다. 나의 딸은 장래가 기대되는 훌륭한 인재임을 알았다. 호오, 크론이 자연스럽게 웃다니. 희귀한 모습을 보는군.

"참으로 맛있구나. 메구의 마음이 잘 전해진다."

무심코 메구의 머리를 쓰다듬은 뒤 홍차와 과자를 한 입씩 맛보았다. 맛은 물론이요, 메구의 그 따뜻한 마음이 온몸에 퍼지는 듯한 느낌이다. 다행이라고 기뻐하면서 활짝 웃는 메구의 모습에 더 큰 행복이 퍼졌다. 무시무시할 정도의 행복이다.

문득 크론과 나란히 선 메구를 보았다. 비슷한 옷차림이라 자매처럼 보인다고 느끼고 그걸 그대로 말하자, 신기한 듯 고개를 갸웃거리면서 '크론 언니?'라고 부르는 메구의 반응에 심장을 콱 붙들렸다. 이 아이는 행복을 주는 재능만 있는 것이 아니라 질투심을 부추기는 천재이기도 하구나! 부럽도다 크론! 나, 나도 메구가 나를 올려다보며 아슈 아버지라 불러주었으면 한다! 하지만 허둥지둥 뺨을 붉히는 부하의 모습은 대단히 드물기에 귀중하다. 다음에 잔소리를 들었을 때 반격용으로 똑똑히 기억해 두자꾸나.

이 장소에는 마왕성에 있을 때 느끼는 집과 같은 안심감과는 다른 따뜻함이 있다. 메구가 있기만 해도 이 장소는 퍽 포근한 장소로 바뀌었구나. 여태까지 몇 번 이 길드를 찾아왔을 때는 늘 사람들이 분주하게 돌아다니며 다망하다는 인상을 주었다. 본인에게 그런 자각은 없는 듯하나, 이 길드를 바꾼 것은 틀림 없는 메구이리라.

그리고 장소는 물론이요, 사람마저 바꾸었다. 그 존재 하나만으로. 이 변화는 당연히 좋은 일이다. 마음을 치유해주면 업무 효율도 올라가기 때문이다. 꼭 마왕성에도 와 주었으면 한다만…… 서두를 필요는 없다. 지금은 메구 본인이 안심하면서 지낼 수 있도록 하는 것이 가장 중요하다. 시간은 많다. 기다리는 시간도 즐거움이라는 걸 알았다.

오늘 이 순간 메구와의 마음의 거리가 조금 가까워진 게 아닌가 한다. 아니, 그렇다고 믿고 싶다. 이렇게 조금씩 친목을 도모할 수 있기를 절실히 소망한다.

후기

　여러분 안녕하세요. 후기에 어서 오세요! 아이 리이아입니다!
1권부터 함께 해오신 분도, 2권부터 오신 분도 이 책을 읽어주
셔서 감사합니다. 2권은 주인공의 수수께끼를 파헤치는 이야기
가 되었는데, 의외였을까요? 혹은 예상했던 대로였을까요? 어
쨌거나 안절부절 조마조마, 그리고 훈훈한 마음으로 읽어주셨다
면 좋겠습니다.

　그럼 1권의 단행본 특전 단편은 메구와 기르난디오에 초점을
맞추고 썼는데요, 2권에서는 마왕 자하리아슈에게 초점을 맞춰
봤습니다. 사실 어떤 캐릭터로 할지 아주아주 고민이 많았어요.
저는 어떤 캐릭터도 비슷하게 사랑하는 우리 아이들 같은 존재
다 보니 정할 수가 없어서……! 그래서 독자 여러분의 목소리를
참고해서 골랐습니다. 독자님들은 위대하세요. 참고로 삽화로
부탁드릴 캐릭터도 비슷한 이유로 고민합니다. 마음 같아선 전
원 다 그려달라고 하고 싶으니까요! 무리라는 건 알지만요. 네.
　뭐 아무튼, 그런고로 이번에는 마왕으로 정해졌는데 저로서는
의외였습니다. 설마 마왕이 이렇게 인기 있을 줄은 몰랐거든요.
역시 외모와 내면의 갭이 매력적이었던 걸까요. 물론 저도 좋아
하니까 쓰는 거지만요! 하지만 마왕을 좋아하는 독자 여러분의
성원을 몰랐다면 이번 단편의 메인 캐릭터로 고르진 않았을 겁

니다. 역시 독자님은 위대해요. (2번째) 흥에 겨워서 써버렸으니까요! 덕분에 저 자신도 캐릭터에 대해 더 알게 된 것 같습니다. 예를 들어 마왕이 머릿속으로 계속 귀엽다 귀엽다를 연발하고 있다는 거요. 대체 몇 번 말한 걸까요. (웃음)

이렇게 책이 된다는 건 틀림없이 읽어주시는 분들 덕분이니까, 저는 평소 조금이라도 여러분께 은혜를 갚고 싶습니다. 글쟁이의 보답이라면 역시 글을 쓰는 것일 테니, 마음을 담아서 작업하고 있습니다. 감사해하는 마음이 전해지기를.

마지막으로 이번에도 훈훈하고 힐링되는 멋진 일러스트를 그려주신 니모시 님, 2권 출판을 위해 힘써주신 TO북스 여러분 및 담당자님, 협력해주신 모든 분께 진심으로 감사의 인사를 드립니다. 그리고 이 작품을 읽어주신 당신에게 마음을 담아 인사를. 여러분 덕분에 계속 쓸 수 있었습니다. 정말로 감사합니다! 부디 또 만나 뵐 수 있기를 기대하겠습니다.

Welcome
to the
Special
Guild

만화판

캐릭터 러프 소개

만화 : 어치 코토코

원작 : 아이 리이아

캐릭터 원안 : 니모서

Welcome to
the Special Guild

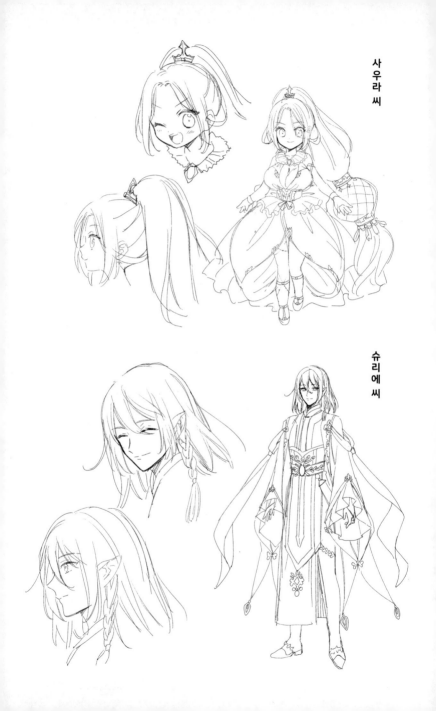

사우라 씨

슈리에 씨

메구

기르씨

Tokkyuu Guild he youkoso! 2 ~kanbanmusume no aisare elf ha minna no kokorowo
nagomaseru~
by Riia Ai

Copyright © 2019 by Riia Ai
Original Japanese edition published by TO Books, Inc.
Korean translation rights arranged with TO Books, Inc.
Korean translation rights © 2021 by Somy Media, Inc.

특급 길드에 어서 오세요! 2 ~사랑받는 마스코트 엘프는 모두의 마음을 치유한다~

2021년 2월 14일 1판 1쇄 발행

저 자 아이 리이아
일 러 스 트 니모시
옮 긴 이 현노을
발 행 인 유재옥
본 부 장 조병권
담당편집 정영길
편 집 1 팀 정영길 김민지 조찬희
편 집 2 팀 김다솜
편 집 3 팀 오준영 곽혜민 김혜주
편 집 4 팀 성명신
미 술 김보라 서정원
라이츠담당 김슬비 한주원
디 지 털 박상섭 이성호 최서윤
발 행 처 ㈜소미미디어
인쇄제작처 코리아피앤피
등 록 제2015-000008호
주 소 서울 마포구 토정로 222, 403호(신수동, 한국출판콘텐츠센터)
판 매 ㈜소미미디어
마 케 팅 한민지 이주희 우희선
물 류 허석용
전 화 편집부 (070)4164-3962, 3963 기획실 (02)567-3388
　　　　　　　판매 및 마케팅 (070)4165-6888, Fax (02)322-7665

ISBN 979-11-6611-271-3 (04830)
ISBN 979-11-6611-270-6 (세트)